楼 | 适 | 夷 | 译 | 文 | 集

LOUSHIYI YIWENJI

楼适夷译文集

高加索的俘虏

〔俄〕列夫·托尔斯泰——著
楼适夷——译

中国文史出版社

序　言

——适夷先生与鲁迅

在上世纪九十年代中期，适夷先生九十岁的时候，人民文学出版社出版了他几十年写下的散文集，又获得了中国作家协会中外文学交流委员会颁发的文学翻译领域含金量极高的“彩虹翻译奖”。这是对他一生为中国新文学运动做出的杰出贡献给予的表彰和肯定。当老夫人拿来奖牌给我看时，适夷先生挥挥手，不以为然地说：“算了算了，都是浮名。”

我觉得适夷先生是当之无愧的。

上世纪二十年代中期，适夷先生还不满二十岁，便投身于中国新文学运动，从他发表第一篇小说到发表最后一篇散文，笔耕不辍七十余年。仅凭这一点就足以令人钦佩了。

五四运动之后，中国社会面貌激变的伟大革命的年代，以鲁迅为代表的一批受过西方先进文化影响的青年作家们，以诗歌、小说等文艺作品，掀起批判封建主义儒家文化传统和道德观念，讴歌自由、平等、民主思想的狂飙运动。适夷先生在上海结识了郭沫若、成仿吾、郁达夫等创造社浪漫派先驱，开始了诗歌创作。在五卅运动中，他接受了马克思主义，参加了共青团、共产党，一面从事地下革命活动，一面办刊物，写下了大量小说、剧本、评论，还从世界语翻译外国文学作品，成为左翼文学团体“太阳社”的重要成员。

由于革命活动暴露身份，招致国民党特务的追捕。1929 年秋，他不得已逃亡日本留学。在那里他一面学习苏俄文学，一面学习日语，还写了许多报告文学在国内发表。1931 年回国即参加了“左联”，同鲁迅先生接触也多起来，在左联会议上、在鲁迅先生家中、在内山书店，领受先生亲炙。他利用各种条件创办报纸、杂志，以散文、小说的形式揭露国民党反动派的白色恐怖，号召人们起来抗争，同时他又大量翻译了外国文艺作品和马列主义文艺理论。苏联是世界上第一个无产阶级取得政权的国家，那是国内理想主义革命者们无上向往的国度。他们怀着极大的热情讴歌苏维埃人民政权，介绍苏俄的文学艺术。但当时国内俄语力量薄弱，鲁迅提倡转译，即从日、英文版本翻译。适夷先生的翻译作品大都是从日文翻译的，如阿·托尔斯泰的《但顿之死》《彼得大帝》，柯罗连科的《童年的伴侣》《叶赛宁诗抄》，列夫·托尔斯泰的《高加索的俘虏》《恶魔的诱惑》，赫尔岑的《谁之罪》。他翻译最多的是高尔基的作品，如《强果尔河畔》、《老板》、《华莲加·奥莱淑华》、《面包房里》以及《契诃夫高尔基通信抄》、《高尔基文艺书简》等。此外，他还翻译了许多别的国家的作家作品，如奥地利作家茨威格的《黄金乡的发现》《玛丽安白的悲歌》，英国作家维代尔女士的《穷儿苦狗记》，以及日本作家林房雄、志贺直哉、小林多喜二等人的作品。一次，和我聊天，他说解放前，他光翻译小说就出版过四十多本。鲁迅先生赞赏适夷先生的翻译文笔，说他的翻译作品没有翻译腔。适夷先生曾说翻译文学作品，最好要有写小说的基础，至少也要学习优秀作家的语言，像写中国小说一样翻译外国文学作品，才能打动读者。

其实，适夷先生的翻译工作只是他利用零敲碎打的工夫完成的，他的主要精力都投在革命事业上，因此，老早就被国民党特务盯上了。1933年秋，他在完成地下党交给的任务，筹备世界反帝国主义战争委员会远东反战大会期间，因叛徒指认，遭到国民党特务绑架，被捕后押解到南京监狱。他在狱中坚贞不屈，拒绝“自新”“自首”，被反动派视作冥顽不化，判了两个无期徒刑。由于他是在内山书店附近被捕的，鲁迅先生很快就得到消息，又经过内线得知没有变节屈服的实情，便把消息传给友人，信中一口一个“适兄”地称他：“适兄忽患大病……”“适兄尚存……”“经过拷问，不屈，已判无期徒刑”，对适夷先生极为关切。同时还动员社会上的名士柳亚子、蔡元培和英国的马莱爵士向国民党政府抗议，施展营救。那时正有一位美国友人伊罗生，要编选当代中国作家的短篇小说集《草鞋脚》，请鲁迅推荐，提出一个作家只选一篇，而鲁迅先生独为适夷先生选了两篇(《盐场》和《死》)，可见对他尤为关怀和爱护。

适夷先生为了利用狱中漫长的岁月，学习马列主义文艺理论，通过堂弟同鲁迅先生取得联系，列了一个很长的书单，向鲁迅先生索要，有普列汉诺夫的《艺术论》《艺术与社会生活》，梅林的《文学评论》，还有《苏俄文艺政策》等中日译本，很快就得到了满足。他根本没有去想鲁迅先生那么忙，为他找书要花费多大精力，甚至还需向国外订购。适夷先生当时是二十八九岁的青年，而鲁迅先生已是五十开外的年纪了。后来，他每当想到这一点，心中便充满感激，又为自己的冒失感到内疚。

有了鲁迅先生的关怀，先生在狱中可说是因祸得福了，以前从事隐蔽的地下工作，时刻警惕特务追踪、抓捕，四处躲藏，居无定所，很难安心学习、写作，如今有了时间，又有鲁迅先生送来的这么多书，竟有了“富翁”的感觉。鲁迅先生说，写不出，就翻译。身陷囹圄，自然没法写作，他就此踏实下来翻译了好几本书，高尔基的《在人间》《文学的修养》，法国斐烈普的中篇小说《蒙派乃思的葡萄》，日本作家志贺直哉的短篇小说集《篝火》等，都是在狱中翻译，后又通过秘密渠道将译稿送到上海，交给鲁迅和友人联络出版的。

那时，适夷先生心中还有着一团忧虑。本来他年迈的母亲和一家人是靠他养活的，入狱后断了收入，家中原本就不稳定的生活，会更加艰难，虽有亲戚友人接济，但养家之事他责无旁贷。能有出版收入，可使家人糊口，也尽人子之责。当时翻译家黄源正在翻译高尔基的《在人间》，可当他在鲁迅的案头上看见适夷先生的《在人间》译稿时，便毅然撤下自己在《中学生》杂志上发表了一半的稿件，换上了适夷先生的译稿。那时《译文》杂志被查封，鲁迅先生正为出版为难。而在此之前，黄源与适夷先生并无深交。后来适夷先生一直念念不忘，谈到狱中的日子，总是感慨地说：鲁迅先生待我恩重如山，黄源活我全家！

新中国成立后，国家培养了大批外语人才，已无须转译，适夷先生便专注翻译日本文学作品，他翻译了日本著名作家志贺直哉、井上靖的作品，为中日文化交流做出了贡献。

同时他担任文学出版社负责人，也以鲁迅精神关怀爱护作者。当年羸弱书生朱生豪，在抗战时期不愿为敌伪政权服务，回到浙江老家，贫病交加中发奋翻译《莎士比亚戏剧全集》，呕心沥血，却在即将全部完成时，困顿病殁。适夷先生在新中国成立之初，就出版了他的（当时也是中国第一部）《莎士比亚戏剧全集》，当一笔厚重的稿酬交到朱生豪妻子手中时，她竟感动得号啕大哭。

五十年代，适夷先生邀请当时身在边陲云南的阿拉伯语翻译家纳训来北京，翻译了《一千零一夜》，这部为国内读者打开了阿拉伯世界的名著，至今仍为人们爱读。

六十年代，他邀请上海的丰子恺翻译了世界上第一部长篇小说《源氏物语》；发挥了旧文人周作人、钱稻孙的特长，翻译了当时年轻翻译家们无法承担的日本古典杰作《浮世澡堂》和《近松门左卫门选集》等，丰富了我国的外国文学宝库。

八十年代初，他年事已高，虽然离开了工作岗位，仍然向读者介绍好书。他得知“文革”中含冤弃世的好友傅雷留下大量与海外儿子的通信，便鼓励傅聪、傅敏整理后，亲自向出版社推荐，并写下序言。这本带着先生序言的《傅雷家书》一版再版，长年畅销不衰，尤其在青年人中影响巨大。他说就是要让人们“看看傅雷是怎么教育孩子的！”这样的事情太多了。

改革开放后，各种思潮涌现，八九十年代，社会上流行一股攻击鲁迅的风潮，我不免心怀杞人之忧，就跟适夷先生说了，他却淡然地答道：“这不稀奇，很正常的。鲁迅从发表文章那天起，就受人攻击，一直到他死都骂声不断。这些，他根本不介意。鲁迅的真正的价值，时间越久会越加显著。”

这真是一句名言，一下使我心头豁然开朗了。

在适夷先生这套译文集即将出版之际，再次感谢中国文史出版社付出的极大热情和辛勤劳动。我们相信通过“楼适夷译文集”的出版，读者不但能感受到先贤译者的精神境界，还能欣赏到风格与现今略有不同、蕴藉深厚的语言的魅力。

董学昌

2020 年春

目录

高加索的俘虏

〔俄〕列夫·托尔斯泰

一

有一个贵族在高加索当军官，他的名字叫作席林。

有一天，他收到一封家信，是他的老母亲写来的：“我已经老了，我想在临死之前看一看我的爱子。回来和我诀别吧，埋葬了我，到那时候，愿上帝保佑你，你再去服役。我还给你选定了未婚妻，又聪明，又美丽，还有陪嫁的土地。如果你满意，就可以结婚，留在家里。”

席林心里想：“真的，妈妈是不行了，说不定见不着了。我要回去；假如那姑娘果然不错，我就结婚也好。”

他向团长请了假，跟同事们告了别，赏了四桶烧酒给手下的兵士做临别纪念，便准备动身了。

那时候，高加索有战事。不论昼夜，路上车马都不能通行。凡是俄罗斯人，不管骑马的还是步行的，只消一离开要塞，就会被鞑靼人杀害，或是绑到山里去。因此，规定每星期两次，有护送的兵士来往于各要塞之间。前后都是兵士，普通人夹在中间走。

这是夏天。天刚亮，要塞外停着几辆大车，一队兵士开出来，就排成长长的队伍向大路上出发了。席林骑着马，载着他的行李的车子排在大车队里。

约莫有二十五里[①]路程。车队平静地前进。有时候，兵士们站下来；有时候，哪一辆大车的轮子坏了，或是有一匹马不走了，大伙就停下来，等待。

太阳已经偏西，他们还只走了一半路程。尘土、炎热、火辣辣的太阳，可是没有一个遮阴的地方。赤裸裸的旷野，沿途没有一棵小树，也没有一丛灌木。

席林骑马走在前头，他时时停下来，等待后面的车队。一会儿，听见后面吹起号角——又停下来等待。席林心里想："不跟着兵士们，一个人还不能走吗？我骑的马是好马，即使碰到鞑靼人，我也逃得掉……到底要不要一个人走呢？……"

他站下来，正在犹豫不决。一个名叫柯斯狄林的军官，带着枪，骑着马追上来，他说：

"席林，咱俩先走好吗？肚子饿得要命，天气又这样热。我的衣服简直可以拧出水来。"柯斯狄林是个大胖子，他满脸通红，汗流如雨。席林想了一想说：

"你枪里装了子弹吗？"

"装了。"

"好，那我们就走吧，不过要说好——两个人不要分散。"这样，他们就跃马前进。他们在旷野里走着，一边闲聊，一边向四处瞭望，可以望得很远。

走完了旷野，就是一条穿过两座山头的峡谷中的道路。席林说：

"应当先到山头望一望，这儿说不定会有鞑靼人从山峡后面跳出来，你又看不见。"

柯斯狄林说：

"何必去望呢？只管前进就是了。"

席林没有听他的话。

---

① 这里指俄里，1 俄里等于 1.06 公里。下同。

“不，”他说，“你在山下等一等，我上去望一望。”

他说着，就拍马跑到左边的一座山上去。席林骑的是一匹猎马（当它还是小马的时候，他特地把它从马群中挑选出来，花了一百卢布买来，亲自驯熟了的），它像长了翅膀一样，驮着他跑上险陡的斜坡。他刚跑到山顶一看——只见相去十几丈的地方，有一队骑马的鞑靼人，大约有三十来人。他连忙要拨转马头，可是鞑靼人已经发现了他，从后面追上来，一边赶着马，一边从套子里拉出枪来。席林飞马下山，向柯斯狄林大声叫道：

“快准备枪！”

自己心里暗暗地对马说：“快呀，快把我救出险境，不要摔跤，你一摔跤——我就完蛋了。我只要能跑到有枪的那里，我就不怕他们了。”

没想到柯斯狄林一看见鞑靼人，不但不等待席林，反而没命向城堡逃去。他拼命地用鞭子抽打马的两肋，一会儿工夫，就只见马尾巴在一阵尘土中飘拂了。

席林知道形势不妙。带枪的逃跑了，单靠自己手里的一把刀，有什么用呢。他便拨转马头，想逃到护送的兵士那里去。忽然看见六个鞑靼人拦住了他的去路。他的马好，但是鞑靼人的马更好，而且是从斜刺里截过来。他想转回去，可是那马已经在飞奔，再也收不住了，直向鞑靼人冲去。只见一个长红胡子的鞑靼人，骑着一匹灰马，向他逼近。鞑靼人端着枪，龇着牙，尖叫着什么。

“得啦，”席林心里想道，“我知道你们，恶鬼，要是捉到活的，就关在坑里，用鞭子抽。我一定不让你们活捉……”

席林长得虽不高大，可是很勇猛。他拔出刀来，跃马直向红胡子的鞑靼人冲过去，心里想道：“不叫马踏死你，也用刀把你砍死。”

席林的马还没有和红胡子接近，有人在他背后开了一枪，打中了他的马。马猛地倒在地上，压住了席林的一条腿。

席林正想跳起身来，这时有两个满身臊气的鞑靼人坐在了他身上，把他的两只胳膊扭到背后。他猛地一挣，推倒了鞑靼人，可是又有三个鞑靼人从马上跳下来，用枪托打他的头。他一阵眼花，身子晃动了。鞑靼人便将他捉住，从鞍上拿出一条备用的马肚带，将他两手反绑，捆上一个鞑靼结，拉到马鞍边去了。他们摘去他的帽子，脱掉皮靴，遍身都搜过——钱、手表都拿走了，衣服也撕破了。席林回头看看自己的马。马，可怜地，还是跟倒地时一样，侧身躺在地上，两腿乱踢——却总是够不着地面；马头上打了一个洞，黑色的血直往外流——浸透了四周一尺①以内的沙土。

一个鞑靼人走过去，动手卸马鞍。马还是在挣扎，他拔出匕首来割破它的咽喉。喉头发出啸声，马挣扎了一下，断气了。

鞑靼人拿下了鞍子和马具。红胡子骑上了马，别的人将席林放到他的鞍上，又用皮带将席林捆在他的腰上，免得掉下来，于是一伙人就向山里走去了。

席林骑在鞑靼人的后面，身子摇晃着，脸碰着满身膻气的鞑靼人的背脊。只能看见鞑靼人的宽大的后背、露出粗筋的脖子和帽子底下发青的剃过的后脑勺。席林的头被打破了，血流到眼睛上。他没有法子在马上坐正，也没有法子擦一擦血。两手被牢牢地反绑着，连锁骨都像要折断一般。

他们走了好久，翻山越岭，涉过了一条河，走到一条大路上，再向谷地走去。

席林想留心认清道路，好知道他们把自己带到什么地方去，可是他的眼睛被血糊住了，身子没有法子转动。

天黑下来了。他们又涉过一条小河，走上一座石山，有缭绕的炊烟，有狗叫的声音。

来到了鞑靼人的村子。鞑靼人下了马，鞑靼人的孩子们跑过来，围住了席林，高兴得尖声叫着，用石头投他。

---

① 这里指俄尺，1 俄尺等于 0.71 米。下同。

一个鞑靼人将孩子撵走，把席林从马上拖下来，大声地叫唤仆人。来了一个高颧骨的、只穿着衬衫的诺盖人。那人的衬衫破烂了，胸口完全露出。鞑靼人向他吩咐了几句话。仆人拿来了脚铐：铁环上装着两截橡木棍，一条铁环上有锁环和锁。

人们解开席林的手，给他戴上脚铐，把他带到一间板棚里，将他推进去，就把门锁上了。席林倒在一堆肥料上，他躺了一会儿，摸黑找到一个比较软和的地方，就躺了下去。

二

这一夜，席林几乎整夜都没有睡。夜很短。他看见隙缝里已经有亮光了。席林爬起来，把隙缝挖大一些，开始朝外看。

他从隙缝里看到一条路，是向山下去的。右边是一座鞑靼人的房子，旁边有两棵树。一条黑狗在门口躺着，一只母羊带着一群小羊，一边走一边摇着尾巴。从山坡下面走来一个年轻的鞑靼姑娘，穿着花衬衫，没有系腰带，下面是长裤和靴子，头上用一件男上衣裹着，顶着一只大的铁水罐。她走的时候背部微微抖动，身子略弯，手里挽着一个光脑袋、只穿一件衬衫的小男孩。她顶着水走进了土屋。昨天的那个红胡子走出来，他穿着绸衣服，皮腰带上挂着一把镶银的短剑，光脚上穿着鞋子。一顶高高的黑羊皮帽歪戴在后脑上。他走到门外，伸伸懒腰，摸了摸红胡子。他站了一会儿，对仆人吩咐了几句话，便走出去了。

后来，有两个孩子骑着马去饮水。马鼻子湿漉漉的。这时候，又跑出来一群光头的小男孩，他们只穿衬衫，没穿裤衩；这群孩子聚作一堆，向板棚走来，拿了一条长棍向隙缝里塞。席林对他们呜地一叫，孩子们尖叫着，连忙逃跑了，只看见赤裸的膝盖在闪动。

席林嗓子发干，想喝水。他想，要是有个人来看看就好啦。这时候，他听见棚子的锁打开了。来的是红胡子，后面跟着一个身材稍矮的黑汉。那汉子的黑眼睛发亮，面色红润，短胡子剪得很整齐；他脸上很高兴，不住地笑。这个黑汉子穿着得更好，蓝绸上衣绲着金边。腰里挂着一把很大的镶银的短剑，上等山羊皮的红皮鞋也绲着银边。薄皮靴外面还套上一双厚皮靴。头上是高高的白羊皮帽。

红胡子走进来，说了些什么，好像在骂人，然后就站住，撑着门框，一手弄着短剑，像狼一样皱着眉头斜眼看着席林。那个黑汉子灵敏活泼，好像浑身装了发条，他走动着，一直走到席林面前，蹲下身子，咧开嘴笑着，拍拍席林的肩膀，开始用鞑靼话像放连珠炮似的不知说些什么，一边眨着眼睛，弹着舌头，不住地说着："鄂（俄）罗斯人耗（好）！鄂（俄）罗斯人耗（好）！"

席林一句也听不懂，便说："喝水，给我水喝！"

黑汉子笑了，"鄂（俄）罗斯人耗（好）。"他仍旧用鞑靼话说着。

席林用嘴巴和手做出要喝水的样子。

黑汉子明白了，他笑起来，向门口张了一下，大声喊道："吉娜！"

跑来了一个小姑娘，纤细瘦小，大约十三岁模样，面孔跟黑汉子相像，显然是他的女儿。也是发亮的黑眼睛，脸很好看。她穿一件蓝色的长衬衫，衣袖肥大，没有腰带。下摆、胸口和袖口都镶绲着红边。下面是长裤和皮鞋，皮鞋外面还套一双高跟鞋。头颈里挂着项链，全部是用俄罗斯的半卢布的银币串成的。头上没有戴帽子，一条黑辫子上系着丝带，丝带上挂着小金牌和一枚银卢布。

父亲向她吩咐了什么话。她跑了出去，又拿着一个白铁杯子回来了。她把水给了席林，自己就蹲下来，拼命弓着身子，膝头耸得比肩膀还高。她就这样蹲着，睁大了眼睛望着席林喝水的模样，好像望着什么野兽似的。

席林把杯子还给她。她猛然像野山羊似的跳开去，连她父亲也被逗笑了。他又差女儿去做什么。她拿着杯子跑了，一会儿在一块圆木板上放了几块淡面包，她又蹲下来，弯着身子，眼也不眨地望着他。

鞑靼人都走了，门又锁起来。

过了一会儿，那个诺盖人进来，对席林说：

“阿依达，主人，阿依达!”

这个人也不懂俄罗斯话。席林只懂得，是叫他到什么地方去。

席林戴着脚铐，一瘸一拐地走着，脚老要往一边歪，迈不开步。席林跟在诺盖人后面走了出去。这个鞑靼村落约莫有十来户人家，还有一座教堂，上面有小小的尖塔。有一家门前停着三匹上了鞍子的马。几个小男孩抓住缰绳。那个黑汉子从这座房子里走出来，向席林招招手叫他过去。他笑着，用鞑靼话说了些什么，又走进门里去了。席林来到屋子里。这是一间很好的正房，墙上用泥抹得很光滑。靠前面的墙边放着色彩鲜艳的绒毛坐垫；两边墙上挂着华贵的毛毯；毛毯上挂着长枪、短枪、军刀——都是镶银的。一边墙边有一个小暖炕，跟地面一般高。地面是土的，像打谷场一样干净。整个前面的一角都铺着毛毡，毛毡上再铺地毯，地毯上是绒毛枕头。地毯上坐着几个鞑靼人，都只穿软靴：一个是黑汉子，一个是红胡子，还有三个客人。每人背后都靠着鸭绒枕垫，面前的一块圆木板上放着黄米做的薄饼、放在碗里的牛油和装在水罐里的鞑靼啤酒——布渣酒。他们吃东西用手抓来吃，弄得满手都是油。

黑汉子站起来，叫席林坐在一旁，不是坐在毛毯上，而是坐在光地上。然后他又坐到毛毯上，请客人吃薄饼，喝酒。仆人让席林坐好，自己脱掉外面的鞋子，放在门口，挨着别人的鞋子一块，然后靠近主人们在毛毡上坐下：看他们吃喝，不住地擦口水。

鞑靼人吃完薄饼，走进来一个鞑靼妇人，她穿着跟那姑娘一样的衬衫、长裤，头上包着头巾。她把薄饼和牛油收拾走，端来一只精致的木盆和细口的水壶。鞑靼人洗了手，把两手交叠着，跪下来向四方吹气，然后念祷词。他们用鞑靼话谈了一阵。后来就有一个客人转过脸来对着席林，用俄语向他说起来。

“你是被卡基－穆罕默德捉来的，”他指着红胡子说，“他把你卖给了阿勃杜尔－穆拉特，”他又指着黑汉子，“现在，阿勃杜尔－穆拉特就是你的主人。”

席林没有作声。

阿勃杜尔－穆拉特开口了，他老是指着席林，笑着说：“鄂（俄）罗斯兵，鄂（俄）罗斯人好。”

翻译说：“他叫你给家里写信，叫家里送钱来赎你。钱一送到，他就放你走。”

席林想了一想，说：“他要的钱多吗？”

鞑靼人商谈了一会儿，翻译便说：

“三千卢布。”

“不行，”席林说，“我出不起这么多。”

阿勃杜尔跳起来，挥动着两手，对席林说着什么——他总以为席林懂他的话。翻译说：“那么可以出多少呢？”

席林想了一想，说：“五百卢布。”

这时鞑靼人又七嘴八舌地说起来。阿勃杜尔开始向红胡子叫嚷，嘴里唾沫乱飞。红胡子只是眯着眼，弹着舌头。

他们吵完了，翻译便说：

“主人嫌五百卢布太少。他已经为你付出两百卢布。卡基－穆罕默德欠他的债。他是拿你抵债的。三千卢布，少了不能放你。你不写，就把你关在地洞里，用鞭子抽。”

“嗐，”席林心里想，“对这种人不能示弱，示弱反而更坏。”他就站起身来，说：

“你对那个狗崽子说，他要是恐吓我，我一个戈比也不出，信我也不写。你们这些狗东西，我从来不害怕你们，以后也不会怕你们！”

翻译把这些话翻译过去，他们又七嘴八舌地说起来。

他们嚷了半天，黑汉子站起来，走到席林面前。

“鄂（俄）罗斯人，”他说，“齐济特，齐济特，鄂（俄）罗斯人！”

“齐济特”在鞑靼话里就是“好汉”的意思。说着他自己也笑了。他对翻译说了什么，翻译说：

“那就出一千卢布。”

席林坚持自己的意见：“五百卢布，多一个也不出。你们要是杀了我，一个钱也捞不到。”

鞑靼人商谈了一会儿，把仆人打发出去，他们自己一会儿看看席林，一会儿看看门口。仆人回来了，后面跟着一个胖子，赤着脚，衣服破烂，一只脚上也戴着脚镣。

席林不禁“啊哟”一声，来的原来是柯斯狄林。他也被捉来了。让他们俩坐在一起，他们就讲起自己的遭遇。鞑靼人默默地望着他们。席林讲了自己的遭遇，柯斯狄林讲，当时他的马站住了，枪卡壳了，这个阿勃杜尔追上了他，就把他捉住了。

阿勃杜尔跳起来，指着柯斯狄林说些什么。

翻译说，现在他们俩属于同一个主人，谁先送钱来，就先放谁。

“你看，”他对席林说，“你老是发火，可是你的朋友挺老实；他已经写信回家，叫他们送五千块钱来。所以就给他吃好的，也不会受苦。”

席林就说：

“朋友爱怎么样就怎么样；他也许有钱，我可没有钱。对于我，你们就瞧着办吧。你们要杀就杀——对你们可没有好处，要我写信，我只能写五百卢布。”

大伙沉默了一会儿。阿勃杜尔突然跳起来，拿出一只小盒子，从里面拿出纸笔墨水，塞给席林，拍拍他的肩膀，做着手势：“你写吧。”他同意五百卢布了。

“等一等，”席林对翻译说，“你对他说，要给我们吃得好，衣服鞋子要穿得像样，还要让我们待在一起，可以热闹些，还要把脚镣去掉。”他自己望着主人笑笑。主人也笑笑。他听完了，说：

“我可以给最好的衣服：长袍、皮靴，简直可以当新郎。吃的像王子一样。要住在一起，就住在那个棚子里。可是脚镣不能去掉——他们会逃跑。不过夜里可以去掉。”他又走到席林面前，拍拍他的肩膀，“你好，我也好！”

席林写了信，可是地址故意写得寄不到。他心里暗忖：“我要逃跑。”

席林和柯斯狄林被带到棚子里，给他们送来玉蜀黍秆、一瓶水、面包、两件旧的长袍和两双破军靴。看得出是从被打死的兵士身上剥下来的。晚上给他们去掉脚镣，把他们锁在棚子里。

三

席林和他的朋友这样同住了整整一个月。主人总是笑嘻嘻地说：“你，伊凡[①]，好，我，阿勃杜尔，好。”可是饭食很坏，只给黄米粉做的淡面包和烤饼，有时干脆就是没有烤过的生面团。

柯斯狄林又给家里去了一封信，一直在等送钱来。他整天闷闷不乐，坐在棚子里计算着信什么时候可以到，要不然就是睡觉。席林知道自己的信是送不到的，也不另外再写。

“妈妈到哪儿去弄这一大笔钱来赎我。”他想，“她差不多是靠我捎的钱过活。要她筹五百卢布，那就是叫她彻底破产。上帝保佑，我自己来设法脱身。”

他就一直暗中观察，研究逃跑的办法。他吹着口哨在村子里闲逛，要不然就坐着做些手艺，不是用黏土捏泥人，就是用枝条编篮子。席林无论干什么手艺活都是能手。

---

① 伊凡是俄罗斯人的很普通的名字。

他捏了一个泥人，有鼻子，有手，有脚，穿鞑靼服装，他把它放在屋顶上。

鞑靼妇女出去取水。主人的女儿吉娜看见泥人，就叫那些妇女来看。她们放下水瓶，望着泥人直笑。席林拿下泥人给她们。她们笑着，可是不敢要。他把泥人放下，自己回到棚子里张望，看她们会怎么样。

吉娜跑过来，四下望了望，抓起泥人，就跑了。

第二天一早，天刚亮，吉娜就抱着泥人从家里出来。她已经用红布给泥人做了衣服穿上，像哄孩子似的摇它，用鞑靼语唱着催眠歌。这时，出来一个老太婆，骂她，一把抢走泥人，把它扔得粉碎；吉娜被差去干活去了。

席林又做了一个泥人，比第一个更好，送给吉娜。有一次吉娜拿来一个水瓶，放下之后，就坐在地上望着席林，指指水瓶，笑着。

“她为什么高兴？”席林心里想。他拿起水瓶就喝。他以为是水，原来却是奶。他喝完了奶，说：“好！”吉娜是多么高兴啊！

“好，伊凡，好！”她跳起来，拍着手，拿起水瓶跑出去了。

从此，她就天天偷偷地给他送奶来。有时鞑靼人用羊奶做奶酥饼，放在屋顶上晾干，她也常常把这种饼偷偷地拿来。有一次，主人宰了羊，她就把一块羊肉藏在袖子里拿来，扔下就跑了。

有一次，起了狂风暴雨，倾盆大雨整整落了一小时。所有小河里的水都浑浊了，浅滩地方的水涨到三尺高，石头翻动。到处溪流奔泻，群山轰轰作响。暴风雨过去之后，村子里到处都成了河。席林向主人要了一把小刀，削了一根轴和小木板，装成一个光滑的轮子，在轮子两头装了泥人。

女孩子们给他拿来小布片，他给泥人做了衣服：一男一女。他把泥人装在轮子上，把轮子放在水上。轮子转动，泥人就跳起舞来。

全村的人都跑来看：男孩、女孩、妇女，连大人也来了，咂着嘴说：

“啊哟，俄罗斯人！啊哟，伊凡！”

阿勃杜尔有一只俄罗斯表，坏了。他把席林叫去，把表给他看，弹舌作响。席林说：

“给我，我能修好。”

他拿了表，用小刀打开，拆卸下来；又弄好了，又交给主人。表又走起来了。

主人大喜，拿了自己的一件破破烂烂的旧衣服送给他。席林只好受了，——只能拿来夜间盖盖。

从此，席林的名气就传开了，都知道他有本领。远处村子里的人也来找他：有的要他修长枪的扳机或是手枪，有的要他修钟表。主人给他拿来工具：又是小钳子，又是小锥子，又是小锉刀。

有一次，一个鞑靼人病了，派人来找席林：“走吧，去治病去。”席林一点儿不懂医道。他去看了看，心里想：“也许他自己会好的。”于是他走到棚子里，拿了点儿水和沙子混起来，当着鞑靼人，对着水口中念念有词，然后给他喝。算他运气好，鞑靼人的病居然好了。席林渐渐地懂得些鞑靼话。有些鞑靼人跟他搞熟了，有事情找他，就叫：“伊凡，伊凡！”也有些人仍然把他当野兽看待，斜着眼看他。

红胡子鞑靼人不喜欢席林，一看见席林，不是皱起眉头，就是扭过脸去骂上几句。他们那里还有一个老头儿。他不住在村里，是从山下来的。只有他到清真寺来敬神的时候，席林才能看到他。他是矮个子，帽子上裹着白布，像绒毛一样白色的胡须上下都剪得整整齐齐，满脸皱纹，颜色像砖那样红。鹰钩鼻子，眼睛是灰色的，很凶狠，牙齿落光了，只剩两个尖牙。他常常包着头巾，拄着拐杖，像狼那样四周顾盼着走过来。看见席林，就哼哼着，扭过头去。

有一次，席林到山下去——看看老头儿住在哪里。他从一条狭路走下去，看见一处小花园，石头围墙；围墙里面有樱桃树、杏树和一座平顶的小草屋。他走近了，看见麦草编的蜂房，蜜蜂飞着，嗡嗡地叫着。老头儿跪在蜂房前面忙着什么。席林把身子伸得高些看了看，脚铐碰出了响声。老头儿回头看了一下，发出一声尖叫，从腰带里拔出手枪，向席林开了一枪。席林往石墙后面一缩，幸好被他躲过了。

老头儿来找主人告状。主人把席林叫去，自己笑着问道：

“你到老头儿那儿去干什么?”

他说：“我又没有对他干什么坏事。我是想看看他怎样过活。”

主人把这话转告老头儿。老头儿发火了，狠狠地咕哝着，露出两个尖牙，对席林挥着手。

他的话，席林不完全懂，但是他懂得老头儿要主人杀死这两个俄罗斯人，不让他们留在村子里。老人走了。

席林问主人，老头儿是什么样的人？主人便说：

“这是个了不起的人物！过去他是头号好汉，他杀死过好多俄罗斯人。以前他很有钱。他有三个老婆和八个儿子，全住在一个村子里。俄罗斯人来了，烧了村子，杀死了他的七个儿子。留下的一个儿子降了俄罗斯人。老头儿也去投降了俄罗斯人。他在他们那里住了三个月，找到了自己的儿子，亲手杀了他，逃走了。从此，他不再打仗，到麦加[①]朝圣去了。因此他缠着头巾。凡是到过麦加的人，就被称作‘哈泽’，并且缠着头巾。他不喜欢你们的弟兄。他叫我杀掉你；但是我不能杀你——我为你付了钱；而且我喜欢你，伊凡；我不但不愿意杀死你，要不是有言在先，我还不愿意放你走呢。”他笑着，自己用俄语说：“你，伊凡，好！我，阿勃杜尔，好!”

四

席林这样度过了一个月。白天他在村子里走走，或是做些小玩

---

① 位于沙特阿拉伯王国西部。是穆罕默德的诞生地和伊斯兰教的发祥地，因此成为伊斯兰教的圣地。

意儿，到晚上，村子里静下来了，他就在自己的棚子里挖洞。墙是石头的，挖起来很困难，可是他用锉刀锉石头，终于在墙角挖穿了一个洞，恰好可以钻出去。他想："只要我能好好地弄清楚地形，知道向哪个方向走就好了。可是鞑靼人谁也不会告诉我。"

有一天，他拣主人出去的时候，吃过中饭，走出村口，爬到山上去——想从那里观看地形。可是主人出去的时候，关照过他的小儿子好好看住席林。小儿子便跟在席林后面，大声喊道：

"不要去！爸爸不许你去。你要去，我就要喊人了！"

席林就跟他说好话：

"我不到远处去，我只到那边山上去。我要找些草药，好给你们的人治病。你跟我一起去；我戴着脚铐，跑不了。明天我给你做一张弓，还给你做箭。"

孩子信以为真，他们就一同去了。看来山并不远，可是戴着脚铐走起来很费劲。他走啊，走啊，好不容易爬到山顶了。席林坐下来，开始观察地形。时候是晌午，山后面有一片谷地，有畜群在走动，低地上还有一个村子。村里有一座山，更加陡峭，山后还有山。两座山中间是一带绿色的树林。那边还有山，越来越高。最高的是几座覆着白得像砂糖般白雪的群山。其中有一座雪山像帽子似的耸立着，比别的山都高。东方和西方，也都是这样的山峦，有的地方的村子的峡谷里炊烟袅袅。"是啊，"他想，"这都是他们的地方。"他开始眺望俄罗斯人那边：脚下是一条小河，自己人的村子，四周是小花园。望得见，小得像小泥人的妇女们在河边洗衣服。村外低一点儿的地方有一座山，横着还有两座山，山上都是树林。两山中间是一片蓝色的平原，平原上很远很远的地方，好像有炊烟缭绕。席林想起来，他住在要塞的时候，哪一边出太阳，哪一边落太阳。他一看，自己的要塞一定就在这块平原上。要跑，就要朝这两座山中间逃跑。

太阳要落山了。雪山由白变红；黑山上渐渐模糊起来；谷地里升起了水汽。应该是俄罗斯人要塞的平原上，被夕阳映照得好像着了火似的。席林开始瞧着——平原上隐隐约约好像有什么，好像是烟囱里冒出的烟。于是他就认为，这一定是俄罗斯人的要塞。

天色已经不早。听得见阿訇[①]在大声喊叫。村子里在赶牲口——牛群在叫。孩子不住在叫他："走吧。"可是席林还不想离开。

他们回到家里。"好，"席林心里想，"现在知道了地形，应该逃走。"他想当夜就逃。正当黑夜，只有新月。可是不巧，傍晚时分鞑靼人回来了。往常他们回来的时候，总是赶来一群牲口，欢欢喜喜地回来。这一回他们却一无收获，马鞍上驮着一个被杀死的鞑靼人——红胡子的兄弟。他们怒冲冲地回来，大伙集合在一块举行葬礼。席林也出去看了看。死人用麻布包起来，没有棺材。人们把死人运到村外，放在筱悬木下的草地上。来了一个阿訇，聚集了一些帽子上都缠着头巾的老年人，他们脱了帽，都盘着腿并排坐在死人面前。

前面是阿訇，后面一并排是三个缠着头巾的老年人，他们后面才是鞑靼人。大伙坐着，耷拉着脑袋，不作声。他们沉默了好久。阿訇抬起头来，说：

"阿拉！（意思是神）"他说了这一句，大伙又低下脑袋，沉默了好久，一动不动地坐着。阿訇又抬起头来说：

"阿拉！"于是大家也说："阿拉！"——便又沉默起来。死人躺在草上，纹丝不动，大家也像死人一样坐着。谁也不动一动。只听见微风吹过筱悬树叶的飒飒声。后来阿訇念过了祷文，大家站起来，用手抬起死人，抬走了。抬到一个坑前。这个坑挖得不像普通的坑，而是挖到地底下，像地窖一样。他们抓住死人的胳肢窝和大腿，把他弯过来，轻轻地放下去，让他坐在地底下，把他的双手放在肚子上。

---

① 阿訇是伊斯兰教的牧师。

那个诺盖人拖来绿芦苇，用芦苇堵住坑穴，很快地填土，填平后，在死人头边竖立一块石碑。大伙踩平了土，又并排在坟前坐下，久久沉默着。

“阿拉！阿拉！阿拉！”大家叹了口气，站起身来。

红胡子拿钱散给老人们，然后站起来，拿起鞭子，在自己脑门上打了三下，就回家去了。

第二天早上，席林看见红胡子牵了一匹牝马出村去，后面跟着三个鞑靼人。他们走出村外，红胡子脱掉外套，卷起袖子，露出粗壮有力的胳臂，他抽出短刀，在磨刀石上磨着。鞑靼人扳起牝马的头，红胡子走过来，割断马的喉管，把马放倒，便动手剥皮，用粗大的手把马皮撕下。妇女们、姑娘们都来了，动手洗肠子和内脏。后来把马剁成几块，拖进房子里去。于是全村的人都聚集到红胡子家里来追悼死者。

他们追悼死者，连着三天吃马肉和喝布渣酒。所有的鞑靼人都不出去。到了第四天上，席林看见中午时候大家都准备出门。牵来了马，有十来个人收拾停当骑马出去了，红胡子也出去了，只有阿勃杜尔留在家里。新月初升，夜还是黑暗的。

“好啦，”席林想道，“现在该逃了。”他对柯斯狄林说了。可是柯斯狄林胆小起来：

“怎么能逃呢？我们路也不认识。”

“我认得路。”

“而且一夜也走不到。”

“走不到，我们就在树林里过夜。你看，我准备好了薄饼。你老待在这里怎么办呢？钱能送来固然好，万一家里筹不到钱呢。现在鞑靼人都凶起来了，因为俄罗斯人杀了他们的一个人。他们在商量要杀死我们呢。”

柯斯狄林想了又想，说：

“好，那就走吧。”

五

席林钻进洞里，把洞挖得更大些，好让柯斯狄林也能钻出来。他们坐着等待村子里静下来。

村子里人声一静，席林就从墙边钻出来。他轻轻地对柯斯狄林说："爬出来吧。"柯斯狄林也爬了出来，可是他的脚绊着石头发出了响声。主人养的一条看门的花狗，凶得很，名叫乌里亚新。席林早就把它喂熟了。乌里亚新听见有声音，吠叫起来，扑了过来，别的狗也跟着它叫。席林轻轻吹了一声口哨，把一块饼扔过去，乌里亚新认出了人，就摇着尾巴，不叫了。

主人听到狗叫，在屋子里唤道："乌里亚新，乌里亚新！去！去！"

席林搔搔狗的耳朵后面，狗就不作声了，把身子在席林的腿上磨蹭，摇摇尾巴。

他们在屋角后面坐了一会儿。一切都静下来了，只听见羊在羊舍里叫，下面的溪流在碎石缝里潺潺作声。黑夜，星星高悬在天空，一弯新月在山上带着红色，月钩向上，渐渐西沉。谷地里弥漫着牛奶似的白雾。

席林站起身来，对朋友说："来，兄弟，走吧！"

他们起步走了；刚走了几步，就听见阿訇在屋顶上念经的声音："阿拉！别斯米拉！伊耳拉赫曼！"这是叫人到教堂去。他们又坐下，躲在墙阴里。他们坐了好一会儿，等待人们走过去。又寂静了。

"好啦，上帝保佑！"他们在胸口画了十字，走了。他们穿过院子，走下陡坡到溪边，又过了溪，走到谷地。谷地下面笼罩着浓雾，可是还看得见头顶上的星星。席林根据星星测定前进的方向。雾气清新，走起来很舒服，只是靴子不好走——鞋跟磨歪了。席林把靴子脱下，扔了，赤着脚走。他在石块上跳着走，时时望着星空。柯斯狄林渐渐落在后面了。

“慢点儿走，”他说，“该死的靴子，老是磨脚。”

“你不如脱掉，还好走些。”

柯斯狄林赤着脚走——可是更糟：石头老要把脚戳破，他还是落在后面。席林对他说：

“脚破了——会长好的；给他们追上——那就没命啦——更糟。”

柯斯狄林一言不发，一边走，一边呻吟。他们在下面走了很久。忽然听见右边有狗叫声。席林停下来，向四下瞧望，两手探摸着爬到山上。

“唉，”他说，“我们走错了——偏右了。这儿是另外一个村子，我在山上看见过的。得退回去，从左边上山。那边应该有树林。”

可是柯斯狄林说：

“你稍微等一等，让我喘口气——我的脚上都是血。”

“嗨，老兄，会长好的；你跳着走就好些。你看，就像这样！”

于是席林就往回跑，从左面上山，往树林那边跑。柯斯狄林还是落在后面，不住地呻吟。席林不断叫他轻声点儿，自己一直朝前走。

他们上了山，果然是一片树林。他们走进树林，可是衣服被荆棘挂住，撕得稀烂。他们找到林中的小路，再往前走。

“站住！”路上响起了蹄声。他们站下来听。好像马蹄的声音停止了。他们再走，蹄声又有了。他们站下来，蹄声也停了。席林往上爬一点儿，借着星光向路上望去，只见有一个东西站在那里，似马非马，背上有一样古怪的东西，又不像是人。那东西打着响鼻，谛听着。“这可怪了！”席林轻轻吹了一声口哨——就有一阵沙沙声从路上进入树林，树林里发出一阵折裂的声音，好像狂风袭过一般，树林纷纷折落。

柯斯狄林吓得跌倒了。席林笑着说：

“那是鹿。你听见鹿角碰断树枝的声音吗？我们怕它，它也怕我们呀。”

他们又朝前赶路。晨曦开始降临，离天亮已经不远。至于他们所走的方向对不对，他们不知道。席林以为，他就是在这条路上被绑走的，离自己的要塞大概还有十来里地。可是没有明确的标记，又是夜里，什么也瞧不清楚。他们走到一片林中空地上。柯斯狄林坐了下来，说：

“你要走你走吧，我是走不到了，我的脚不能走了。”

席林就耐心地劝他。

“不，”他说，“我走不到了，我走不了啦。”

席林发火了，吐了一口唾沫，骂了他。

“那我就一个人走，再见了！”

柯斯狄林跳起身来，又跟着走。他们走了约莫四里光景。树林里的雾下得更浓，几乎伸手不见五指，星星也勉强能看得见。

忽然，他们听见前面有马蹄声，只听到马蹄打在石头上的响声。席林趴下来，贴在地上细听。

“不错，是朝这边来的，有一个骑马的人朝我们这边来。”

他们赶紧离开路面，蹲在树丛里等他走过。席林爬到路边，看见一个骑马的鞑靼人赶着一头母牛走过来，自己自言自语地念叨着。鞑靼人走过之后，席林回到柯斯狄林身边。

“上帝保佑，没有事了，站起来，咱们走吧。”

柯斯狄林要站起来，又跌倒了。

“我不行啦，真的不行啦，我没有气力啦。”

这个又肥又笨重的人浑身出汗，林中寒雾逼人，脚上满是破口，他完全垮了。席林用力把他搀起来，他大声叫起来：

“啊呀，痛啊！”

席林完全吓呆了。

“你嚷什么？鞑靼人走得还不远——他会听见的。”可是他自己暗忖：“他真的是不行了。我拿他怎么办呢？把朋友丢下不管总不行吧。”

“来，”他说，“你站起来，趴在我背上，你不能走，我背你走。”

他把柯斯狄林背在自己背上，两手抱住他的大腿，跌跌爬爬地走到路上。

“只是，看在基督分儿上，你的手不要勒住我的喉咙。抓住肩头就成。”

席林很困难，他的脚上也都是血，人累得要命。他弯着腰，把身子撑一撑，把柯斯狄林抬高一些，背着他在路上走。

显然，那鞑靼人听见了柯斯狄林的叫声。席林听见有人追上来，一边用鞑靼话吆喝着。席林连忙逃进树丛里。鞑靼人拿出枪来开了一枪，没有打中。他用鞑靼话尖叫着，打着马跑走了。

“啊哟，”席林说，“老兄，这下子可完蛋了！这个狗东西马上会叫人来追我们。我们逃不出三里地——就完蛋了。”他一面心里想：“真该死，扛了这段大木头。要是我一个人，早就逃掉了。”

柯斯狄林说：“你一个人走吧，不要为我毁了你自己。”

“不，我不走，不能丢下朋友不管。”

他又背起柯斯狄林，胡乱走过去。他约莫走了里把路，还是一片树林，看不见出路。雾已经开始消散，好像乌云一样散开，星星没有了。席林已经筋疲力尽。

他来到路边一个用石头砌的小泉旁。他站住，把柯斯狄林放下来。

“让我休息一下，”他说，“喝点儿水。我们来吃个饼。大概不远了。”

他刚伏下身子去喝水，就听到后面有马蹄声。他们又冲进右首的树丛里，在陡坡下躺下来。

听到鞑靼人的声音，鞑靼人就停在他们从路上折进来的地方。鞑靼人商量了一阵，就嗾狗去追捕。只听见树丛里有什么发出响声，一只陌生的狗，直朝他们走过来。狗站住了，叫了起来。

鞑靼人也爬进来，也是陌生的。他们被捉住了，被绑了起来，放在马上带走了。

大约走了三里光景，主人阿勃杜尔带着两个鞑靼人迎上前来。主人跟那些鞑靼人讲了几句话，就把席林他们放到自己的马上，带回村子里去。

阿勃杜尔没有笑，一句话也没有跟他们说。

天亮的时候，他们被带到村里，放在街上。孩子们跑来，尖叫着，用石头和鞭子打他们。

鞑靼人围作一圈，山下的那个老头儿也来了。大家谈了起来。席林听见他们是在商量，怎样处置他们两个。有人主张，将他们送到远一点儿的深山里，老头儿主张："应该杀了。"阿勃杜尔跟他争论说："我为他们花了钱，我要取到赎金。"老头儿说："他们一个钱也不会给，只会惹祸。不该养着俄罗斯人。杀了他们，就完事了。"

大伙散了。主人走到席林跟前，对他说：

"要是你们家里不送钱来赎你们，两个星期之后，我就用鞭子抽死你们。要是你再想逃跑，我就像杀一条狗一样杀了你。给我写信，好好地写！"

给他们拿来纸笔，他们写了信。给他们钉上脚铐，被带到教堂后面去。那里有一个五六尺深的坑，他们就被关在坑里。

六

他们的生活变得糟糕极了。脚铐日夜不脱，也不准他们到外面去。每天就像喂狗一样，扔给他们一个生面团，还放下一瓶水。坑里又臭又闷气又潮湿。柯斯狄林完全病倒了，人发肿，浑身酸痛。他不断地呻吟，要不就昏昏沉沉地睡觉。席林看见事情不妙，也灰心了，而且他不知道怎样逃走。

他动手挖洞，但是掘出来的土没处放；要是被主人看到，就有杀身的危险。

有一次他蹲在坑里，想着自由的生活，感到很苦闷。忽然，一个饼落在他的膝头上，接着，又是一个，还有樱桃落下来。他抬头一看，原来是吉娜。吉娜瞧了他一会儿，笑着跑走了。席林就动了个念头："吉娜能不能帮我的忙？"

他把坑里的一小块地方收拾干净，挖了一些黏土，捏起泥人来。他做了泥人、泥马、泥狗，心里想："等吉娜一来，我就扔给她。"

可是第二天不见吉娜来。席林听到有马蹄走过的声音，鞑靼人聚集在教堂外面，争论什么，大声嚷嚷，还提到俄罗斯人。还听到那老头儿的声音。他不能完全听清楚他们的话，但是他猜测，大概是俄罗斯人离得不远了，鞑靼人在担心他们会不会打进村子里来；他们不知道如何处置这两个俘虏。

大伙议论了一阵，走了。忽然听见上面有窸窸窣窣的声音。他一看，是吉娜蹲在那里，膝头耸得比头还高，脑袋探到下面，头颈里挂的项链在坑上面晃荡，两只眼睛像星星一样亮晶晶的。她从衣袖里掏出两个乳酪饼，扔给他。席林接住了，说：

"你为什么好久不来？我给你做好了玩具。你看！"他就把玩具一个一个地扔给她。可是她摇着头，看也不看。

"不要。"她说。她默默地坐了一会儿，又说："伊凡！他们要杀你。"她用手在自己脖子上比画着。

"谁要杀我？"

"父亲，老人们命令他这么做的。可是我舍不得你。"

席林便说：

"要是你舍不得我，你就给我拿一根长棍子来。

她摇头，表示不行。他合起手，求她说：

"吉娜，我求求你！好吉娜，给我拿来吧！"

“不行，”她说，“他们会看见的，大伙全都在家。”说着就走了。

晚上，席林坐在那里想：“怎么办呢？”他不住地朝上面望。有星星，月亮还没有出来。阿訇大声念过了经，一切都寂静了。席林已经开始打瞌睡，他心里想：“这姑娘害怕了。”

忽然，有土撒落在他头上，他抬头一看，只见一根长竿插在坑的那边，慢慢地放下来，落到坑里。席林高兴极了，他一把用手抓住竿子，拉进来，这是一根很结实的竿子。以前他在主人的屋顶上看见过这根竿子。

他朝上看看——高空中星光闪烁；坑上面，吉娜的眼睛在黑暗中像猫眼一样发亮。她在坑边俯着身子，脸朝下面低声说：

“伊凡，伊凡！”自己的手一直在脸旁边摇着，意思叫他“轻些”。

“怎么样？”席林说。

“大家都出去了，只有两个人在家。”

席林便说：

“喂，柯斯狄林，我们走吧，这是最后的机会。我来扶你。”

柯斯狄林连听都不愿意听。

“不，”他说，“看来我是没有法子离开这儿了。我连翻身的气力都没有，哪里还能走呢？”

“那么，只好再见了，——我有什么对不起你的地方，请原谅我。”他和柯斯狄林吻了一下。

他抓住竿子，叫吉娜扶着竿子，自己往上爬。他两次都跌下来——戴着脚铐爬起来不方便。柯斯狄林在下面托住他，——他终于爬上去了。吉娜用两只小手使劲拉着他的衣服，笑着。

席林拿着竿子，说：

“吉娜，你去把它放回原来的地方，要是被他们发现竿子不见了，查起来，他们就要打你。”

她拖着竿子走了，席林便向山下走去。他爬下陡坡，拿起一块有尖角的石头，想把脚铐砸开。可是锁很结实，怎么也砸不开，而且也不好砸。他听见有人轻快地跳跃着从山上跑下来。他心里想："一定又是吉娜。"跑来的正是吉娜，她拿起石头，说：

"让我来。"

她蹲下来，动手砸。可是她的胳臂细得像柳条，哪里有什么气力。她把石头一扔，哭了。席林又拿起石头来砸，吉娜就蹲在他身旁，扶住他的肩头。席林回头一看，只见左首的山背后映起红光，月亮要出来了。"啊，"他想，"月亮出来以前，必须走过那个低地，赶到树林边上。"他站起身来，扔了石头。尽管戴着脚铐，也得走。

"再见，"他说，"亲爱的吉娜，我一辈子不会忘记你。"

吉娜拉住他，用手在他身上摸，要找一个可以放饼子的地方。他接过饼子。

"谢谢你，"他说，"聪明的孩子。我走了，谁再给你做泥人呢？"说着便摸了摸她的头。

吉娜哭起来，双手捂着脸，像小山羊似的跳跃着跑上山去。在黑暗中，只听见她发辫上的饰物在背上丁零地响。

席林画了个十字，用手提着脚铐上的锁，不让它发出响声，拖着脚在路上走，不时看着东方——月亮升起时的红光。道路他是知道的，一直走上八里就行了。可是在月亮上升之前，必须走到树林。他涉过溪流的时候，山后已经发亮了。他穿过低地时，一面走一面瞧望：还看不见月亮。红光已经亮起来，低地的半边越来越亮了。山腰里升起的阴影，渐渐向他逼近。

席林一直挑选有阴影的地方走。他尽量快走，可是月亮升得更快，已经照到右面的山顶上。他快要走进树林，月亮已经从山背后升起，四周又白又亮，如同白昼一般，树上的每一片树叶都看得清楚。群山寂静皎洁，仿佛万物都死绝了，只听见下面溪流的淙淙声。

他走到树林边——一个人也没有碰到。他在树林里选了一块比较阴暗的地方，坐下休息。

他休息了一会儿，吃了一个饼。他找到一块石头，又动手来砸脚镣。他把手都砸破了，还是砸不开。他只好站起身来，再走。他走了一里光景，已经筋疲力尽，脚痛得要命。他走了十来步，又停下来。“有什么办法呢，”他想，“只要有力气，就拼着命走吧。一坐下来，就站不起来了。要是天亮还走不到要塞，我就躺在树林里过一个白天，等到夜里再走。”

他整整走了一夜。只遇到两个骑马的鞑靼人，席林远远地听到声音，就躲在树背后。

月色已经淡了，下了露水，天快亮了；可是席林还没有走到树林边。“好吧，”他想，“再走三十步，就到树林里去待着。”他走了三十步，一看，树林到了尽头。他走到树林边上，天色已经大亮，草原和要塞展现在他眼前，了如指掌；左首山脚下烧着篝火，火快熄灭，烟雾弥漫，篝火旁边有人。

他仔细望去，看见刀枪发亮，有哥萨克人、兵士。

席林欣喜欲狂，他使出最后的气力，从山坡上走下去。他心里想：“这儿是一片空地，万一被骑马的鞑靼人看见，那可了不得，虽然近，也逃不了。”

他这么想着，回头一看：在左面相隔二十来丈的小坡上，站着三个鞑靼人。他们看见了他，就拍马向他跑来。他的心都要停止跳动了。他挥动双手，拼命提高嗓子叫喊：

“弟兄们！快来救我！弟兄们！”

我们的人听见了喊声，骑马的哥萨克拍马赶来。他们向他跑过来——拦住鞑靼人。

他离哥萨克人远，离鞑靼人近。这时席林使出最后的力气，一手提着脚镣，朝着哥萨克跑过去，忘形地画着十字，嘴里喊着：

“弟兄们！弟兄们！弟兄们！”

哥萨克大约有十五个人。

鞑靼人慌了，不敢走近，就勒住了马。于是席林就跑到哥萨克人跟前。

哥萨克将他团团围住，问他是谁，是什么人，从哪里来的。席林只是哭着说：

“弟兄们！弟兄们！”

兵士们跑出来，围住席林。有人给他面包，有人给他粥吃，有人给他酒喝，有人用外套给他盖上，有人砸开脚铐。

军官们认出了他，把他带进要塞。兵士们高兴极了，同僚们都来看他。

席林讲了他的全部遭遇，说：

“这就是我的探亲和结婚！显然，我这是命该如此。”

他就留在高加索服役。柯斯狄林又过了一个月才花了五千卢布赎出来，回来的时候已经半死不活了。

狼

〔俄〕列夫·托尔斯泰

狼

某处有一个孩子，他很喜欢吃童子鸡，又很害怕狼。

有一次，他睡着做梦，梦见自己一个人在森林里摘香蕈，突然从树丛中跑出一只狼来。

那孩子惊叫道：

“啊哟，狼要吃我了！”

“不要忙，我不吃你，我和你谈谈！”

狼用人类的话对他谈了起来。

狼说：

“你害怕我吃了你，吓得这么厉害，可是你自己怎样呢？你不是很喜欢吃童子鸡么？”

“是的。”

“你为什么吃童子鸡？它跟你一样，也是一条命啊。你每天朝晨，跑到园子里去看看，童子鸡被人捉起来的时候，是什么样子的。厨子怎样把它带到厨房里，怎样割破它的喉管，还有那老母鸡，看见自己的孩子被人捉去，啼哭得多么悲伤。你没有见过么？”狼说。

孩子说：

“没有见过。”

“没有见过，那你就好好看着吧，我就把你吃给你看。你就是一只童子鸡，我就吃给你看。”

狼说着，就扑到孩子的身上，孩子惊慌地叫了：

“啊哟，救命呀!”正在叫喊中，就醒过来了。

从此以后，这孩子对牛肉、羊肉、鸡肉……一切叫肉的东西都不吃了。

弃　儿

有一个穷苦的妇人，她有一个女孩子，叫作玛霞。有一天，玛霞去吊水，看见井边丢着一个破烂的布包。玛霞把吊桶放在地上，想把这布包打开来看看，手刚刚碰到包，里面就发出哇哇的啼声。

玛霞蹲下身子去，看见一个红脸孔的婴孩，婴孩大声地哇哇地啼哭着。

玛霞就把婴孩抱起来，带到家里，拿一只小汤匙给他喂牛奶。玛霞的妈妈说：

“你带了什么东西来啦？”

玛霞答道：

“一个婴孩，我在门口看见的。”

妈妈说：

“我们家里这样穷，怎么能再养一个小孩子呢？送到公安局去，叫公家收留吧。”

玛霞听了这话，就哭了，她说：

“妈妈，小宝宝吃得很少，留在家里吧。妈，你看呀，他的手多么红，多么皱。”

妈妈看了小孩心里就不忍了，便把他留在自己家里。

玛霞给小宝宝喂牛奶，穿衣服，小宝宝睡着时，给他唱歌。

农夫和黄瓜

从前，有一个农夫，到人家的菜园里去偷黄瓜，偷偷地走到瓜田里，心里这样想道：

“我偷一袋黄瓜，到市场上去卖掉了，就用这钱去买一只老母鸡。老母鸡生了蛋，就给放在窝里，孵出许多小鸡来。把小鸡养大了，再卖掉，去买一只老母猪。老母猪又养许多小猪。把小猪养大了卖掉，再去买一匹母马，母马又养小马。把小马养大了卖掉，就去买一所房子，造一个菜园。对啦，菜园里就种黄瓜吧。可是黄瓜不能被人偷掉——要好好儿看管。雇几个管园的人，叫他守在瓜田边，我便走过去，大声地吩咐他们：‘当心，要好好儿管住呀！’”

这个偷黄瓜的农夫，真的大声地这样叫了。

管园人听到声音就跑出来，把这个农夫痛打了一顿。

火　灾

正当收割的时候，农家男男女女都到田里去了，村子里只留下老人和孩子。

有一家人家，留一位老婆婆和三个孙儿看家。婆婆烧好了炉子，就睡午觉了。牛蝇停在婆婆的脸上咬。婆婆用一条手巾把脸包住，就这样地睡着了。三个孙儿中一个叫玛霞的女孩（她还只有三岁）把炉子门打开，钳出了一块红炭，放在破碗片里，拿到大门外边。门廊下放着一束柴草，是女人家用来打草绳的。玛霞把红炭放在草底下，呼呼地吹了起来，草就慢慢地烧着了。她高兴得很，就跑进屋子里，抓了弟弟克留西加（他只有一岁半，刚刚会走路）的手带他出来，说道：

“克留西加，你看，我做了一个多么好的炉子。”

柴草愈烧愈耀，发出爆裂的小声。

门廊里吹满了烟雾，玛霞慌得逃进屋子里。

克留西加在门槛里跌倒了，跌痛了鼻子，便哭了起来。

玛霞把弟弟拖进屋子里。

两个人躲在凳子底下。

婆婆还是不知道，睡得很熟。

哥哥华尼亚在外边玩，他看见自家门廊口烟雾腾腾，就打开了门跑了进来，穿过烟雾，跑进屋子里，把婆婆叫醒。婆婆睡昏了，忘记屋子里还有孙子，慌忙跑出门外去叫人救火，满村子乱叫乱跑。

玛霞坐在凳子底下不敢作声，弟弟因为鼻子跌痛了，还在大声地啼哭。华尼亚听见弟弟的哭声，望凳子底下张望，便对玛霞喊道：

“快逃呀，要烧死啰！”

玛霞逃到门口去，门口是烟和火焰，跑不出去了，玛霞又跑回来。华尼亚打开了窗子，把妹妹推了出去。推出了妹子，又把弟弟拖起来，要拖到窗口上去，可是弟弟重得很，阿哥吃不住了。弟弟拼命哭着，推开了阿哥。华尼亚把弟弟拖上窗口，被弟弟推倒了两次。

屋子里已经燃烧起来了。

华尼亚把弟弟脑袋揿在窗外，拼命地推送出去。弟弟已经吓糊涂了，两手死抓住窗槛不放。华尼亚就叫唤玛霞：

“你快拖他的脑袋呀！”

自己在后边推着。于是两个人把弟弟拖出窗外，总算救出了性命。

小　　猫

华霞和加却兄妹两人养着一只猫。春天的时候，那猫不见了。两个人到处找寻，总是没有找到。有一次，他们在仓屋外边玩，忽然听见头上有“咪呜咪呜”的叫声，华霞搬了梯子来，爬到屋顶上，加却站在下边性急地问：

“看见没有，看见没有？”

华霞不作声，过了一会儿，华霞对妹子说了：

“在这儿呀！是我们的猫……养了小猫啦。多好看呀，快到这儿来看！”

加却跑到屋子里去拿了牛奶，又回到猫的地方来。

小猫一共有五只。过了几时，小猫大了起来，从出生的地方爬出来，孩子们挑了一只白脚爪的灰猫带回屋子里。妈妈把别的小猫分别送了人，只给孩子们留下这一只。孩子们拿东西喂它，带它一起玩，又抱着它睡觉。

有一天，他们带着小猫到外边去玩。

风吹动路边的枯草，小猫就扑着枯草游玩起来。孩子看得非常高兴。这时候，孩子们又看见了路旁酸浆草的花，便跑去摘，把小猫忘记了。

忽然，听见有人大声地喊：

“快回去，快回去！”

回头看时，正跑来一个猎人，他的面前，跑着两条猎狗——这猎狗见了小猫，就想去捉。小猫不知追来的危险，它没有逃，还蹲在地上，弓起了背脊望那两条狗。

加却见了狗就怕，逃到旁边去了。华霞赶速跑到小猫那儿去，正和狗同时赶到。狗正要去抓小猫，华霞把身子仆倒，仆在小猫的身上，把狗隔开了。

猎人跑过来，将狗赶开了。华霞便带了小猫回家，而且从此之后，再不把小猫带到外边去了。

兔　　子

这事情发生在一个冬天。有一只兔子住在村子边上。到了夜里，兔子竖起了一只耳朵倾听着四边的动静，然后又竖起另一只耳朵，动动胡子嗅一嗅气味，轻轻地站起后脚来。不一会儿，它跳了两跳，跳到厚厚的雪地上，又把后脚站起来，向四周打量一番，四周除了一片白雪，什么也没有。雪像波浪似的展开来，像白糖一样地发着光。兔子的头上罩着一片冻雾，大的星儿通过了这雾气，发出冷冷的光。

要到那个常去的谷仓里去，必须穿过一段很宽阔的道路，路上传来雪橇滑板的溜滑声、马儿的喘气声，和雪橇座板叽吱叽吱的挤轧声。

兔子走到路边，又站了起来。农夫们穿着长袍子，在雪橇边赶路。他们的面目模糊得很，长胡子口髭和睫毛都变了白色，嘴巴和鼻子孔里吹出白气。马流着汗，这流出来的汗立刻就变了霜。马在颈圈中东撞西碰地跳着，一会儿蹄子陷进路上的洼儿里，一会儿又爬了上来。农夫一会儿在前，一会儿落后地赶着，用鞭子打马。两个老头儿并排在地上走，一个正在对另一个讲被偷掉了马的事情。

等这一队装货物的雪橇走过去，兔子就穿过了大路，很小心地走到谷仓旁边去。跟着雪橇赶路的一只狗看见了兔子，便伏着赶过来。兔子越过雪堆跳到谷仓那边去。雪堆把兔子绊住了。狗跑了几步，狗爪陷在雪里，跑不过去了。兔子也停下来，把后脚站了一站，又轻轻地跳到谷仓边去了。半路里，在一块冬麦田上，遇见了两只别的兔子，它们吃得饱饱的正在游玩。兔子就跟同伴们玩了一会儿，大家扒开了雪，吃了一把冬麦，又向前面跑去。村子的四周是静静的，灯火都熄灭了。只有一家人家，有婴儿的啼声漏出屋外来，因为寒冻，屋檐下的板吹得嘘嘘地叫，听得见的就只有这些声音。兔子跑到谷仓里，又碰见了它的朋友。它便在干净的打谷场上和朋友一起玩，吃了装在篮子里的燕麦，爬过积雪的屋顶，跳到烘谷子的烘房顶上，跳过篱笆，回到自己居住的山谷里去了。东边的天空，映起了朝霞，星儿渐渐地少了，地面上腾起了比刚才更浓的冷雾。近边的村子里，农妇们已经起来，出门去吊水了，农人从谷仓里搬出牲口的食料，孩子嚷起来，哭起来了。大路上的雪橇更多了，农人们说话的声音愈来愈大。

兔子穿过大路，走到自己的老窝边，挑一处高起的地方，把雪划开，屁股朝前地退进新的洞子里去，两只耳朵紧紧地贴在背上，就这么睁着眼睛睡着了。

杨　　树

复活节那一天，一个农夫走出门去，看看冬天时候冻硬了的田地，已经软了没有。

他走到菜园里，用木棒戳戳地面，地面已经软了。他又走到森林中去，林子里的杨树已经含了新芽。

“菜园里种几株杨树吧，大起来也可以挡挡风。”这农夫这样想了。

他就用斧头砍了十株杨枝，把粗的一头削尖了，插在地里。

杨枝都抽出了嫩芽，长出了叶子，在泥里边的，也一样长出芽来，代替了根。有的在泥里生了根，有的长不牢，枯死了。

到了秋初，农夫见了这些杨枝，心里很欢喜。有六株长了根了。第二年春天，被羊咬坏了四株，只剩了两株。第三年的春天，这两株也被羊咬坏了，一株就此枯死，另一株好容易才重新活了，伸长了根，张开了枝条。每年春天，蜜蜂绕着杨树嗡嗡地飞舞，做蜂房的时候，常常成群地停在杨枝上。农夫便把它们引到蜂桶里。农夫和农妇们常常在树底下吃饭，打中觉，孩子就爬到树上折杨枝。

种这株杨树的农夫已经死了好久，杨树却愈来愈大了。他的大儿子在树上砍过两次枝条，拿去烧火，杨树还是不断地大起来。人家常常把它修剪成圆形，像一个松球的模样。可是一到春天，杨树又长出比以前多上两倍的小枝条，像小马的鬣毛一样。

那大儿子后来也老了，整个村庄都迁走了，杨树就在田野中，长得又高又大。常常有别处的农夫跑来砍伐枝条——可是杨树还是大起来。有一次，被雷击死了，但旁边的枝条又重新活了，依然不断地长大，开花。有一个农夫想把这杨树锯了，做蜂箱，锯了一半，他不锯了，因为树心都被虫吃了。这杨树斜在一边，还没完全倒下来，可是它依然长大起来，每年，蜜蜂飞来，在它的花中去采了蜜。

是有一年的春初，孩子时常在这杨树下牧马，他们觉得冷，就烧起火堆来。他们找了些断木头、干叶子、枯枝条来。一个孩子爬到杨树上折小枝条。他们就把这些放在树洞里点着了火。杨树吱吱地响了起来，树汁滚热了。一会儿，发出了蒙蒙的烟雾，蹿起火舌来。树心里都焦黑了，嫩枝条枯萎了，杨花也凋落了。孩子们把马赶回家去了。被火烧过的杨树，就孤零零地留在田野中。飞来了一只黑老鸦，停在树上叫道：

“怎么啦，你死了么？你这老不死的烧火棒，你的寿命早就该完蛋的了。”

从速度生力的故事

有一次，火车用很快的速度在铁路上走。在和大路交叉的地方，站住了一辆装货的大车，赶车的想越过铁路，连忙赶着马儿，可是大车的后轮子在轨道上卡住了，马拖不动。火车上的管理人对司机喊道：

“快停车！”

可是司机不听他的话。他看见赶车人没法儿把车子赶上前，又没法儿打回头去，而火车呢，也一样没法儿很快地停下来。他便不打算停车，反而把火车开足了速度，一股劲地直撞到大车上，赶车的忙从大车边逃开，火车把大车和马撞翻到铁路外边，跌个粉碎，就管自一溜烟地开上前去了。

那时候，司机对管车人说：

“现在我们只撞死了一匹马，撞坏了一辆大车，如果我听了你的话，我们就会死，说不定全车的客人也没有命活了。把车子开足了速度，我们虽然撞翻了大车，还不觉得什么，假使慢吞吞走，不定火车都会翻身啦。”

消防队的狗

城市里发生火灾的时候，常常有把小孩子丢在屋子里救不出来的事。因为孩子们吓得躲在角落里不敢作声，烟雾弥漫起来，大人就看不见他们。因此，在伦敦，就专门训练出一种狗，这种狗住在消防队里，遇到房子失火时，消防队的人就派狗去救孩子。在伦敦有一只消防队的狗，已经救过十二个孩子的命，这狗的名字叫作瀑勃。

有一次，有一所房子失火了。消防队赶去救火，屋子里跑出来一个妇人，她号哭着说，里边还丢下一个两岁的女孩子。消防队员连忙放瀑勃去。瀑勃跳上楼梯，冲进烟雾中去了。过了约莫五分钟的样子，瀑勃就衔住了女孩的内衣跑出来了。母亲赶忙把身子扑过去，见那女孩还好好儿活着，便高兴地哭了起来。消防队员抚慰着狗，看它有没有受到火伤。但瀑勃还想冲进烟雾中去，消防队员只当屋子里还有活人，便把狗放进去了，狗跳进屋子里去，不一会儿，又衔着一件东西跑出来了。看看狗所衔的东西，大家都笑起来了，原来是一个很大的洋娃娃。

挨部陶大臣

从前波斯某王的朝代，有一位叫作挨部陶的公明正直的大臣。有一次，他到国王的地方去，走过街上。街上挤满了人，正在大声地喧闹。他们见了大臣，就把他围住了，拉住了马头，恐吓他说：要是不依从他们的话，就要把他杀死。其中有一个人，拉住了大臣的胡子，把他拖了过去。

好容易，人家把他放了，便赶快跑到国王的地方去，请国王帮助这些百姓，并且不要因为他们侮辱了自己去责罚他们。

第二天早晨，有一个小商人到大臣的地方来，大臣问他有什么事。

小商人说：

“我来报告你，昨天出头侮辱你的那个人，我很知道——他是我的邻居，名字叫奈基姆，你捉他来办他吧！”

大臣叫小商人回去，就把奈基姆叫来。奈基姆心里想，一定是被人告密了，吓得什么似的，走到大臣的地方来，立刻在大臣面前跪下。

大臣叫他站起来，说道：

“我叫你来，不是要办你。我要告诉你一件事，你那个邻居，不是一个好人，他把你出卖，你得当心才好。现在，你可以回去了。”

两个商人

有一个贫穷的商人，因为要出门去，把他做买卖的铁寄存在一个富商人的地方，自己便出门去了。

富商人把寄存的铁都卖掉了，便想了一个谎话，打算支吾过去。他说：

“你的那些铁，出了一件怪事啦。”

“怎么样？”

“我把它放在仓库里，可是那儿老鼠很多，把铁都吃光了，我还亲眼看见它们在嚼，你要不相信，我可以带你去看。”

那穷商人也不和他争论，他说：

“还去看什么呢，我相信的，我知道老鼠是会吃铁的。好，再见吧。”

说着，穷商人就走了。

他走到街上，看见那富商人的孩子正在游玩。穷商人就逗着他玩，两手把他抱起来带回自己家里去了。

第二天，富商人来见穷商人，告诉他自己遭遇的不幸，小孩子不见了，又问道：

“你有没有见到我的孩子？或是听到什么风声没有？”

穷商人便说：

“我见到的，我昨天从你那里出来的时候，看见一只大鹰扑到你孩子身上，把他抓了起来，就这么飞去了。”

富商人发怒地说：

“你还要跟我开玩笑么？大鹰抓去孩子，天下有这样怪事么？”

“不，我不是开玩笑，大鹰抓去孩子，这有什么稀奇呢。现在这个世界，老鼠不是还会吃掉四千斤铁么？什么怪事有的是。”

“老鼠没有吃你的铁，实在是我卖掉的，我加倍赔偿你吧。”

“既然如此，大鹰也没有抓去你的孩子，我把你的孩子送还给你吧。”

自动磨粉机

有一个农人，学会装置磨粉的车子，便开始制造起各种各样的车来，水车，风车，用马拉的车。

这期间，他想造一种粉机，不用水力，也不用风力和马力，自己会动。做一个装置，使重石头从上面压下来，就用这重量使轮子转旋，然后再把石头提上，再压下去。这样地，这架磨粉机就会自动——他想造出这样一架磨粉机。

那农人跑到地主那儿去，说道：

“我想出了一种磨粉机，不要用水力，也不要用马力，只消一开动，就一直会动下去。但我要买木料，买铁材，没有钱，请老爷借三百块钱给我，我把造好的第一架磨粉机送给你。”

老爷问他认识字么。

农人说他不识字。

地主便说了：

“你要是识字，我可借机器学的书给你，你就可以从那书中读到这种磨粉机的事情，知道要造这样的机器，完全是办不到的。许多有学问的人都想发明自动的磨粉机，想得差不多要发疯了呢！”

农人不相信地主的话，说道：

“你说的那些书里，不过写上一些蠢话罢了。从前，有一个很有学问的机器师，给城里的商家造了一架精麦机，用起来完全不灵，可是我虽一字不识，看了一看，马上把它改造了一下，立刻就好好地动起来了。”

地主说：

“石头落下去，又把它提上来，到底怎么样提法呢?”

农人答道：

“跟着轮子上来呀。”

地主说：

“它虽然会上来，但一定比上次低了，而且以后，愈来愈低，结果就会停下来。无论什么车轮都一样，比方乘着一架小雪橇，从大山上滑下来，可以再冲上小山，但是从小山滑下来，再冲上大山，无论如何就办不到了。”

农人还是不相信他的话，又跑到商人的地方去，约定造架不用水力和马力的磨粉机。

商人就出了钱。农人买了各样材料，把三百块钱都花光了，磨粉机还是不会动。

农人又变卖了自己的东西，继续制造。

商人说：

“把不用马力的磨粉机给我呀，要不，就还我钱。”

农人又跑到地主的地方去诉苦。

地主给了他钱，说道：

“你到我这里来做工吧，我要造一架用水力和马力发动的磨粉机——你造这样的机器，是一个高手。不过，从此以后，比你聪明的人都不能造的东西，你还是不要动手吧。”

鹫　鹰

一只鹫鹰把巢造在离海很远的公路边，孵育了雏鸟。

有一次，在它造巢的树边，有人在做工，鹫鹰用脚爪抓了一条大鱼，向巢里飞来。那些人看见了鱼，就围在树的四周，高声叫嚷着，用石块扔那鹫鹰。

鹫鹰落掉了鱼，那些人把鱼拾回去了。

鹫鹰停在巢边上，雏鸟抬起了头，咻咻地叫着，讨东西吃。

鹫鹰已经累了，它不能再飞到海里去。它就走进巢中，把翅膀打开，抱住了雏鸟，抚慰着，理它们的羽毛。好比像叫它们暂时耐一耐肚子的饥饿。可是鹫鹰越是这么抚慰，雏鸟也越是叫得厉害。

鹫鹰就离开了雏鸟，飞到上边的树枝里。

雏鸟咻咻地叫得更加可怜了。

这时候，鹫鹰也高高地叫了一声，撑开左右的大翼，很吃力地向海边飞去了。

直到傍晚，鹫鹰才好容易飞回来了，它慢吞吞的飞得很低，这一回也抓了一条大鱼。

飞近那树木的时候，它打量近边有没有人，才很快地收住翅膀，落在巢边。

雏鸟抬起头来，张开小嘴，鹫鹰把鱼撕碎了喂它们。

坐马车的熊

玩熊人带着熊走到酒店里，把熊吊在门口，走进里边去喝酒。

一个赶车的，赶一辆三匹马的大车也到酒店里来，把中间那只马的脚缚住，也进里边喝酒去了。

赶车人的那辆大车中，放着圆面包。

熊嗅着车子里的面包，就把绳子扭掉，悄悄爬上车子，在车上，它在干草堆里寻找。马回过头来，就拔起脚来从酒店里跑出去，在大路上奔跑起来。熊用两只前脚扳住了车边，完全吓昏了。马还是越跑越放出劲儿来。熊就两脚抓住车边，向左望望，又向右望望。马儿也回头望望，连上下高低也不看，一股劲儿望前跑……路上的行人忙得躲开也来不及。三匹马的大车气喘喘地奔跑着。车上坐着一只熊，双脚攀定车边，不住地望四边打量。熊的样子越来越怕了，它想：说不定就会被马儿害死了呢。于是它就吼起来。一吼，马跑得更快，跑着跑着，一直跑到村子里自己的家中。为什么这车子跑得这么莽闯，大家都望得呆了。马穿过自家的大门，跑进院子里。主妇见马跑得跟平常不一样，当作发生了什么祸事。是喝醉了么？想着，就跑到院子里来看。看见坐在车上的不是自己的丈夫——是一只熊。熊从车上跳下来，望着山野，望着森林，一溜烟地逃走了。

女孩和香蕈

两个女孩带着香蕈回家去。

路上，她们要穿过一条铁路。

她们还当火车没有来，爬上了路基，正要穿过铁路。

忽然，火车头隆隆地响了。姊姊打回头了，妹妹已经穿过对面去。

姊姊对妹子叫道：

“不行呀，不要回头！”

可是火车已经到了近边，发出轰隆的大声，妹子没有听清姊姊的叫声，当作叫她回头，跳过了铁路还打算回过来。不小心跌了一跤，把香蕈都落在地上了。她还想俯下身去拾。

火车已经到了眼前，司机拼命拉回声。

姊姊喊道：

“香蕈不要管它了！”

妹妹又听作叫她拾起来，蹲到铁路上去。

司机刹不住车子，火车就拼命地拉着回声，碾压到女孩的身上来。

姊姊大声地号哭了，乘客都从窗子里伸出头来张望。管车人还不知道发生了什么事，忙跑到火车的后节去看。

火车过后，在大家的眼中，看见那女孩的模样，头朝下，身子蹲在铁路上一动不动。

火车开过了一段之后，那女孩的头就抬了起来，身子伸起来，拾起了落在地上的香蕈，向姊姊那边跑过去了。

印度人和英国人

印度人在战争中俘到了一个年轻的英国人，他们把他绑在树上，准备杀掉。

有一个老年的印度人跑过来说：

“不要杀死他，把他交给我吧。”

那些印度人就把他交给了老人。

老人解去了这英国人身上的绳子，带回到自己的窑房里，给他吃，又叫他睡觉。

第二天朝晨，印度老人叫那英国人跟他走出去。

他们走了好久，快要走到英国人的军营里了。印度老人说：

“你们的兵杀了我的儿子，我现在救了你的命，让你回部队去，再来杀我们吧。”

英国人惊奇地说：

“你为什么跟我开玩笑？我知道我们的兵杀了你的儿子，你快把我杀死好了。”

那时，印度人说：

“我看见大家要杀你，我想起了自己的儿子，心里就可怜你了。我不是跟你开玩笑，快回自己的部队里去吧，而且，以后再来杀我们吧。”

于是印度人就把这个英国人放掉了。

背　心

有一个农夫改行做买卖，发了大财，手底下有好几百伙计和管事，他连那些人的名字也记不大清楚。

有一次，这个商人那里失掉了一笔两万块钱的大款子。服务已久的管事们，经过了仔细的侦察，终于找出了偷钱的人。

第一管事跑到商人那里来报告：

“我把窃贼找出来了，该把他送到西伯利亚去充军。”

主人说：

“是谁偷的?”

第一管事回答道：

“是伊凡偷的，他自己已经承认了。”

商人想了一想，说道：

“既是伊凡，就饶了他吧。”

管事惊奇地说：

“怎么可以饶呢？这一回饶过了他，以后别的伙计和管事都要做同样的事，会把你的财产完全偷光了。”

商人说：

“既是伊凡，那就一定要饶他。我开始改行做生意的时候，我和他是称兄道弟的同伙。我结婚的时候，行婚礼没有衣服，是他，把自己的背心送给了我。伊凡是一定要饶的。”

于是，他们就饶恕了伊凡。

彼得大帝和农夫

有一次，彼得大帝在森林里遇见了一个农夫，农夫正在砍柴。

大帝道：

“老哥，上帝保佑你呀！”

农夫说：

“对啦，人就是靠上帝保佑的啰。”

大帝问道：

“你家里人口多么？”

“多呀，两个儿子，两个女儿。”

“那也不算多呀。那你挣了钱做什么用的呢？”

“我挣了钱分作三种用处：一种还债，一种出借，还有一种丢在河里。”

大帝想了一想，不明白这老头子说的还债、出借、丢在河里是什么意思。

老头子便解释道：

“还债，就是奉养父母，出借就是养育儿子，那丢在河里的，就是养女儿。”

大帝说：

“你这话说得很有意思。喂，你带我走出这座林子好么？我迷了路啦。”

农夫说：

“你自己找路吧。一直朝前走，向右手转弯，再向左手转弯，再向右手转弯，这就行了。”

大帝说：

“我弄不明白呀，你还是带一带路。”

“你说得好，我不能带路呀，我们当农夫的，做一天功夫很值钱呀。”

“你说值多少钱，我就一样给你钱。”

“那么，你就给我钱，我带你去。”

他们就同上了马车去了。

在路上，大帝问那农夫道：

“老哥，你上远处去过没有？”

“我去过的。”

“你有没有见过皇帝呢？”

“我没见过，心里是很想见一见的。”

“那么，你出了这林子，就可以看见皇帝了。”

“可是，我怎么能知道哪个是皇帝呢？”

“别的人都把帽子脱下来的，只有皇帝不脱帽子，你一看就明白了。”

一会儿，他们到了田野上，人们见了大帝，都脱下帽子来，农夫把眼张得很大，向四处探望，依然没有见到皇帝，他便问了：

“皇帝在哪里呀？”

那时，彼得大帝对农夫说：

“你看，戴着帽子的只有我和你两个人——你就可以知道，我们两个中间哪一个是皇帝了。”

狮子和小狗

在伦敦，有展览猛兽的，要看的人，每人须付一点儿钱，或是带一些喂猛兽吃的猫狗之类。

有一个人，要去看猛兽，在路上提来了一只小狗，送给展览场里的人。那些人就让他进去，将那小狗放进狮子的笼里，喂狮子。

小狗卷起尾巴，缩在笼子角落里，狮子走过去，把小狗嗅嗅。

小狗仰天睡着，四足向上，把尾巴摇摇。

狮子用前爪去拨，把小狗拨转身来。

小狗跳起来，扑起身子，用两只后脚站在狮子面前。

狮子把头左右摆动，注视着小狗，就不去碰它。

展览人把肉投给狮子，狮子把肉咬碎，留一小块给小狗吃。

晚上，狮子躺倒身子睡觉，小狗也就睡在它的旁边，把头枕在狮子的腿上。

从此以后，这小狗就跟狮子住在同一个笼子里。那狮子从不触犯小狗，一起吃，一起睡觉，有时还一起逗着玩。

有一次，一位绅士来看猛兽，看见自己的小狗跟狮子住在一起，他就告诉展览场的主人，这小狗是他的，主人准备还他，但正要把那小狗从笼子里取出来时，狮子忽然竖起鬣毛大吼起来。

因此，就这样地，狮子和小狗在同一只笼子里住了约莫一年。

过了一年，那小狗害病死了。狮子就不吃东西，不断地望那小狗嗅嗅，用舌子舔舔，用前爪触碰。

等狮子明白这小狗已经死了，就突然地跳起来，倒竖了鬣毛，用尾巴拍打自己的肚子，又把身子撞在笼壁上，拼命咬嚼笼子的门闩和底板。

这样地整整一天，狮子骚动着，在笼子里发暴威，大声地吼叫。以后，就躺倒在小狗旁边，安静下来了。主人准备搬走小狗的尸体，但狮子却不让人走近它的身边。

主人想，另外放一只小狗进去，狮子也许会忘记悲哀吧，就放了一只活的小狗到笼子里去。不料狮子立刻把它撕裂了。然后，前脚紧抱着死小狗，一躺就躺了五天。

到第六天，狮子就死了。

三个窃贼

一个农夫赶了一头毛驴和一头山羊，上城里去卖掉。

山羊的项子里，是挂着铃的。

有三个窃贼，见了这农夫，其中一个说道：

“你们看我把那头山羊偷过来。”

另一个便说：

“那么，我来偷毛驴。”

第三个窃贼说：

“这有什么稀罕，我就把他的衣服偷来给你看。”

第一个窃贼悄悄溜到山羊身边，把铃子解下来，吊在毛驴的尾巴上，就牵着山羊往田野走去了。

农夫在转弯的地方，回过头来，不见了山羊，便找寻起来。

这时候，第二个窃贼就走过来问他，你在找什么呀？

农夫告诉他，山羊被人偷走了。第二个窃贼便说：

“我看见你的山羊，刚才有一个人牵着羊穿过那边的林子，追上去还来得及。”

农夫便去追赶山羊，托那窃贼替他看一看毛驴。第二个窃贼便很得意地带走了毛驴。

农夫从树林里跑回来，连毛驴也不见了。他就一边哭着，一边在路上走去。

走过一个池边，看见一个人跪在地上哭着，农夫问他什么事。

那人说，人家差他送一袋金洋钱到城里去，在这池子边坐下休息的时候，一个不小心，袋子就落到池里去了。

农夫问他为什么不下水去捞。

那人说：

“我顶害怕水，不会游泳。有人肯替我捞上来，我愿意送他二十块金洋钱。”

农夫听了很高兴，他说：

“我被人偷掉了山羊和毛驴，这一定是上帝赐给我的好机会。”

他脱了衣服，跳进水去。可是，他找不到装金洋钱的袋子，从水里爬出来，连衣服也没有了。

不消说，这就是那第三个窃贼做的事，他就这样把农夫的衣服偷走了。

麻雀和燕子

有一次，我站在院子里，看檐廊下的燕子窝。我看见两只燕子飞出去，窝空了。

正当燕子不在家的时候，从屋顶上飞来了一只麻雀，停在燕子窝上，向四边望望，扇扇它的翅膀，便钻进窝里去了。又从窝里伸出头来，叽叽地叫着。

不一会儿，有一只燕子飞回窝来，正走进窝里去，发现了这位没有邀请过的客人，叫了几声，就扇了一扇翼子，飞出去了。

麻雀还是住在那个空窝里，叽叽地叫。

忽然，飞来了一群燕子，这些燕子，好像来察看麻雀的动静，飞到窝边，又飞出外边去了。

麻雀似乎不关心这些事，还是歪着头叽叽地叫。

那群燕子又飞回窝里来，忙忙碌碌的不知做了些什么，又飞到外面去了。

原来燕子不是空来的，每只燕子嘴里都衔了一块泥，涂在窝的口子上。

燕子飞去又飞回来，慢慢地把泥涂在口子上。口子渐渐狭小起来。

开头还看见麻雀的颈子，接着只看见头，后来只看见嘴，终于什么也看不见了。燕子把窝都封住，就飞出去，热闹地鸣叫着，在屋子四周飞绕。

臭　虫

有一次，我在一家小客栈里宿夜。临睡以前，我点着蜡烛在床角里壁角里照看，看见角落里都有臭虫，心里想：这样多的臭虫，怎样能够过夜呢。

我自己带着一张行军床，不过，放在这样的屋子里，臭虫一定会从墙上爬到地板上，再从地板沿着床脚爬到我的身上，我就向客栈的老板娘要了四只木盆，装了水，把行军床的四只脚，放在盛水的木盆里，我就睡了。我把蜡烛放在地板上，看臭虫的动静。臭虫很多，立刻嗅到我的气味，从地板上爬过来，爬上木盆的边缘，有的就掉在水里，后面的就打回头了。

“这方法，真不错啦！”我想，“晚上不会给臭虫咬了。”

我便准备把蜡烛吹熄了。

忽然，身上一阵痒，忙看时，却正是臭虫。它们怎么能跑到我身上来的呢？不到一分钟，又发现了另一只。我向四周打量，它们怎样到我的身上来的？我要找出它们的来路。

找了好久，还是不明白。过了一会儿，我抬头望屋顶，看见天花板上有一只臭虫在爬，它爬到床顶上，就跌落到我的床上来。

“啊哟，今晚上要逃过臭虫，是没有办法的了。”我这样想着，便穿上了皮外套，避到院子里去。

没有给带上城去的孩子

爸爸准备上城里去，我对爸爸说：

“爸爸，带我一道上城去吧。”

可是爸爸说：

“你要冻死的呀，不要去!”

我回转身体，哭泣着，到杂物间里去了。我哭着，哭着，就睡着了。我做梦了。从我们村子走向礼拜堂的一条小路上，我爸爸正在向前走去，我跟着爸爸，一起上城里去。走着走着，忽然看见前面正燃着一只火炉。我就对爸爸说：

“爸爸，这就是城里么?”

爸爸答道：

“是的。”

我们就走到火炉边，火边上正烤着面包，我说：

“我们买面包吧。”

爸爸就买了面包给我。

我就醒过来了，便起来穿上了靴子，戴上了手套，跑到街路上。别的孩子们正在街上溜冰，滑手车，我就跟他们一道滑，玩得手脚都冻冷了才停止，便回到家里爬到暖炕上。这时候，听见爸爸从城里回来了，我欢喜地跳起来说：

“爸爸，你买了面包回来了么?”

爸爸说：

“哎，买来了。”

于是，我得到了一只面包，我就跳到凳子上，高兴得跳起舞来了。

在森林里碰到雷雨的孩子

当我还是一个什么都不懂的孩子时，有一次，大人叫我到森林里去采香蕈，我到了森林里，采了香蕈，正打算回家了。忽然，天气阴暗了，落起雨来，又打起了隆隆的响雷。我惊慌了，坐在一株大榉树底下。电光闪得眼睛发痛，我就把眼睛闭了。头顶上好像什么东西在爆炸，隆隆地响个不住。忽然，我的头上掉下了一件东西，我就倒在地上，一直躺到雨不落了。抬头看时，只见每株树上都滴着水滴，小鸟儿唱着歌，太阳的光闪烁不住。那大榉树折倒了，发出蒙蒙的烟雾来，我的四边落满了碎树片。我的衣服都湿透了，贴在身体上，头上长了一个大块，隐隐作痛，我找到了帽子，拾起香蕈，就走回家去。家里一个人也没有，我从抽屉里取了面包，爬上暖炕，睡着了。过了一会儿，我醒来了，从暖炕上望下去，只见我采来的香蕈，都已经烧好了，放在桌子上，大家正准备吃。我喊道：

“为什么不给我一道吃？”

大家回答道：

“谁叫你一直睡着不醒，快来呀！”

不再怕瞎眼花子的孩子

我小的时候，大人常常吓我：瞎眼花子来了。我顶害怕瞎眼花子。有一次，从外面回家来，廊下的阶沿上坐着两个瞎眼花子。我不敢退后，又不敢走过去，不知道要怎样才好。忽然，其中的一个（眼睛白得跟牛奶一样的）站了起来，挽起了我的手，说道：

“少爷，给一点儿东西吧！”

我把手挣脱，逃到妈妈的地方。妈妈给我钱和面包，叫我去布施花子。那两个花子得了面包，十分欢喜，画了一个十字，就吃了起来。过一会儿，那白眼花子说了：

“这面包真好吃——愿上帝保佑你。”

说着，那花子又拉住我的手，抚摸起来。我心里哀怜这个花子，从此之后，就不怕瞎眼花子了。

公公给孩子看蜂王

夏天，我的公公住在养蜂场里。我到公公那里去，公公常常给我蜂蜜。

有一次，我到养蜂场去，在蜂箱中走。因为公公对我说过，在放蜂箱的地方，走路应该轻轻儿的，所以我不害怕蜜蜂。

蜜蜂对我也熟悉了，从来不会刺我。我听见一只蜂箱里蜜蜂嗡嗡地在叫，就跑去告诉公公。

公公同我一起跑来，听了一听，就说：

“这蜂箱里，有一群蜂要跟女蜂王一起搬走了，现在又有了一只新的女蜂王了。这嗡嗡的声音，就是女王在叫。明天，她就要带一群蜂飞走了。”

我问公公道：

“什么叫作女蜂王？”

公公答道：

“女蜂王好比人中的皇帝，要是没有她，蜜蜂就不能活下去。”

我问：

“女蜂王什么样子的呢？”

公公答道：

“你明天再来，明天大概要分巢了，我给你看，再给你蜂蜜。”

第二天，我到公公那里，门廊下挂着两只有盖的装蜂蜜的箱子。

公公用一张网罩在我头脸上，用手巾围住了我的颈子，便端了一只装蜂的箱子，走到养蜂场里。蜜蜂在箱中嗡嗡地叫，我怕蜂，两手就插在衣袋里，可是一心想看女蜂王，就跟着公公走去。

走到放蜂箱的地方，公公便在一株空心的木段边，弄好一只小桶，把端来的箱子盖打开，把蜜蜂收进小桶里，蜜蜂从小桶爬进木段中，这时候，蜜蜂一直嗡嗡地叫着。公公用扫帚点点，说道：

“这个就是女蜂王呀！”说着，点出了那只翅膀很短、身体很长的蜂。女蜂王跟别的蜂一起爬上去了，躲在蜂房中。然后，公公从我头脸上取去网罩，回到屋子里了。他就给我一大块蜂蜜，我便吃了，舔舔留在嘴边的蜜，又舔舔手指。回到家里，妈妈说：

“好公公又给你吃蜜了吧？”

我便说：

“公公给我吃蜜，因为我昨天发现了一只蜂箱有了新的女蜂王，今天我们又把一个新的蜂群放进了蜂巢里。”

爱哥哥的农人

我很爱我的哥哥，因为哥哥代替我到军队里去，我更爱哥哥了。因为新兵抽签，抽出来，是我抽着了，我就必须到军队里去了。那时候，我新婚还只有一礼拜，我心里很不愿意离开我的新娘。

妈妈号哭着说：

“彼得西加怎么能上军队去，他年纪还这样小。”

但是，没有办法的事，大家都准备我的行装。妻子给我缝衬衫，又给我打点盘川，第二天就须到城中的团部里去了。妈妈哭得很悲伤。我想到非走不可，简直跟去死一样，心血都冻住了。

那晚上，我们大家围在一起吃饭，谁也吃不下东西。尼古拉哥哥躺在暖炕上，一声也不响。我的新娘嘤嘤地哭。爸爸很生气的样子，坐着不动。妈妈把粥端到桌上，谁也不去动手吃。妈妈就叫尼古拉，快下来吃粥啦。哥哥便走下来，画了十字，坐在食桌边，说了：

“妈妈，不要哭啦，我代彼得西加去当兵吧。我年纪比他大，当了兵也不一定会死，服役满期就回来了。不过，彼得西加，我不在家，你好好侍奉爸妈，不要叫老人家担心，你的嫂子，也别叫她太辛苦。”

我高兴极了，妈妈也不再哭，大家整起尼古拉的行装来。

第二天朝晨醒来，一想到哥哥代替我去，心里难过极了，我说：

“你不用去，哥哥，既然是我抽的签，还是由我去吧。”

哥哥默默地整着行装，我也整我的行装，我们一起跑到城中的团部里去了，哥哥停下脚来，我也停下脚来。我们都是强健的青年，两个人都站下来等待，心里只希望能够免役才好。哥哥望望我，笑了，他说：

“得了吧，彼得西加，你回家去，不用想念我，我自己喜欢去。”

我哭了，就走回家去。至今一想起哥哥，就是为哥哥死，我心里也愿意。

伯母学女红的故事

我六岁的时候，对妈妈说，我要学缝东西呀。妈妈说：

“你还太小，指头要戳破的。”

但我纠缠不清，妈妈就从女红包里拿了一块红布给我，又拿了一枚缝针，穿了红线，教我怎样拿法。我就缝起来了，针脚总是缝不好，一针太大，一针又缝出外面去了。这时候，我把指头戳破了，我忍住不哭，硬熬着，妈妈问了：

“你怎么啦?”

我熬不住，就哭出来了。妈妈就叫我到外边去玩。

我睡在床上想睡觉了，眼睛里只看见一条条的针线痕。我想，我怎么能赶快学会女红呢，好像觉得它是这样难，永远学不会的。现在我已变成了大人，已记不得我是怎样学会女红的，每次我教女儿学女红的时候，心里总是觉得奇怪，为什么这样笨，针子总拿得不像样。

伯母从强盗布加乔夫那里得了两毛钱

那时候，我八岁，家住在喀山乡下自己的庄子里。我记得那时候爸爸和妈妈，常常很担心的样子，谈到布加乔夫这个名字。后来我知道这个造反的布加乔夫，究竟是怎样的一个人。他自称彼得第三皇帝，聚集了许多强盗，专门绞死贵族，解放百姓。有一次，谣传他带领部下，开到离我们庄子不远的地方。爸爸想逃到喀山城去，但又不敢把我们这些孩子都带去，天气这样冷，路又不好走，那时正是十一月，路上非常危险。因此决定爸爸和妈妈先去喀山，再从那里带哥萨克人来接我们。

爸和妈走了，我们跟奶妈安娜一起留下，住在楼下的一间屋子里。现在我还记得很清楚，有一天傍晚，我们都坐在屋子里，奶妈抱着妹妹在屋子里来回地走，因为妹妹肚子痛了。我给洋娃娃穿衣服，女佣派拉霞和副牧师的太太坐在桌边喝茶，大家尽谈着布加乔夫的事情。我一边给洋娃娃穿衣，一边听副牧师太太讲许多怕人的故事。

“现在我还记得。”副牧师太太说，“布加乔夫到离开这里约莫五六十里路的一个庄子的地主那里，把主人在大门口吊死，把小孩子都杀掉了。”

“啊哟，多么凶的坏蛋，他怎样杀那些小孩子的呢?”

“是这样的，说起来真怕死人，他们把小孩子的两只脚抓起来，就把小孩子的脑袋望墙壁上扔。”

“在小孩子面前，不要讲这样怕人的事情。”奶妈说，“卡丁加，是睡觉的时候了。”

我正准备睡觉，忽然听见外边敲门声、狗叫声，和许多人叫喊的声音：

副牧师太太和派拉霞跑出去看，立刻跑回来，说道：

“来了！来了！”

奶妈完全忘了妹妹的肚子痛，把妹妹放在床上，连忙去开箱子，拿出粗布的内衣和长短褂，叫我们把衣服连鞋子都脱掉，换上穷百姓的衣服，头里包上一块布，说道：

“如果问起来，就说是我的孙女儿。”

奶妈还没来得及替我把衣服完全穿好，楼板上已经响着大声的皮靴声，好多脚步来来往往的十分热闹。那些坏蛋都来了，要杀羊，还要讨酒吃呢。

安娜说：

“他们要什么，就给什么，可是不要说主人家的小孩子，只说全家都走掉了。这两个小姐，只说是我的孙女儿好了。”

那晚上，我们一夜没有睡着。我们的屋子里，常常有喝醉酒的大汉跑进来。

安娜却一点儿不慌张，有人跑来，她就说：

“你们要什么呀？这里什么也没有，只有小孩子，和我这个老婆子。”

大汉就走出去了。

天快亮的时候，我正蒙蒙眬眬想睡，忽然张开眼来，看见屋子里站着一个穿绿丝绒皮外套的大汉，安娜对他非常恭敬地行着礼。

那汉子指着妹妹说：

“这是谁的孩子？”

安娜说：

“是我的孙女儿，我的女儿的女儿，我的女儿跟老爷太太去了，寄在我这儿的。”

“这女孩子呢?”

“也是我的孙女儿，大王!”

那汉子用指头招招我：

“小姑娘，你跑出来。”

我吓得很。安娜说：

“加杜霞，去呀，不要害怕。”

我就走到他的身边。

他用手指拨拨我的脸颊：

“好白的孩子，大起来就是一个美人儿呀。”

说着，便从袋子里抓出一把银币来，拣了一个双毫角子给我。

“好吧，送你这个，你记着我这个大王吧。”

说着，他就出去了。

这样地，他们在我家里住了两天，把东西都吃光，把酒都喝光，把什么都打坏，就走了，可是，没有放火。

爸爸妈妈回来，他们不知道要怎样感谢安娜，把准许恢复自由的证明书给她，但她不要。她一直在我们家里养老，后来就死在我们家里。从那次以后，大家就叫她“布加乔夫的新娘娘”。

布加乔夫给我的双毫角子，直到现在我还藏着。一看到这个角子，我就想起小时候的事情，想到亲爱的安娜。

伯母养小麻雀的故事

我家窗户后面，造了一只麻雀窝，窝里生了五个麻雀蛋，我和姊妹们看麻雀把干草、鸟毛搬到窗户后造窝，后来麻雀在那儿生蛋了，我们都高兴得很。从此，麻雀不搬干草和鸟毛，在窝里孵卵了。我们知道一只麻雀是丈夫，另一只就是它的妻子——丈夫从外边捉了虫来，给它的妻子吃。

过了几天，窗户后听见咻咻的声音，我们去看麻雀窝里发生了什么事，窝里多了五只没有长毛的、光身子的小麻雀。它们的嘴是黄色的，软软的，脑袋大得很。

那些小麻雀难看得很，我们大家都不欢喜，不过常常去望望它们。小麻雀的妈妈一次次地飞出去找食物。妈妈回来，小麻雀便咻咻地叫着，张大了黄嘴巴。老麻雀便给小麻雀把虫啄碎，喂它们吃。

过了约莫一礼拜的光景，小麻雀长大了，毛羽也长全了，好看起来，我们更加常常地去看了。有一天，我们到窗边去看小麻雀，老麻雀死了，掉在窗旁边，我们想：一定是晚上宿在窗顶上，窗子推开时轧死了的。

我们把它拾起来，丢到草地上去。小麻雀叽叽地叫，昂起了脑袋，张大了嘴，可是再没有去喂它们的了。

姊姊说：

“小麻雀妈妈死了，没有喂它们的了，我们来喂它们吧。”

我们听了很高兴，马上去弄一只纸匣子来，填上了棉花，把小麻雀放在里面，带到楼上。以后我们掘一些虫，弄一些面包块浸在牛奶里，拿来喂小麻雀。小麻雀吃得很有味，摇摇脑袋，在纸匣上拭拭嘴巴。大家看着，高兴得不得了。

这样地，我们把小麻雀喂了一整天。第二天早晨，到纸匣子上去看时，顶小的一只死了，是棉花缠住了它的脚。我们把死的一只丢掉了，便把棉花拿出，免得再缠它们的脚，然后，放上一些草和青苔。可是，到了晚上，又有两只小麻雀撒开了翼子，张开了嘴巴，闭了眼睛，还是一样地死掉了。

又过了两天，第四只也死了，现在只剩下一只。原来我们喂食喂得太多了。

姊姊对小麻雀的死，非常伤心，于是最后的一只，就由她一个人来养，我们只在旁边看看。这最后一只——第五只小麻雀，很快乐很健康的样子。我们就替它起了一个名字，叫作“时的克”。

这时的克长命得很，它会飞了，又懂得人家叫它的名字。

姊姊常常这样叫它：

“时的克！时的克!”

它就陡地飞过来，停在姊姊的肩上、头上，或是手上，从姊姊的手里啄东西吃。

渐渐地，小麻雀大起来了，自己会去找东西吃。它住在我们楼上的房间里，常常从窗子里飞出去，一到晚上就飞回来——回到那只纸匣子里睡觉。

有一天早上，小麻雀没有从纸匣里出去。它的毛好像有点儿潮湿，跟其他几只小麻雀死的时候一样，身子索索地发抖。姊姊整天不离开它身边，照料着它。它一点儿东西也不要吃，也不要喝水。

害了三天病，第四天终于死了。麻雀死了，看着它身子仰天，两脚抽搐的样子，我们三姊妹都大声哭起来了。妈妈当作发生了什么事，跑到楼上来看。妈妈跑进屋子，看见死在桌子上的麻雀，马上知道我们哭泣的原因。以后有好几天，姊姊不吃饭，也不出去玩，只是哭。

我们用最好的布，包了时的克的尸体，放在木匣子里，在院子里掘了一个洞，把它安葬了，然后在上边做了一个土坟，立了一块小墓碑。

疯　　狗

有一个地主，从城里买来一条赛太种的小狗，藏在大衣袖子里，带回乡下的庄子里来。地主太太见了这小狗欢喜得很，就在家里很当心地养育起来。小狗渐渐大起来，大家替它起了一个名字，叫作“友儿”。

有一次，园里跑来一条狗，这狗沿着小路，笔直地跑来，挂下了尾巴，张开着嘴，嘴里滴下口涎来。孩子们正在园里玩。

地主见了这狗，叫道：

“喂，大家快逃回家里去——这是一条疯狗呀！”

孩子听见父亲的叫声，却没有看见那条狗，反而跑到狗的那边去。疯狗便向一个孩子的身上扑过去。正在这时候，友儿突然地跳过去，和那疯狗对咬起来。

孩子就乘机逃走了。可是友儿回到家里，只是呜呜地叫着，颈子里流着血。

约莫过了十天的样子，友儿消沉得很，也不饮水，也不吃东西，看见别的小狗便要扑上去咬。主人便把友儿关闭在空屋子里。

孩子们不知道友儿为什么被关闭起来，跑过去偷偷张望。

孩子们把门打开，叫一声友儿。友儿就从孩子身边蹿过去，跑到院子里，在树荫底下躺倒了。地主太太见了友儿，便唤它，可是友儿不理她，摇摇尾巴，也不朝她望一望。它的眼睛模糊了，嘴里掉着口涎。地主太太叫唤丈夫，说道：

“快来呀！谁把友儿放出来了，它完全变了疯狗了，快想一个法子才行。”

地主拿着猎枪走到友儿旁边，准备瞄准，可是手发抖了，没法儿瞄得准，一枪开去，打不着脑袋，却打中了它的屁股。

狗尖声地叫着，乱跳乱蹦。

地主要看看究竟，跑得近了一点儿。

友儿屁股血淋淋的，两条后腿都打伤了。友儿爬到地主面前，用舌头舔着自己脚上的血。地主吓得打了一个哆嗦，大声叫着，跑回屋子里去了。

后来，他叫来了猎师。猎师另外带了一支枪来，把那狗打死了，搬回了它的尸首。

驾气球人的故事

许多人围在一起，看我飞上去。气球都准备好了，轻轻地震荡着，下面吊住四条绳子，正要往上边飞去，一会儿发皱，一会儿鼓得胀胀的。我和家人握手告别，就跨进吊篮里，看看应用的器具，都已一一安放定当，便喊道：

“放吧！”

绳子割断了。气球向上边升上去了。开始飞得很平稳——好像一匹公马刚离了缰索，向四边打量一回的一样子。突然，一直线地升上去，势头很猛，吊篮在下面乱晃起来。地上的人拍着手，呼喊着，挥手帕，摇帽子。我也拿帽子向他使劲地挥，还没把帽子重新戴在头上，气球已经飞得很高，连地上的人影子也看不大清了。开始我觉得很闷气，背上感到一阵阵寒噤，慢慢地轻松起来，心里也忘记了害怕。城市里的闹声，已只是隐约听得到了，嘈杂的人声，好像嗡嗡的蜜蜂一般。街道，房屋，河流，城里的公园，好像只是一张小小的图画，我觉得自己是统治这个城市和人民的国王了——在天空里，我也很快乐，我不歇地升上去，只有吊篮上面的绳子微微震动。只有一次吹来了风，把我打了两次旋舞，以后就很安静，我简直不知道气球是在飞，还是停在空中不动。只有展开在我眼底下的一幅城市的图画，渐渐地小起来，远起来，我才知道自己是在望上升。地在我的腿底下，越来越辽广了，忽然它好像变成一只碗的样子，四周高起来，中间碗底的地方就是那个城市。我的胸头越加畅快了，呼吸很舒服，心里轻松得很，想唱歌了。我便唱起来，可是这声音多么低呀，低得我自己也不相信。

太阳不很高，西边长起一条长长的黑云。忽然，它把太阳遮住了。我的呼吸又气闷起来，想做些什么，便拿气压计来看。我已经飞升了三千公尺，把气压计放上原来的地方，忽然在我的身边发出啪啪的声音，回头一看，原来是鸽子。我带了鸽子来，准备给地上通讯的。我便在纸上写了："已飞升三千公尺，一切平安。"把这纸头吊在鸽子的颈上。鸽子停在吊篮边上，淡红色的眼睛向我注视着，好像叫我不要推它下去。

自从太阳被云遮住之后，底下什么也看不见了。可是没有法子，鸽子还得替我送信去。我用手抓住鸽子，鸽子两只翅膀发抖了，我就把鸽子向底下扔去。鸽子扇了扇翅膀，像一块石头一样，斜斜地向底下飞去了。我再看气压计，离开地面已经三千五百公尺了。空气稀薄起来，我觉得呼吸迫促了。我准备把球里的气放出，回到地上去，伸手去拉绳子，不知道是拉得没劲，还是球发生了毛病，活闩没有打开来。我急了，我没有留心气球还在升，一切都没有动，可是呼吸越来越困难了。

"非赶快停止上升不可!"我心里想，"要是球爆破了，那才糟呢。"

我用一张纸丢到吊篮外边，看气球是不是还在上升。纸像石头一般落下去了，可见我还是在很快地升上去。我便用全身的力拉紧了绳子，谢天谢地，活闩开了，球上咻咻地响了，我又用纸投出去——纸便在我的身边飘着，我已开始向地上下去了。底下还是什么都望不见，只是一片云雾的海。我就落进雾里，这是雨云。一会儿，刮风了，我飘飘地落下去。

又过了一会儿，太阳放光了，我又看见了一只大碗似的地面。可是，望不见自己的城市，只见一片森林，两条青色的带子——是河。我心里又轻松起来，不愿回到地上去。忽然，身边听见一阵嚣杂的声音，回头看时，是一只鹫鹰。

鹫鹰张着惊奇的眼，注视着我，张开翅膀，翱翔在空中。我像石头一般向底下落去。我要气球落得缓些，便把装在吊篮里的沙包一包一包地扔掉。

不一会儿，我就看见了田野、森林、森林旁边的村舍，和向村舍走去的家畜，好像就在手边一样。我听见了人声、家畜声。气球轻轻地落下去。底下的人见到了我，我就叫喊，把绳子投下去。许多人跑过来了。我看见一个小伙子第一个把绳头拉住了，许多人也来拉绳，把气球挂在树上。我就跳到地上。

我飞了有三个钟头。落下的地方，是相距七十里的村子。

主教和贼

有一个积贼，已经被人搜索了好久。有一次，他化了装跑到这个小城里来。城里的警察发现了他，就在后面追上来。积贼逃出追踪，跑到主教的门前。大门正打开着，他便跑了进去。

主教的弟子问他来做什么事。

那贼不知说什么好，就胡乱说道：

“我要拜见主教。”

主教叫弟子问他，见主教有什么事。

那贼回答道：

“我是一个贼，现在被警察追上了，请让我在这儿躲一躲，要不，我就把你们打死。”

主教说：

“我已经老了，不怕死，不过我可怜你，你就到这屋子里来吧。你累了，你就休息一会儿，要吃什么东西么，给你拿来吧。”

警察不敢走进主教的家来，那贼就宿在这儿了。

贼休息了一会儿，主教跑来对他说：

“我看你又冻又饿，像一匹狼似的被人赶着，我心里很可怜你。不过，我更可怜你的，是你做了许多坏事，毁坏了自己的灵魂，以后你不可再做坏事！”

贼说：

“不，我已经不能不做坏事了，我生来是一个贼，到死还是一个贼。”

主教离开他，门也不关，就睡觉了

半夜里，贼从床上起来，走到每间屋子里，他心里奇怪，主教为什么每间屋子都不锁门，大大地开放着。

贼向四边打量一番——想偷一点儿东西走，他发现了一只很大的银烛台，他想：

“把这个偷走吧，很可以卖几个钱呢。我拿了这个，离开这个屋子，不过，不要把那老头子杀死吧！”

他就这样做了。

警察没有离开主教房子的周围，整夜地守着。他走出外边，警察就把他围住，从他的衣服底下，搜出了那只银烛台。

贼声辩自己并没有犯法，警察说：

“即使以前的事都不是你做的，现在你偷了这个烛台，还赖到什么地方去？好，到主教那里去，主教一定会戳穿你的假面。”

警察便带了贼到主教的面前，拿出银烛台来给他看，问主教道：

“这是你的东西么？”

主教说：

“是我的。”

警察说：

“这是他从你家里偷去的，他是一个贼！”

贼不作声，他的眼睛像狼一样地注视着。

主教一句话也不说，回到屋子里，拿出了一只同样的烛台，交给了贼，说道：

“为什么你只拿一只烛台走，我送你是一对啊。”

贼流泪了，便对警察说：

“我是贼，带我去吧！”

然后，他又对主教说：

“请为了基督，饶恕我吧。请你为我祷告！”

鲨　　鱼

我们的船在非洲的海边下了锚。天气很好，凉风从海上吹来，可是到了傍晚，气候变了，闷热得很。从撒哈拉沙漠吹来的热风，好像火炉里吹出来的热气一样。

太阳落山以前，船主跑到甲板上，叫道：

“大家来洗澡啊！”

水手们已经等待了半天，便一个个跳落水里去，把船帆放进水里，立刻变成个游泳场。

船客中有两个青年，跳进水里，他们嫌帆中太窄，游到海里去，像两只蜥蜴一样，在海里伸一伸身体，看见铁锚上边浮起一只木桶，便使劲地游过去。

开头一个青年游过去，接着另一个也追了上去，过了一会儿，渐渐落后了。青年的父亲是一位年老的炮兵军官，立在甲板上，看自己儿子游泳，见儿子落后了，很着急地叫道：

“不要落后，快游呀！”

这时候，甲板上忽然有人喊：

“鲨鱼呀！”我们立刻在水里看见了鲨鱼的背脊。

鲨鱼直望着两个青年游过来。

“快回头，快回头，鲨鱼来了！”炮兵军官拼命叫喊了。可是两个青年没有听到，还是很快乐地笑着，叫喊着，一直向前游去。

炮兵军官骇得脸都像菜叶一样发青，身体一动不动，注视着孩子们。

水手们放下了救命艇，一个个跳下去，发出浑身的力，使劲地划过去，划得桨子都发弯了。可是他们离青年人的地方还很远，鲨鱼却只隔了十多丈了。

起初青年没有听见大家的叫喊，也没有看见鲨鱼，这期间一个偶然回过头来，忽然我们听见一声丧魂落魄的惊叫，两个青年便分头游开去了。

这一声惊叫，把发愣的炮兵军官惊醒过来了。他像一颗子弹一般跳开自己的地方，跑到安放大炮的地方，把炮身扭转过来，身子扑到炮上，瞄准了，拿起药线来。

我们这些在船上的人，大家都骇得呆了，一心望着这危险场面的发展。

轰隆的一声，炮声爆发了。我们望见炮兵军官把身伏在大炮旁边，两手掩住了面孔。炮烟一下子遮住了我们的眼，我们没有看见那鲨鱼和两个青年，不知他们这时候已变得怎么样了。

但是，等到炮烟在海面上散开时，四周立刻发出低低的语声。这语声渐渐高起来，变成雷一样的欢呼。

老年的炮兵军官，把手从脸上移开，向海上望了。

在那儿，击中了的鲨鱼，翻起黄肚子，在水上漂浮。

几分钟后，驶近青年身边的救命艇，把两个青年救起了。

跳

有一条船，将地球环游了一周，正回到自己的国度里去。天气很好，风浪平静，船里的人都跑到甲板上。人群中间，有一只大猴子，跳来跳去地玩着，把大家看得很快乐。猴子做出很怪的样子，跳着，扮着滑稽脸孔，学人的样子。它明白大家心里高兴，因此更加得意地玩出种种的把戏来。

那时候，猴子忽然跑到船长那十二岁的孩子面前，抢过了他的帽子，戴在自己的头上，就爬到桅杆上去了。大家哄然地笑起来。孩子被抢去了帽子，又觉得好笑，又觉得好气，自己也不知道要怎样才好。

猴子坐在顶末的帆档上，把帽子从头上脱下来，在嘴里咬着，用爪子拉拉，又抡着拳，点点那孩子，做着要打他的样子，扮着鬼脸。水手们笑得更厉害了。那孩子气得满脸通红，立刻脱掉了上衣，爬上桅杆去，拉住着绳索，一会儿工夫，就跑到第一条帆档上。可是猴子比孩子灵活得多，它跳来跳去，正当孩子要夺到帽子的时候，它又跳到上边去了。

“好吧，这一回，再不让你逃掉了！”孩子又爬上去。猴子好似就等着他来，等他爬到身边，又跳到上边去了。孩子已经气极了，他不肯认输，又追了上去。这样地，猴子和孩子，一节一节地，一直追到最高的顶上。猴子跑到顶上，就把身子打一个伸欠，后脚抓住绳子，把帽子挂在最高的一节帆档头上，自己就坐在帆顶上，做出一副傻样子，露出白白的牙齿，望着孩子笑。从桅杆到帆档头上，有四英尺宽，不把手放开桅杆索，是撩不到的。

可是孩子已经忘了神，他就把手离开桅杆，沿着帆档子走过去了。开头，甲板上的人看着猴子和船主的儿子出把戏，都乐得笑嘻嘻地观望，现在见孩子放开了桅索，飘着两手在帆档子上走，大家都骇呆了。

只要踏一步空，孩子就会跌落甲板，跌得稀烂。即使脚脚不踏空，要一直走到帆档头上，拿到了帽子，再回过身子走回到桅杆上，到底也是万不可能的玩意儿。大家屏住了气，手里捏一把冷汗，紧望着孩子。

这时候，人群中有谁骇糊涂了，忽然喊了一声。孩子听见声音，向底下望了一望，不觉发起抖来。

正在这时候，孩子的爸爸从船主室走出来。船主带着一支枪准备来打海鸥的，一望见桅杆上的儿子，便用枪对准着他喊道：

"跳下海去，立刻跳下海去，不跳我就开枪！"

孩子慌张张的，还听不清爸爸的话。

"跳下海去！不跳我要开枪了……一，二……"

爸爸正要叫"三！"的时候，孩子就奋身一跳，在空中滚转着，跳下海里去了。

孩子的身体像一颗炮弹，轰隆的一声，落进海水里，在波浪中浮沉着。这时候，立刻有二十来个强壮的水手，扑通、扑通地跳进水去。约莫四十秒钟之后（这四十秒钟在大家都觉得特别的长久），孩子的身体浮起来了，水手立刻将他抱起，爬上了船。

几分钟之后，孩子口鼻中吐出水来，慢慢地会呼吸了。

船主见了这情状，喉咙忽然被人捏住一般，突然地哭出声来。他不愿使别人看见他哭，便跑回到自己的屋子里去了。

公正的法官

叙利亚王保加思听人家说，某城有一位公正的法官，便想去考察一下是否有这样的事。据说这位法官，无论天下顶坏的坏人，也不能在他面前隐瞒自己的罪行，能够很快地把真相看出来。保加思扮成商人的模样，骑了马，到那位法官的城里去。城门口有一个残废的人，正在求乞。保加思便给了他一点儿钱，打算走过去了。可是那残疾人还不肯放他走。

“你做什么啊?”保加思问，“我不是已经给了你钱么?”

“钱我已经拿了。”残疾人说，“请你行行好，让我骑一骑你的马，带我到那边广场上，我走过去，会被马和骆驼踏死的。”

保加思便叫残疾人坐在自己背后，带他到广场上去。到了广场，保加思将马停住。可是那叫花子并不下马，保加思说：

“你怎么啦，下去呀，已经到了广场吧!”

那叫花子说：

“为什么下去，这马不是我的么？你还不把马交给我，我带你上法官那里去呀!”

他们的周围聚集了许多人，听了这场争论，大家异口同声地说：

“到法官那里去吧，他会给你们审判的。”

保加思和残疾人便到法官那里去了。

法院里，挤着很多的人。

法官把这些人一个个地叫过去问话，在没有叫到保加思以前，法官先叫去一个学者和一个农夫。他们两个打的是老婆官司，农夫说：“这女人是我的老婆。”学者说：“她是我的老婆。”法官默默地听着，说道：

“把这个女人留在我的地方，明天你们再来。”

他们两个走了，又来了一个卖肉的和一个卖油的。卖肉的衣服上都是血，卖油的遍身是油。卖肉的手里拿着钱，卖油的抓住了他的手。

卖肉的说：

“我到他铺子里去买油，正把钱袋拿出来要付他钱，他就抓住我的手，来抢钱，我们就这样到这里来了。我手里拿着钱，他抓住了我的手。钱是我的，他抢我。”

接着，是卖油的说了：

“他说谎。这卖肉的到我铺子里来买油，我把油装满了他的瓶子，他说兑一兑零钱，我就把钱拿出来，不料钱放到柜台上，他就一把捞起，准备逃跑了，因此我抓住了他的手，带他到这儿来告状。”

法官低头想了一想，便说：

“把钱放在这儿，明天再来。”

后来，叫到了保加思和残疾人。先听保加思诉述了经过的情形。法官听完了之后，便向那叫花子问了。

叫花子回答道：

“他说的都是谎话，我骑马走过街上，这个人坐在路边，对我说，让我的马给他骑一骑，我就让他骑了。不料他就不肯下去了，反说马是他的，他说的都是谎话。”

法官想了一想，说道：

“好吧，把马留在这儿，明天再来。”

第二天，许多人跑来听法官的判决。

第一，先叫上了学者和农夫。

法官对学者说：

“你把自己的妻子带回去，那农夫罚打五十板子。”

学者便带自己的妻子走了，农夫挨了五十板子。

接着，法官便叫卖肉的。

“这钱是你的。”法官说了，又指着卖油的说道，“你罚打五十板子。”

审完了这两个案子，法官便叫保加思和残疾人。

“在二十匹马中，你能找出自己的马么？”法官向保加思问。

“我能够的。”保加思回答道。

“那么，你呢？”

“我也能够的。”残疾人说。

“好吧，你先跟我来。”法官对保加思说。

他们走进马房里。保加思立刻在二十匹马中，看出了自己的马，把它指了出来。以后，法官又把残疾人叫来，叫他把马指出来，残疾人也把马指出来。法官回到公堂上，对保加思说：

“马是你的，你带去好啦。那残疾人，罚打五十板子。”

审好了案子，法官就回家去了，保加思在他后面跟上去。

“怎么，你对我的判决还不满意么？”法官问。

“不，哪里有不满意的道理。”保加思回答道，“不过我想请教你，你怎么会知道，那个女人是学者的妻子，而不是农夫的？你又怎么会知道，那些钱是卖肉人的，那匹马不是叫花子的，而是我的？”

“这个么，简单得很。那女人，我是这样知道的，今天朝晨，我叫那女人在我的墨水瓶里把墨水放好，那女人将墨水瓶拿去，洗得很干净，然后装上墨水，可见她对这工作，是很熟手的，如果她是农夫的妻子，她一定不会这样做，所以我知道是学者的妻子。还有那些钱，我是这样知道的。我用一碗水，把钱放在里面，今天早上起来，我去看那碗水里有没有油，水里并没有油。如果钱是卖油人的，那一定在他的油手里捏过，可见卖肉人的话是不错的。至于那马的案子，我是很用了一番心思的。那个残疾人不是跟你一样立刻把马指出来了么？可是我带你们到马房里去，并不是要你们去看马，是要马来看你们。当你走过去的时候，马就抬起头来，把颈子伸到你身边来，可是那残疾人去用手摸马的时候，马就缩紧了耳朵，把一只腿子屈起来。因此，我知道你是马的主人。”

这时候，保加思说了：

“我实在并不是商人，我是保加思王。我听人家说你怎样怎样的公正聪明，不知是真是假，所以特地到这儿来考察的。现在我已经完全明白，你果真是一个公正聪明的法官。你有什么要求么？我要大大地赏赐你。”

法官答道：

“我不要什么赏赐，听到大王这样褒奖我，我已够幸福了。”

兵的妻子

——一个农夫的故事

我们住在村子的尽头，过着很穷苦的生活。我有一个婆婆、一个妈妈、一个姊姊。婆婆穿一件古老的外套，下边系一条怪样的裙子，头上包着一块破烂的头巾布。婆婆比妈妈更待我好。爸爸当兵去了，据人家说，他因为爱酒，给军队里捉了去的，有一次请假回来，我隐约还有点儿记得。我们的屋子窄得很，当中有一条弯曲的柱子，撑住了屋顶。有一次，我爬上这根曲柱子，一不小心，跌下来了，额头碰在地板上，负了伤，到现在还留下一个疤。

小屋子有两扇窗，一扇老是用破布头塞着。后院子狭狭一块，是开放着的。正当中放上一只陈年的饲料桶，旁边有一只肚子里露出骨节的老马，没有牛。此外，是两只很怕的羊，一只小羊。我们常常同这小羊睡在一起。

我们时常只有一点儿水和面包过日子，没有一个会干活的人。妈妈常常喊着肚子痛，婆婆叫头痛，一天到晚坐在炉子边。会干活的只有姊姊一个，她不是给家里干活的，她为自己干，常常买衣料，准备自己的嫁妆。

现在我还记得很清楚，妈妈身子渐渐萎弱下去了，肚子渐渐大起来，后来养了一个男孩子。妈妈就睡在门口的廊下。婆婆向隔壁人家借来了面包粉，托纳弗特伯伯去请神父来。妈妈去叫人来参加洗礼。

许多人来了，端来了三个圆面包。亲戚们把桌子排起来，摊上了台布，又端来几只茶几和水桶。然后，大家坐下来了。一会儿，神父来了，教父教母坐在前面，亚克里娜妈妈抱了小弟弟，站在后面。做完了祷告，把小弟弟抱上去，神父就把他接过去，在水里浸一浸，我慌了，喊道："把小弟弟抱过来！"

婆婆生气地说："不许响，再响打你！"

神父把小弟弟在水里浸了三浸，就交给亚克里娜妈妈。妈妈用一块软布把他裹起来，抱到廊下母亲的床上去了。

以后，大家围着桌子坐下。婆婆给每人装上两盆粥，加上一点儿素油，请大家吃。大家吃饱了，便从桌边立起来，向婆婆告辞回去了。

我跑到妈妈那边说：

"妈妈，小弟弟叫什么名字？"

妈说：

"同你一样的呀。"

小弟弟很瘦，手脚很细，老是哇哇地哭。半夜里醒过来，就一定要哭。妈妈哄着他，唱歌，一边咳嗽，一边唱着。

有一次，半夜醒来，我听见妈在哭，婆婆问道：

"你怎么啦？"

"小孩子死了！"妈妈回答了。

婆婆便起来点了灯，给小弟弟洗了身体，穿上干净的衣服，系上带子，放在圣像底下。天亮了，婆婆同纳弗特伯伯一起进来。纳弗特伯伯带来两块木板，做棺材了，一会儿，做好一口小小的木箱，把小弟弟放进去。妈妈坐在棺材前，嘴里喃喃地说着什么，又哭起来了。后来，纳弗特伯伯把棺材挟在腋下，出去埋葬了。

我家最热闹的日子，是姊姊出嫁的时候。有一次，邻居们都带了面包和酒到我们家里来。那些人再三地劝妈妈喝酒，妈妈就喝了一点儿。伊凡伯伯折了一块面包，给妈妈吃。我站在桌边望着，心里很想吃面包，便拉着妈妈的耳朵，偷偷地告诉她。妈妈笑起来了。

“什么呀？啊，面包么?”伊凡伯伯就折了一大块面包给我，我拿了面包跑到杂物间里，只见姊姊正在那儿坐着。

“他们大家在说什么?”她问了。

“他们在喝酒呀。”我说着，姊姊就笑着解释道：

“他们那样做，是为的要把我去做孔特拉西加的新娘子啊。”

一会儿，要举行婚礼了。大家都忙碌起来，婆婆烧柴暖炕，妈妈捏粉做馒头，亚克里娜妈妈忙着洗牛肉。

姊姊穿了新鞋子、红衣服，头上包着很好看的头巾，一动不动地坐在旁边。这时候，暖炕烧好了，屋子里暖起来。妈妈也把自己打扮好，客人也都来了，把小屋子挤得满满的。

正热闹着，三辆双马车开到我家的门口。最后一辆马车里，坐着穿新褂子、戴高顶帽的新郎孔特拉西加。新郎从马车上下来，走进屋子里。姊姊穿上新大衣，被人送到新郎身边。新郎新娘便坐在桌面前，许多女人就给他们唱祝福的歌。唱完歌，他们就离开桌子，做了祷告，然后到外边去了。孔特拉西加扶姊姊上了马车，自己就坐上了另一辆马车，大家都坐上了车子，画一个十字，车子就出发了。我回进屋子坐在窗口头，等大家回来。妈妈给我一块面包，我就吃着，不知不觉地睡着了。

过了一会儿，妈妈把我叫醒：

“他们回来了。”她给我一张白桦树皮，叫我走到桌边去。

孔特拉西加和姊姊一道走进屋子里，他们的身后，拥着一大群人，就是刚才跟他们一道去的。街上也聚集了很多人，从窗子里张望进来。葛拉洵伯伯是媒人，他走到我面前说：

“你问啊！”我不知道问什么事，婆婆说：

“你把白桦树皮给他们看，问他们这是做什么的。”我就照样地做了。于是，葛拉洵伯伯便把钱放在玻璃杯里，斟上了酒，端给我，我接了杯子，交给婆婆，我们便问了。孔特拉西加和姊姊两人，就在那里坐下。

一会儿，端上了酒、冻鱼、牛肉，大家唱的唱，跳的跳，吵闹起来了。有人给葛拉洵伯伯斟了酒，伯伯喝了一口，说道：

“好苦!”这时候，姊姊就拉了孔特拉西加的两只耳朵，接吻了。

大家闹了好多时候，才告别回去了。

孔特拉西加也带着姊姊回自己家里去了。

往后，我们的日子过得更坏，马和羊都卖掉了，有时候，连面包也没有。妈妈常常到亲戚家去借。不久，婆婆死了，妈妈大声地号哭着，嘴里喃喃地自言自语：

“我的好妈妈！你把我丢下了，叫我靠什么人去啊，叫孩子去靠谁啊？靠谁啊?!以后的日子，我怎么活得下去呢?”

妈妈常常这样地哭，不断地喃喃着。

有一次，我和别的孩子一起上城去看马，看见一个背着背包的大兵，向我身边走过来。那大兵问道：

“孩子，你是哪村的人?”

我们说：

“我们是尼古里村。”

“那么，你们村里，有没有一个女人，名叫马特留娜，丈夫在外面当兵的?”

“有的有的，就是我的妈妈呀。”我回答了。

那大兵就仔细看着我的脸，问道：

“你自己的爸爸，你认识么?”

“我爸爸去当兵了，我没有见过。”

“好，你带我到你妈妈那里去，你爸爸有信托我带来了。”

“信，什么信?”

“走吧，你回到家就知道了。”

“那就走！”

我便和这大兵一起走了。他跑得很快，我拼命追，还是追不上他。好容易赶到家里，那大兵正喃喃地做着祷告，见了我，便说：

“啊哟，你跑到了。”说着，他脱了大衣，坐在马凳上，在屋子里四处打量。

“怎么啦，你家里只有这几个人么？”他问了。妈妈显得很怯生生的样子，默默地望着大兵的脸。

“妈怎么啦？”等他这样说着，突然哭出来的时候，妈妈就跑到他身边，去和他拥抱着亲吻了。

我也就跑过去，跑到他的膝头上，两手抚摩着他，他这才不哭了，就笑了起来。

一会儿，村子里的人都跑来了。爸爸同他们一一地招呼着，说自己已经好好儿把兵役服满了。

把家畜赶回家时，姊姊也来了，她和爸爸接吻。爸爸问：“这少奶奶是哪家的啦？”

妈妈笑了：“自己的女儿也不认识了么？”

爸爸又把姊姊叫过去，再接了吻，便问她日子过得好么。妈妈跑到厨下去烧蛋，叫姊姊到酒店里去。一会儿，姊姊带着一只用纸做塞子的瓶回来，放在桌子上。爸爸问道：“这是什么？”

妈妈说：“啊哟，你这个人，特地给你买来的酒啊。”

“啊，不过，我有足足五年不喝酒了，我吃炒蛋好了！”这么说着，向神像做了祷告，坐在桌子前，吃起来了。他说：

“我要是不戒酒，也不会升作下士，也不会有东西带回家来了。幸而现在，你看，你们欢喜么？”爸爸从袋里拿出装钱的荷包，交给妈妈。妈妈见了很欢喜，忙拿去藏起来了。

一会儿，客人都回去了，爸爸抱了我，睡在后面的床上，妈妈睡在我们脚后面，忘记了夜深，两个人一直低低地谈着，我就不知不觉地睡着了。

第二天朝晨，妈妈说：“啊哟，柴一根也没有了！”

爸爸就说：“有斧子没有？”

“有是有一把，跟锯子差不多了。”

爸爸就穿上了靴子，带着斧子，向后院子走去了，我在他后面追上去。

爸爸从屋顶上抽了一根棒，放在木段上，就挥起斧子来劈，一会儿，都劈好了，端着回家。

“啊，柴有了，烧暖炕吧。我要出去一下，到街上走走，买些造房子的木料，还要买一头牛。”

“啊哟，这得花很多的钱呢。”妈妈说。

爸爸说：“没有关系，只消干活就是了，这儿不是又来了干活的人么！”他又指着我说。

爸爸向神像做了祷告，吃了面包，换了衣服，便对妈妈说：

“有新鲜的鸡蛋，吃中饭再炒几个。”说着，就出去了。

爸爸好多时候不回来，我对妈妈说，我上街去接他，妈妈不叫我去，我就偷偷溜出去，却又给妈妈捉住了，妈妈就打我。我坐在炕沿上哭了，这时候，爸爸回来了。

“怎么哭啦？”他问。

“我要接爸爸去，妈妈不让我去，她打我。”我说着，哭得更厉害了。

爸爸笑着，走到妈妈身边，假装打妈妈，说：

“你为什么打弗地加，你为什么打弗地加！”妈妈便假装着哭起来。

爸爸笑着道：“你们两个，都是哭虫，碰碰就哭！”

于是，爸爸坐在桌边上，叫我坐在他身边，大声叫道：

“妈，快弄饭给我们两个吃，肚子饿啦！”

妈妈端来了饭和鸡蛋，我们就吃了。妈妈说：“那木料，花了多少钱啦?”

爸爸说:“八十块,是菩提树呀,雪雪白,跟镜子一样发亮,啊!开心啦,请那些邻人喝一杯酒,到礼拜天就可以搬回来了。”

我们的生活从此就幸福了。

老　　马

——伯父的话

我们家里，有一个叫披明的九十多岁的老头儿，他住在孙子的地方，已经不能够做事了。背脊弯曲得跟弓一样，走起来身子完全倚在手杖上，颤巍巍地抖着，只会把两只脚移动。牙齿完全没有了，满脸都是皱纹，下嘴唇老是呼呼地吹着。走路的时候，说话的时候，他的嘴唇呷呷作声，瘪个不停，谁也听不清他在说些什么。

我们兄弟四人，大家都喜欢骑马，可是小孩子可以骑的老实些的马，我们家里一匹也没有。只有一匹名叫阿乌的老马，还可以骑骑。

有一次，我们得到哥哥的允许，大家跟家庭教师一起到马房里去准备骑马。马夫给我们配好了马鞍，首先由大哥哥骑，兜了好一会儿圈子，从园子一直兜到打麦场，又回到我们身边来。大家喊道：

“好，现在可以跑了！”大哥就呵斥着，两腿把阿乌一夹，抽起鞭子来，阿乌就从我们身边一溜烟向前跑去了。

接着是二哥哥骑，他也兜了好一会儿圈子，又抽着鞭子呵斥，从斜坡底下望前跑去了。他想多骑一会儿，三哥哥在旁边催促，便不骑了。三哥哥从打麦场到园子里兜了一大圈，又跑到对面的村庄上，又从斜坡下跑上去。他回到我身边来的时候，阿乌咻咻地喘着气，从颈子到两肩，流满了汗，发着亮晶晶的光。

现在挨到我骑了，我可以显显骑马的本领，让几位哥哥大吃一惊，便用力地赶起阿乌来。可是阿乌死也不肯离开马房了。我用鞭子拼命地抽，马还是不肯走，只是怯生生地往后退缩。我冒火了，拼命地抽马，把鞭子抽断了；我又用断鞭子打它的头，可是阿乌还是不肯走。我只得跑到家庭教师跟前，向他另外要一条结实的鞭子。家庭教师便对我说：

“小哥儿，不要再骑啦，下来吧，不要再欺侮马！”

我很生气地说：

“我还一次都没有骑过呀！等会儿，我骑给你们看，到底我骑得好不好。快，去拿一条结实的鞭子来，我骑给你们看。”

家庭教师摇摇头说：

“唉，小哥儿，你为什么说不明白的呢，你还要骑给我们看？你知道这匹马年纪已经二十岁了，它已经累得这个样子，连气都快要喘不过来了。它实在太老了，是一个老人家啦。这匹马，好比那个披明老头子。如果你骑在披明的背上，拼命地用鞭子狠狠地抽他，你心里过意得去么?”

我一想到披明，马上听从了家庭教师的话，从马背上跳下了。我看见马肚子流着汗，不住地扇动，鼻孔鼓起着，呼呼地喘气，可怜的剩了没几条毛的尾巴，有气没力地挥着，立刻知道它是累得要命了，刚才我还当马儿是好好的。我心里觉得太对不起阿乌了，就亲着它流汗的颈子，懊悔刚才打得它太狠了。

从这一次起，一直到今天，我就非常当心着马。见有人在欺侮马的时候，我就想起阿乌和披明老头子来了。

我学会了骑马

——一个贵族讲的故事

我们小的时候，每天用功读书，只有星期日和别的假日，才跟哥哥他们一起到外边去玩。有一次，爸爸说：

“大的孩子们可以学骑马了，带他们到练马场去吧！”

我是最小的孩子，我便问道：

“我也去学骑马吧？”

爸爸说：

“你不行，要掉下来的。”

我着急了，再三要求，一定要去学。爸爸便说：

“那么也好，你去，不过掉下来不能哭呀。不从马背上掉下几次，是学不会骑马的呀。”

星期三，家庭教师带我们兄弟三人到练马场去。我们从大门进去，又走进一座小门，里面是一间很大的屋子。地板上敷着黄沙。屋子里，有绅士，有贵妇，也有我们这样的男孩子，都在那里骑马。这就是练马场。马场中发出马臊气，光线不大亮。鞭子声，呵斥声，马蹄踏在破地板上的声音，响成一片。我惊得呆了，不知做什么才好。家庭教师对那练马师说：

“挑一匹马给这小哥儿，他要学骑马。”

“好吧。”练马师说，把我打量了一下，又说了：“这哥儿还太小啊。”家庭教师便说：

“他自己约好了的，掉下来不会哭的。”练马师就笑了一笑，跑到对面去了。

一会儿，带来了三匹装上鞍子的马。我们脱了大衣，从阶沿上下去到练马场里。在练马师用长绳圈着的圈子里，哥哥他们就骑上了马兜起来，起先慢慢地走，一会儿就跑起来了。这时候，牵来了一匹剪去尾巴毛的棕色的小马。这小马的名字叫作乞忘乞克，练马师笑说：

“好，小骑士，请吧。”我心里又喜欢，又害怕，努力不让人家看出来。好容易，我把一只脚踏进马镫子里，脚太小了，总是踏得不结实。练马师就把我抱起来，放在马鞍子上。他说：

“啊哟哟，这位先生轻得很，只有两斤重呢。”

起先，他扶着我的手，我看见哥哥他们都是自己一个人骑的，便叫他放开手。练马师说：

“靠得住吗?”我心里实在害怕得很，硬装好汉，便说靠得住，不要紧的。这乞忘乞克划着两只耳朵，实在怕人得很。我想，我骑在它的背上，它一定很不高兴的。练马师说：

“好，当心，不要掉下来!”说着，便把我的手放开了。起头，乞忘乞克慢吞吞地走，我的身体也坐得正正的。可是鞍子有些发滑，说不定会滑下去，我心里很不安。练马师向我问道：

“怎么样，屁股坐落位了么?”我回答道：

“坐落位了。”

“好，那就跑起来呀!”说着，他就把舌子吹响了。

乞忘乞克便滴滴地跑起来，我觉得马背脊在我底下不住地撞。可是，我不作声，一心不让自己歪过去。练马师说：

“不错，小骑士，真不错!”我心里得意了。

这时候，练马师来了一个朋友，两个人就谈起话来，他便让我自己跑了。

忽然，我觉得身体有点儿歪过去了，我想坐一坐正，可是坐不正，我想叫练马师，可是怕难为情，没有叫。练马师也不向我这边看。乞忘乞克依然很快地跑着。我的身体愈来愈歪了。我想，向练马师看，就会来帮我的，偏偏他还在跟朋友谈话，只有时头也不向我这边望一望，就鼓励着说：

“小骑士，真不错!”我的身体完全倾倒了，心里害怕得要命，想，这一回完了，可是不肯叫喊，怕难为情。乞忘乞克把我的身体一晃，我就掉在地下了。乞忘乞克慢慢地把步子停下来。练马师忽然看见乞忘乞克的背上已经没有了我，便着急了：

“啊哟，我们的小骑士落马了。”叫喊着，跑到我的身边来。我说，我不痛，他笑着说：

“小孩子身体轻嘛!”其实我差一点儿就要哭出来了，不过，我说：“让我再骑一回。”于是第二次又骑，这一回，就没有再掉下来了。

这样地，我们每星期两次到练马场去，不久，我就成了很好的骑手，再也不害怕了。

第一次打兔子

我有一个家庭教师名叫伊凡，我跟他练习打枪，那时，我十三岁。伊凡带一条小小的枪，我同他一起出去散步，他就拿枪叫我打，我打落了一只乌鸦，又打落了一只竹鸡。但爸爸并不知道我在练枪。

有一次，是在秋天，我妈妈的命名日，我们正等待伯父来吃饭。我坐在窗槛上，向路上张望。爸爸在屋子里踱步。我望见从林子外边跑来一辆四匹马的马车和鼠灰色的马，便喊道：

“啊，来了，来了……”

众人到窗口来望，望见了马车，便拿着帽子跑出去迎接，我也跟着跑出去。爸爸和伯父招呼，叫他快下车来。伯父说：

“不，你快拿枪来，那边林子外，收割过的田中，有一只野兔子正在睡觉，你快拿枪来，我们一起乘马车去打。”

爸爸就吩咐拿大衣和枪来。我也从楼上拿来了帽子和枪，把枪藏在身背后，不让别人看见，攀上了马车的后踏板。爸爸和伯父一并排坐在马车里。

车子到森林外边，伯父就把马停止了，站起身来道：

“你看，那边田里，一堆灰色的东西，右边有一堆茅棚的，左首边离开五脚的地方，你看，看见了么？”

爸爸望了一会儿，没有望见，我在下边，更加望不见了。一会儿，爸爸望见了，就同伯父一起走过去。伯父不住地用手指点，爸爸把枪装好，我就拿了自己的枪跟着上去，还是没有望见，但我心里很高兴，因为大人们到此刻还没有发觉我。

约莫走了百来步，爸爸立住了，要开枪了，伯父阻止他说：

“慢点儿，慢点儿，再跑近些。”

爸爸就再走上去，走了几步，兔子忽然跳起来了。

这时候，我看见兔子了，全身洁白的大兔子，背上发出银光。兔子跳起来，竖起一只耳朵，跳得远了一点儿。爸爸装好了枪。

“砰!”枪打过去，兔子逃了。爸爸接着又是一枪，兔子还是拼命地逃。这时候，我再也耐不住了，忘记了一切，就从后边对准了枪。

“砰!”打了一枪，啊哟，连我自己也不相信，兔子翻了一个筋斗，就倒在地上，一只后脚拼命地抽搐。爸爸和伯父回过头来，说：

“你从哪儿赶来的啦？真不错，真不错!”从这时候起，我得了一支枪，而且可以公然地打枪了。

吧　　儿

——一个军官讲的话

我有一只巴儿种的狗，名字就叫作吧儿。全身漆黑，只有前足的爪尖是白的。巴儿种的狗，下颌都比上颌突得高，上颌牙比下颌牙长得进，我那只吧儿，下颌特别突出前面，上下牙之间，可以插进一只手指头。阔脸孔，大眼睛，黑得发光，雪白的牙齿常常露在外面，样子很像一个非洲黑炭。吧儿很老实，从不咬人，可是气力很大，脾气倔强，如果被它咬住了，它就把牙齿死命地咬紧，像拖破布头似的拖住，跟壁虎一般，再也不肯放开。

有一次，叫它咬熊，它把熊的耳朵咬住，像吸血的水蛭一样叮住了不放。熊用前爪子打它，把脑袋拼命地晃，它还是不肯放，熊就想把它压死，就把脑袋望地面上碰。但吧儿还是叮住了不放，一直到昏过去了，才用冷水把它泼醒。

我是从小把它亲手养大的。我要去高加索的时候，我想把它留下来，便叫人把它关起来，锁上了，然后偷偷地出门。可是，我到了第一个站头，正要掉换马车的时候，忽然看见一团黑黑的东西，从公路上滚过来，仔细一看，正是项颈上戴着铜环的吧儿。吧儿就是依着公路一路追上来的，一口气扑到我的身上，就用舌头舔我的手，从此在车座底下躺倒了，把舌子伸得长长的，差不多有手一样长。它有时把舌头缩进去咽了一口唾沫，立刻又伸得跟手一样长，喘息急得很，好像呼和吸的气都来不及交换。两边的肚子像水浪一样起伏不住，还时时地翻翻身子，很喜欢地把尾巴在地面上打打。后来我才知道，它在我离家之后，打破了屋子里的玻璃窗逃出来的，在毒太阳底下，追了我几十里路，一直沿公路追过来的。

吧儿和野彘

在高加索，有一次我们去打野彘，吧儿也跟着跑来了，它看见追猎物的时候，人家都叫狼狗去，它就跑开到森林里去，不见了。这是十一月，正是野彘肥壮的时候。

在高加索，野彘住的林子里，一定有许多美味的果子，像野葡萄、松实、苹果、梨、黑莓、橡果、枸橘等等，下过霜，这些果子熟了，野彘就吃得发起胖来。

那时候，野彘因为长得太胖了，身子累赘得很，被狗追上了，也就逃不大远。追上这么两个钟头，它就钻进灌木丛中，躲起来了。打猎的人就趁这个机会，跑到野彘躲着的地方，开枪去打。野彘在哪里，要听狗的声音，而且可以听出野彘在跑，还是停下来了，跑的时候，狗叫得很响，停下时，狗就像吠人的时候一般，只在喉头呜呜地吠。

在这次打猎的时候，我在林子里跑来跑去，跑了好多时候，可是野彘一只也没有打到。好容易听到猎狗拖长着尾音在那里吠叫，连忙跑过去，那儿离开野彘已经不远了，听见林木中野彘正在和狗争吵，有树木被撞倒的声音。从狗的吠声听来，那些狗似乎围不住野彘，只是在它的四周围绕着。忽然，身后边听见两声尖吠，这正是吧儿。吧儿似乎在森林里，失掉了狗伴，正在彷徨，也跟我一样，听到了它们的声音，正对这方向拼命地跑过去。这地方，是林子中一块空地，长满了茂草，我只望见它黑的脑袋和白牙齿中伸出来的舌头。我连忙叫：“吧儿，吧儿!”它不理我，从我身边追上，钻进乱草窝里去了。我也就跟着跑上去，林子愈进去愈深了。树枝碰翻我的帽子，打痛我的脸，荆棘扯住我的衣服。狗的声音很近，可是我什么也看不见。

忽然，那狼狗叫得更凶了，树枝折断的声音也更加剧烈了。野彘吼吼地喘着气，发出嗄声的叫唤。我想，吧儿一定咬住了野彘，在打架了。我赶快拨开乱草，向发声的地方跑去。在林子深处，一只花斑狼狗正立在一处，吠叫着，吼着。约莫三步之前，有一样黑幢幢的东西正在挣扎着动。

再走过去，我就看见了一只野彘。吧儿对着它叫得很凶。野彘露出长牙，向狼狗扑过来，狼狗卷起尾巴向后跳退。那时候，我看见野彘的肚子和脑袋。我就对准那肚子开了一枪。打中了，野彘呼呼地响了一下鼻子，越过我的身边，向乱草蓬里钻进去了。狗汪汪地叫着，从后面追上去，我也拨开乱草，跟踪上去。忽然，我觉得脚边有什么东西正在怪声地叫，这是吧儿。吧儿倒在地上，叫得很惨，身边淌着一摊血。我想，它伤了，因为时机迫切，也顾不得它，仍旧跑上去了。一会儿，我看见了野彘，一群狼狗从它身后扑上去，野彘身子忽左忽右晃动着，巧妙地赶开狗群。这时候，野彘见到了我，突然向我扑过来，我几乎拿枪口注在它身上，又开了第二枪，野彘全身的毛都竖了起来，发出嘎然的叫声，踉跄了一下，就把巨大的身体重重地倒在地上了。我跑过去看，那野彘已经断了气，只在身体上还有些地方，在痛苦地抽搐。狼狗群竖起了毛，在野彘的肚子上、脚上，咬破了皮，从伤口里吃它的血。

这时候，我忽然想到吧儿，便回头去找。它正跛着脚向我走来，很痛苦地呻吟着。我蹲身在它的身边，仔细察看它的伤口。它的肚子破了，破口里流出肠子，拖在落叶上。等别的朋友来了，我们大家把它的肠子塞进破口里，缝住了它的伤口。这期间，吧儿不住地用舌头舔着我的手。

野彘吊在马尾巴上，从林子里曳出来。吧儿坐在马背上，带回家。以后整整病了六个星期，它终竟痊愈了。

雉　　鸡

在高加索，山上有一种雉鸡，非常多，比鸡还便宜。捉雉鸡有三种方法，便是：盾猎、伏猎、狗猎。盾猎是用帆布张在一个木框子里，框子中央有一条横档，帆布中心开一个洞。这帆布架子便叫作盾。带了盾和枪一早跑到林子里去，打猎的人把盾掩住了自己，从洞里张望雉鸡。雉鸡朝晨在林中的草地上觅食，有时老雉鸡带着小雉鸡，有时雌雄一对，有时几只雄雉鸡一起。

雉鸡看不见人，只看见帆布的盾，就不留意了。因此打猎的人走得很近，便把帆布盾放在地上，从洞里伸出枪口，瞄准开枪。

伏猎先把猎狗放进林子里，追寻雉鸡的踪迹。狗见了雉鸡，就突然地扑过去。雉鸡惊慌地飞到树上，狗就在树底下叫。打猎的人就听声音，开枪打树上的雉鸡。如果雉鸡停在孤立的树木上，或是很容易望见的枝条上，那么，打起来是很便当的；如果在草丛中的茂枝上，它望见打猎人，便向树枝中躲藏起来，那时候，要走近它，把它找出来，就很困难。雉鸡听见狗叫完全不害怕，依然停在树上，伸伸颈子，理理羽毛，但一发现人的影子，就把身子贴在树枝。要不是老练的猎人就看不见它，那些经验浅的人，就是走到它身边，也是见不到它的。

高加索人当雉鸡躲起来的时候，便把帽子覆住了脸孔，决不把头抬起来，因为雉鸡顶害怕拿枪的人，特别是他的眼睛。

最后是狗猎的方法。由猎狗开路，在林子里四处搜寻。狗用它灵敏的鼻子，嗅到雉鸡在早上觅食的地方，便找觅它的脚迹。不管雉鸡怎样掩蔽自己的脚迹，好的猎狗一定会把它最后的脚迹找到，辨出它觅食之后所去的方向。再依着这脚迹走去，走去，狗就能够更清楚地闻到雉鸡的气味，终于寻到了雉鸡在白天休息溜步的地方。当快要走近的时候，狗走得特别小心，不使雉鸡惊觉，忽然，好像要扑过去的样子，却又停下来了。等到狗完全走到雉鸡的身边，雉鸡才撑开翼子飞了起来，猎人就拿起枪来把它打死。

米尔东和吧儿

因为打雉鸡，我买了一只猎狗，给它起了一个名字，叫作米尔东。米尔东个儿很高，身子细长，灰地黑斑，大耳朵，长尾巴，非常灵活，气力很大，也不和吧儿吵架。吧儿并不是见了陌生狗就要吵架的，它只消把牙齿露出一点儿，无论什么狗都把尾巴夹在屁股里逃跑了。

有一次，我带了米尔东去打雉鸡，不料吧儿也跟到林子里来了，想把它赶回去，它总是不肯走；要亲自带它回家，路又太远了。想它大概总不会打扰我们，也就让它跟上前去。可是米尔东在草中嗅到了雉鸡的脚迹，正要上前搜索，吧儿突然冲过去，跑上前头，到处乱跳乱奔，它似乎要争取米尔东的头功。它在草中一听到什么响动，就跳起来乱跑，可是它的感觉不灵敏，不能独自找出脚迹。它就望米尔东，米尔东刚要依着脚迹寻找上去，吧儿就追过它前头，跑上去了。

我叫住吧儿，叱骂它，可是，完全没有用处。米尔东正要找，它就很快地跳上前去，打扰它。我想，这一场猎反正打不好了，正打算回家。可是米尔东却比我调皮得多，它想法子来欺骗吧儿了。吧儿在前面走，米尔东故意把自己找到的脚迹放过一边，走到别的方向去，做出在找寻的样子。吧儿便上它的当，依着那方向跑过去了。米尔东便回过头来向我摇一摇尾巴，依旧照原来的方向找过去了。吧儿又来打扰它时，它又故意走到旁路里去欺骗它，然后再带我向正道上走去。这样地，米尔东在打猎中很巧妙地骗过了吧儿，不让它来打扰我们的打猎。

龟

有一次，我带了米尔东出去打猎。走到林子边，米尔东突然把尾巴竖起，撑起两只耳朵，用鼻子嗅起来，我想，它大概在找鹧鸪、雉鸡，或是野兔吧。可是米尔东不跑进林子里去，它向田野跑过去了，我就跟上去看，就看见了它所找寻的东西。在它面前，爬着一只大乌龟，有帽子那么大。探出一个灰黑色的尖脑袋，伸着长长的颈子，好像花心中一颗雌蕊的样子。龟的背上是一只大甲壳，两边撑开四只脚，正在向前爬着。

乌龟见了狗，立刻连头带脚缩进甲壳里，在草地上不动了。米尔东上前去咬，乌龟背脊和肚子都是硬壳，只有前后左右藏头尾和四脚的地方有洞，牙齿没法子把它咬住。

我从米尔东那儿拿起了那只乌龟，看看背上的花纹、甲壳的模样，和缩在壳里面的身体。从甲壳的洞里望进去，好像一只木桶，里边躲着一个黑的活物。我就把乌龟丢在草里，依旧向前走去了。可是米尔东还不肯放弃，它又衔起来跟在我的后面。突然，米尔东汪地叫了一声，把那乌龟丢掉了。原来乌龟在狗嘴里伸出一只脚来，抓痛了狗的嘴巴。米尔东冒火了，汪汪地叫着，又把那乌龟衔在嘴里跑来。我叫它丢掉，可是米尔东不听我的命令，我就把乌龟夺过来丢掉，可是米尔东还不肯，它跑到乌龟旁边，用爪子挖泥土，掘了一个洞，把乌龟推进洞里，再把泥土划上去。

乌龟是跟蛇和蛙一样的两栖动物。它是卵生的，把卵产在泥里，并不自己孵育，那卵跟鱼子一样，自己会破开来，从破卵里长出小乌龟来。乌龟的种类有大有小，小的只有小碟子那么大，大的长在海里的，有六尺长，二百五十斤重。

一只乌龟，一个春天可以产几百颗卵。乌龟的甲壳是它的肋骨，跟人类和动物一样，骨和肉是连在一起的，这就变成它的甲壳。不过不同的一点，别的动物的骨头是生在肉底下的，乌龟的骨头，却生在肉的上面。

吧儿和狼

我要离高加索回家的时候，战争还在继续之中，晚上一个人赶路是很危险的。

我准备朝晨起得早，晚上便不在床上睡觉。

有一位朋友来送行，我便和这朋友两个人在屋前的街道上谈了一夜。

是发雾的月夜，天上虽然望不见月亮，四周却明亮得可以看书。

半夜里，隔街的园子里，忽然听见小猪锐声鸣叫的声音。

“啊哟，老猪在那里咬小猪啦！”有人这样喊道。

我立刻跑进屋子里，拿起实弹的枪，跑回到街上。许多人立在小猪鸣叫的园子口，“在这里，在这里！”大声地叫喊。米尔东跟在我后边跑来。它看见我拿了枪，以为我要去打猎了。吧儿也把短耳朵竖起来，四处乱跑，似乎在问我，是不是又可以咬谁的喉管了。

我跑到方眼竹篱旁边，看见园子正对面有一只野兽正向我这边跑过来，是狼呀。它跑到竹篱边，纵身一跳，我翻过身来，准备开枪。狼跳上竹篱，正向我身边跳下来，我就对准了它的身体，打了一枪。可是枪只是啪地响了一声，是一颗瞎火。狼理也不理，连身子也没有站一下，就向街上跑走了。

米尔东和吧儿接着追上去。米尔东追到狼身边，可是不敢扑上去，吧儿的腿子短，追不上。我们使出浑身的劲，从后面追去，终于狼和狗都不见了。追到村外的沟边，忽然听见开始一声低低的呻吟，接着汪汪尖声吠叫的狗声。从朦胧月色和蒙蒙的灰尘中望去，看见狗正和狼在咬架。我们跑到沟边时，狼已经不见了，两只狗挂下了尾巴，愤愤不平地走回来了。吧儿汪汪地叫着，把脑袋挨擦着我的身体，好像有话要说，又说不出来，心里焦急得很……

我看看狗身上，吧儿头上有一个小小的创口，大概在沟边追到狼的时候，来不及跳上去，反被狼牙齿扎了一下，给逃跑了。创口很小，没有什么大不了的事。

我们回到家里，谈着刚才所发生的事。我心里很懊恼那一枪没有发火，那一枪要是发了火，狼立刻就会打倒了。我的朋友觉得很奇怪，狼怎么会跑到园子里来。

一个年老的高加索人说："这是没有什么奇怪的，那不是狼，是妖精，她会念咒语，所以枪就打不响了。"我们正在这样地说着，忽然两只狗又跳出去了。刚才那只狼，又跑到街上来了。可是一听到我们的喊声，它又逃走了，这一次，连狗也追不上它。

从此以后，那老年的高加索人越发相信这不是狼，是妖精。我想："这一定是一头疯狼。"被人们追过一次，又会跑回到有人的地方来，这在别的狼是绝不会的。

如果真是疯狼，我便用火药涂了吧儿的创口，再点了火。火药爆起来，把创口烧焦了。

这是要使疯狼的口涎不流进血液里去，烧掉它的毒性；如果口涎流进血液里，跟着血管行到全身，那就没有法子想了。

吧儿在五头山

我不是从高加索一直回俄罗斯去的，先到五头山，在那里住了两个多月。我把米尔东给了一个高加索猎人，单带吧儿到五头山。

这儿有一座山，山里流出硫黄温泉，温度跟沸汤一般，在泉水喷口四周的地方，就跟茶炊一样蒸腾着热汽。

这个镇上非常热闹，山底下流出沸水一般的温泉，山脚边流过一道小河，叫作波铎苦莫河。满山是茂盛的森林，四周环绕着原野，远远地望见高加索的雄伟的连峰。峰头常年积雪，一片洁白，像白糖山一般。其中最大的厄伯尔斯山，好像一块大糖块，天气好的时候，从哪儿都可以望得见。有许多疗养人到温泉来洗澡，在泉边到处都有亭台、回廊、整洁的散步道、幽雅可爱的公园。每天早上，公园里有乐队演奏，人们喝着矿泉，洗着温泉，在那儿游息。

这市镇是在山上，山腰里还有一个村庄，我就住在这村庄的一个小房子里。这房子建在一块空地上，窗前有一所小小的园庭，园中有房主人养着的蜂巢——那不是跟俄罗斯那样用木段剖开来做的，它是圆形的竹笼子。那些蜜蜂非常老实，每天朝晨，我带吧儿一同到园子里去，就坐在蜂巢边休息。

吧儿在蜂巢边跑来跑去，望着蜜蜂，做出奇怪的样子，轩着鼻子嗅嗅，又侧着耳朵听听那嗡嗡的声音。它很小心，走过它们的旁边，不去触犯它们，因此蜜蜂也不打扰它。

有一天早上，我洗好了浴，在园子里喝咖啡。听见吧儿颈环上的铃子唧唧地响着，它正在搔自己的耳根子。这声音吵扰了蜜蜂，我便将吧儿的颈环解掉了。过不多时，山顶的市街上，忽然人声嘈杂，许多狗汪汪地乱叫，人们大声地呵斥。这喧声从山上渐向我们村中近来。

这时候，吧儿已经不搔了，它伸出白色的前爪，露出白牙，把大脑袋搁在前腿上，伸出了长舌子，很安静地睡在我的脚边。听见了这嘈杂的声音，好像知道是怎么一回事，把耳朵翘起来，露出了牙齿，跳起来，突然，呜地叫了起来。喧声越来越近了，好像全镇的狗在狂叫。我跑出门外去看，见房主妇从我旁边走过，我便问道：

"是什么事啊?"

"是监牢里的犯人打狗呀，野狗长得太多了，镇公所的人就放他们出来，叫他们打狗。"主妇说。

"啊哟，吧儿要是给他们看见，也会给打死么?"

"不会的，他们看见有颈环的狗不杀。"

正在谈着，犯人们已经跑到房子面前来了。

前面是兵士，后边跟着四个用铁链子锁着的犯人。两个犯人拿着长铁钩，另外两个拿着棒。在我们门前，有一个犯人在铁钩里钩着一只小狗，钩出到街路上去，另一个人就用棒打。狗恐怖地号叫着，犯人们呵斥着，笑着。拿钩的犯人见钩上的狗子已经打死了，便把钩子拔出来，看看另外还有没有狗。

这时候，吧儿突然向这犯人扑过去，跟扑熊一样。我忽然见它没有戴上颈环，连忙喊道：

"吧儿，回来!"又叫犯人们不要打吧儿。可是犯人们见了吧儿，就咯咯地笑着，把钩子钩了过去，钩住了它的腿子。吧儿逃不掉了，犯人就把它交给同伴，喊道：

"打啊!"

另外一个犯人就挥着棒来要打，眼看这吧儿立刻就没有命活了，它却使出了浑身的力，把腿皮撕破了一张，逃掉了，它把尾巴夹在屁股里，翘起一只血淋淋的腿，一溜烟从小门逃进屋子里，躲在床底下了。

被钩住的腿撕破了皮，它才逃出了一条命。

吧儿和米尔东的死

吧儿和米尔东，在差不多前后死了。米尔东是因为那个年老的高加索人不知道使用的方法，给送了命。这狗子用来猎野鸟之类是可以的，他却带它去猎熊，那年秋天，它跟二岁的野彘斗，被咬破了肚子，又不懂治疗的手术，结果就死了。那吧儿自从逃出了犯人的毒手，没有多久也就死了。从那次惊闹之后，吧儿就害了忧郁病，碰到随便什么东西，就用舌头舔。它舔我的手，以前是表示作娇，现在却不同，它用力地舔着舔着，便用牙齿咬咬，它想咬我的手，好像又觉得到底不能咬的样子。我就不再让它舔。于是它就舔我的靴子，舔桌子脚，后来就咬起来，这样地过了两天，第三天就失踪了。以后就没有人看见它，也没有关于它的传闻。

人家要把它偷去的事是绝对不可能的，它也绝不会从我的手底下逃跑，这是被狼咬了之后六个星期的事。一定还是被狼染上了恐水病，因此它变了疯狗，把自己躲藏起来了。凡是害恐水病的，喉头就会发痉挛，想喝水，可是见了水，痉挛就发得更厉害，没法子喝。因了痛苦和口渴，见了东西，不管什么都咬。吧儿开头见东西就舔，接着连我的手和桌子脚都要咬了，那时候，一定它的喉头已经发了痉挛。

我在附近一带四处找寻，还是不知它逃到什么地方去，怎样终结了它的生命。如果它跟别的疯狗一样，四处乱闯，见人就咬，那么，至少可以听到一些风声，可见它一定逃到哪里的冷角落里，孤零零地死掉了。据猎人们说：聪明的狗，一害上了恐水病，就逃到田野或森林中去，找到一种特效的药草，躺在露天底下，就自然会好起来。那么，吧儿一定没有好，它就没有回来，永远消失了。

猎　熊

我们出去猎熊。我的同伴打中了一头熊，偏偏只是一点儿轻伤，那熊把血迹留在雪地上逃走了。

我们在林子里会集起来，大家商量，还是立刻跟踪追上去呢，还是过两三天等那头熊倒下来。

那时，我们问猎熊的猎人，现在就用脚印把熊围起来（在熊躲着的地方，用脚在雪地上踏出一个大圈子，使熊不能从这个圈子里逃出去），这方法妥当不妥当。

一个专门猎熊的老猎人说：

“不，没有用的。现在还是让熊安静一下。过这么五天，再围就是了；现在去追迫它，把熊吓极了，它反而不会倒下来呢。”

另一个年轻的猎人却反对老人的意见，说现在就围，一定可靠。

“这么大的雪，熊胖得很，要逃也逃不远的。今天一天，不到晚上它就要倒了。要是它不倒我就滑雪去追。”

同我一起的朋友，也反对现在就追，劝我再等一会儿。

但是我说：

“不必多讨论了，你们就照你们的意见办，我就跟台米扬两个去追。如果可以把熊圈住最好，要是圈不住也不要紧。时间还不迟，况且今天也没有别的事要做了。”

结果就这样决定了。

我的朋友和那老头子就回到停放雪橇的地方去，回村子。我跟台米扬带了面包，留在森林里。

大家走了之后，我跟台米扬把枪察看好，把毛外套的下裾用皮带束起来，便跟着熊的脚迹走上去了。

天气很好，空气凝冻着，四周很寂静，但是穿着溜冰鞋走，非常吃力。雪又厚又软，林子中的雪还没有冻硬。雪还是昨天才下的，溜雪鞋在雪地要陷进五寸，有时还要深些。

熊的脚迹，远远地就可以看出来。看那印子，熊一边在雪地上走，一边不住地把肚子陷在雪里，慌忙地扒开了雪。我们开头沿着大树荫走去，留心着不要迷失了熊的脚迹。一会儿，这脚迹在一堆小枞树中消失了，台米扬就停下来。

“脚迹到这儿就没有了，”他说，“也许在这儿倒下了。雪上还有蹲过的影子，我们远远绕过去察看一下吧。不过脚步放轻一点儿，声响大了，或是咳嗽的声音，会把熊惊跑的。”

于是，我们离开那脚迹，向左边绕过去。约莫走了五十步的样子，眼前又出现了熊的脚迹。我们就走到大路上，站下来打量，熊是向哪个方向走的。雪地上到处是熊脚印，连指爪都清清楚楚，中间还混杂着行人们木头靴子的痕迹。那熊一定是向村子这边逃走了。

我们在大路上走着，台米扬说了：

“不必再去看路了，只消看路边软雪上的痕迹，马上可以知道是向左还是向右的，绝没有到村庄里去的道理，一定是在旁边弯下去了。”

我们依大路约莫走了一二百丈远，从路面上望见脚迹的方向，仔细察看时，啊，多么奇怪呀！一点儿不错，是熊的脚迹，但不是从大路到林子，而是从林子到大路的！爪尖明明是向着大路的方向。

“这一定是另外一只熊。”我说。

台米扬仔细看着说道：

“不，还是那只熊，它用了计策，是向后退走的呀。”

我们就从这脚迹追寻，果然不错，熊是从大路上望后倒退了约莫十来步的样子，到了枞树荫里，又绕了一个圈子，才向前走起来。台米扬站下了说：

“这一回一定找得到了，那儿是一片泥塘，除此以外，它没有睡觉的地方。我们绕过去看吧。”

我们远远地绕到枞树丛中，我已经非常累了，走起路来很觉困难，溜雪鞋一会儿缠在水松的枝条里，一会儿撞着枞树的幼木，因为我不大会溜，鞋子常常横转去，一不小心，又碰在雪底下的树根子里，我累极了，满身大汗。我便把外套脱去。可是台米扬却跟乘划子一般，很顺利地滑着，好像溜雪鞋自己会走的一般，从来不会撞，也不会横转去。他拿了我的外套，望肩头一搭，嘴里不住地鼓励我。

我们约莫走了里把路，绕过泥塘，到了对面，我常常落在后面，溜雪鞋有点儿歪，脚也有点儿悬空。前边的台米扬便立下来，把一只手望上一挥，向我走来。他略略弯曲了身体，用指头指点着，小声地说：

“喜鹊不是在雪枝上叫么，它嗅到熊的气味了，熊一定就在那儿。”

我们离开那儿，又走了百多丈路，重新遇到刚才的脚迹。这样的，我们就在熊的四周绕了一个圈子，把熊留在那个圈子中了。

我们便休息了，我把帽子脱掉，把所有衣服的扣子都打开了，好像在洗浴间里洗浴似的，全身湿得跟水老鼠一般。台米扬也满脸发红，用袖子揩揩脸孔。

“好，老爷，干完了一件公事，稍微休息一下吧。”

从树林中望出去，天空映着红红的晚霞。我们解下溜雪鞋，就把屁股坐在鞋面上，再从袋子里拿出盐和面包来。我先抓了一把雪送进嘴里，接着，便咬了一口面包。这面包的滋味真好极了，好像我从来没有吃过这样的美味。休息了一会儿，天色暗起来了，我问台米扬，这儿到村庄还很远么?

“啊，顶多三四里，今天晚上总可以跑得到的。现在得好好休息一会儿。老爷，你把外套穿上，要伤风的。”

台米扬把雪踏踏实，折来一些枞树的枝条，铺了一只床。我们就把胳臂当作枕头，并排睡下了。我不知什么时候睡着了。约莫过了两个钟头，忽然听到树枝折断的声音，惊醒过来。

因为我睡昏了，醒过来时，忘记了自己是在什么地方。向四边一望，啊，多么奇怪！我到底在什么地方啦?亮晶晶的白色的柱子，一座又白又亮的广大的厅堂。抬头望上看时，通过美丽辉煌的图案画的花玻璃，黑幢幢的大屋顶上有一点一点小小的光亮。再向四边看看，才知道自己是在森林中，那厅堂和柱子，便是积雪的树林，发着小小的光亮的，正是在树枝缝里闪烁着的天上的星。

晚上下了霜，树枝上都积满了，我的外套上也开满了霜花，台米扬完全变了一个白人。

霜从树上索索地掉下来。

把台米扬叫醒，我们穿上了溜雪鞋，又出发了。树林里一片寂静，我们的溜雪鞋在软软的雪地上滑溜的声音，四处树木因寒冷而冻裂的声音，和树林中的回声，此外就再也没有别的音响。有一次，有一个生物在我们近边发出簌簌的响动，立刻就逃去了。大概是熊吧，可是走到发声的地方去看时，却是野兔子的脚印。有五六株白杨的幼苗，被咬去了皮，是被兔子吃掉了。

我们到了大路上，把溜雪鞋提在手里，依着大路走去。走路多舒快呀。溜雪鞋拖在被雪橇压硬的雪地上，在我们身后咯啦咯啦地响。雪在脚底下叽吱着，霜像毫毛似的沾在脸上。从树枝缝里望见闪烁的星，好像正跟着我们一起在走，忽然一亮，忽然又消失了，整个的天空，好像就在我们头上转旋。

我那朋友已经睡了，我们把他叫起来，告诉他，熊已经被我们圈在圈子里了。以后我们托房主人在天亮以前把猎夫叫好，吃了夜饭，便睡觉了。

我累极了，要不是我的朋友来叫醒我，我会一直睡到中午的。连忙起来，朋友已经把衣服换好，匆匆忙忙地收拾着猎枪。

“台米扬到哪里去了？”我问。

他早已到森林里去了，他先去看看熊有没有逃出圈子，等会儿再回来带猎夫们去。

我洗了脸，穿了衣服，在枪上装好了弹药，就坐上雪橇，出发了。

寒气还是很厉害，四边寂静得很，太阳没有出来。头顶上是一片浓雾，地上到处铺满霜。

在大路上约莫走了里把路。一靠近了林子，看见低坎上升着蒙蒙的烟雾，大群男女，一个个手里带着棍棒。

我们下了雪橇，向他们走过去。他们在煮马铃薯，跟女人们笑闹着。

台米扬也在那里，见我们走去，他们都立起来看。台米扬因为要把众人分配守住昨天所画的那个圈子，就带他们去了。约莫三十个男女，像一条线似的排成长长的一队。雪很厚，远远望去，只看见他们的腰身。一会儿，他们走进林子里去了。我和朋友就从后面跟上去。

路已经踏实了，但还是很难走。因为两旁变成了雪墙，倒不用担心跌跤了。

这样地，我们走了百来丈路。忽然看见台米扬从对面穿着溜雪鞋溜过来，摇着手，嘴里喂喂地喊。

我们走过去，他告诉我们应该站在什么地方。我们一到自己站立的地方，便向四周一直望过去。

左手边，是一座高高的枞树林，从树缝中可以望得很远。树荫下立着一个猎夫，像一条黑漆漆的木棒一样。

我的对面，密密地长着一丛一人高的小枞树，它们的枝条被雪压得弯弯的，互相交叉着。枞林中有一条积雪的小路，一直线地通到我的地方。右手也是一片枞林，林尽头有一块小小的空地，我望见台米扬叫我的朋友站在那地方。

我把两支枪一一检查过，拉上枪机，打量站在什么地方好。在这儿约莫离开三步的后方，有一株高大的松树。

“对啦，我就站在那边吧，把另外一支枪靠在树干上。”我这样想着，便向松树走去。可是雪深得很，一直陷到膝头上。我在松树四周踏实了约莫三尺的雪地，做好了自己的立足点。手上拿一支枪，把另一支枪机拉好，靠在松树上。又拿出一把短刀，以备万一可以使用。快把一切准备好的时候，忽然听见台米扬在林子中大叫：

“出来了，朝大路方向！出来了！”一听台米扬的叫声，那些守在园子边的猎夫，都用各色各样的嗓子，大声吼叫起来：

“出来了！啊——啊——啊——”

“呀——呀——呀——”女人们也尖声地叫了。

熊还在圈子里，台米扬一赶，周围的人都大声叫喊起来了。只有我和我的朋友默不出声，连身子也不动一动，等着熊出来。我瞪大着眼，侧起了耳，听见自己的心别别地跳，把枪握一握紧，全身紧张得发抖。

“对啦！跳出来就是一枪，它就滚倒地上了……”心里这样地想着。忽然，在左手边，相当远的地方，听见有东西倒在雪里的声音。从高枞林缝隙里望过去，约相去五十步的一株树荫下，有一件又大又黑的东西，我瞄准，等待着。

“让它再走近一点儿。”我心里继续这样的想法。可是那熊把耳朵抖动了一下，回身向后，跑回去了。我看见熊的侧影，好大呀！我兴奋极了，就开了一枪！可是弹丸打在树干上，发出碰撞的声音。从火烟中望去，熊跑回原来的方向，忽然隐在树林里不见了。

“啊，我的机会失去了，它第二次不会再来，一定被我的朋友打倒，或是冲到猎夫们的地方去，总之，再没有我的机会了。”我这样想着，又装上了弹药，侧着耳朵静听。四边听到猎夫们的叫唤声。忽然，右手边，离开我朋友站立的地方不远，听见一个妇人发出的叫喊：

“到这儿来了，到这儿来了！这儿！这儿呀！呀——呀——啊——啊——”

她确实看见熊了，我没有想到它会跑到我这边来，尽望着站在右边的我的朋友。我看见台米扬拿着木棍子，滑雪鞋已不穿，从小路上向我朋友那边跑过去。忽然，他在朋友身边蹲下去，眼睛盯住前面，用木棍指着。我的朋友就拿起枪来，瞄定那个方向，砰！打了一枪。

“这回一定打倒了。”我想。可是朋友没有向熊跑过去。难道没打中么，不，也许打的不是要害。

“现在熊跑到哪里去呢，它总不会再跑到我这边来吧?”我想。

啊哟，什么呀? 突然，在我面前，像一阵飓风似的，喘哮着鼻息，出来一件东西。我看见雪在我脚边飞起来。我向前面望，熊正从枞林中的小路上，笔直地向我跑来。它骇昏了，拼命乱跑，跑到我的五十步前，我已经能够看见它的全身。滚黑的前胸，披着红黑长毛的大脑袋，在我的正对面，飞起着雪跑过来。我看它的眼光，好似并没有看见我，它骇糊涂了，只是盲目地狂奔。我估定它会碰着我身边的那株松树，我撩起枪来打了。可是熊太近了，一枪又没有打中，弹子从它身边飞过，它好像也没有听见，还是没命地向我冲过来，我再撩起枪来，差不多碰到它的脑袋，又是一枪！这一次一定打中了，可是它还没有死。

熊把头抬起，耳朵贴在后面，露出牙齿，还是向我扑过来。我伸手去拿另一支枪，手还没有抓住，熊就扑上来了，把我冲倒在雪地上，又逃跑了。

“好吧，看你逃到哪里去！”我这样想着，打算爬起身来，可是，我爬不起来，有什么东西压在我的身上。原来熊来势猛烈地跑来，跳了过去又转身回来，把全身压在我的身上。我觉得有重东西压上身子，脸孔旁边迫来一阵热煦煦的气息。熊正张开大口，向我的脸上迫来。我的鼻子已经到了熊的嘴里，一股热煦煦的血腥气把我闷住；我的肩头搭上了熊的前爪，一动也不能动。我没了法子，尽力把自己的头从熊的嘴里拔出来，一直缩到胸口上，至少让眼睛和鼻子先得了自由，熊却还不肯放开我的眼睛和鼻子。熊又用它的下牙压住我的披下了头发的脸上，上腭和上牙挺到我眼睛底下的肌肉上，上下牙立刻就要咬拢来。我觉得好像被尖刀割了自己的脸，我挣扎着想逃，熊还是不肯放，像狗一样咬过来，好容易我把脸扭过一边，熊又掉过头来咬。

“这回完了！”我想，忽然我的身体轻了，抬眼看时，已不见了熊的影子。它逃走了。

朋友和台米扬看见我被熊撞倒，遭到了灾难，便跑过来救我。我的朋友太性急，他不走已经踏实了的小路，却在厚厚的雪地上跑过来，就跌倒了。当他从雪中爬起来的时候，熊已经压到了我的身上。台米扬不带枪，只拿了一条木棍子，便大声地嚷着从小路上跑过来。

“老爷给熊咬了，老爷给熊咬了！”他一边跑一边对熊叫喊，“啊，畜生，你干吗！嘘，嘘，快滚开，滚开！”

熊听了他的话，把我丢开，一溜烟逃走了。我爬起来，雪地上好像杀过羊一样，一片都是血。我眼睛上的肉，像破布似的挂了下来，我心里兴奋，也想不到疼痛。

那时候，朋友跑到了，猎夫们也都来了。他们看了我的伤，便用雪煨冷了。我忘记了自己的伤，只是问：

“熊到哪里去了？逃到哪里去了？”忽然，听到叫喊声：

“来了，来了！”熊又向这边跑来了。我们把枪拿起来，可是谁也来不及开枪，熊又逃走了。那熊大概是发疯了，他还想来咬人，可是看见人这么多，便又逃走了。从那脚印上看，熊头上是淌着血的。我想追上去，可是我的头痛得厉害，只好回城里去看医生。

医生用丝线缝好了我的创口，伤渐渐地好了。

一个月以后，我们又去找那头熊，那一次，我的运道还是不好，没有打倒它。它没有从圈子里跑出来，只发出怕人的吼声，在里面乱奔，终于被台米扬打死了。这头熊，下腭被我的枪弹伤了，掉了一颗牙齿。是一头很大的大熊，皮毛又黑又亮。

我把它的皮毛剥下了，现在还在我的屋子里。我脸上的伤已经完全好了，连疤瘢也看不出来。

恶魔的诱惑

〔俄〕列夫·托尔斯泰

恶魔的诱惑

从前，某处有一个非常善良的主人。他有数不清的财产，使用着大批的奴仆。奴仆们对于自己的主人十分满意，常常这样说：

“像我们老爷那样的好人，世界上再也找不出第二个了。他给我们吃好的，穿好的，干的活计总是拣我们能够干的叫我们干。他对谁都客客气气，从来不恶口骂人。别家的主人总是把奴仆当牛马，不管你受不受得住，开口就骂，从没有一句和善的话，比之我家的主人，一个是天上的月亮，一个是地下的甲鱼。他每件事总是替我们着想，很和气的，对我们说起话来，也客客气气。我们再不想追求比这个更幸福的生活了。”

奴仆就这样地称赞他们的主人。

魔鬼见了这种情形，奴仆对主人这样和好，这样团结一条心，心里就大大地不高兴了。他收服了一个名叫亚列布的奴仆，命令他去诱惑别的奴仆。有一天，大家正在休息中，称赞起自己的主人来。亚列布突然大声地说：

“喂，你们这样称赞主人，都是迷了心窍啦。就使魔鬼吧，我们要是事事听从他，他也一样会对我们和善的呀。我们对老爷多么忠实，百依百顺，老爷心里想什么，我们立刻就猜到，照他的意思去办，所以他就对我们和善了，要是我们不顺从他的意思，偏做一些坏事，你看他会怎样，还不是跟别家的老爷一样地放出手段来啦。

不不，不但如此，我们要是做了坏事，他报复起来一定比凶的还凶呢。”

别的奴仆听了这话，立刻反驳亚列布。争论的结果，大家就来打赌，决定由亚列布去触怒善良和气的主人，如果主人不发怒，他就输一件假日穿的新衣；要是发怒了，别的奴仆就输新衣给他，同时还有这样的条件，要是主人打亚列布的时候，大家要起来帮他，要是主人把亚列布吊起来，关在牢里，大家要放他逃走。于是约定明天早晨，亚列布去触怒主人。

亚列布的职司是牧羊的，有许多羊是种性极好，价钱极贵，主人非常宝贵的。第二天早晨，主人带了客人到羊栏里来看名贵的羊，这个魔鬼的部下，便向同伴们眨眨眼睛，好像说：“看吧，我立刻就使他发怒。”

别的奴仆都跑来了，在门口，在篱笆外面张望。魔鬼爬到旁边的树木上望下来，看自己的部下怎么样干他的工作。主人在院子里走来走去，让客人们看那些母羊和小羊，最后，想看看顶好的公羊。他对客人说：

“这些羊都是顶好的，那边还有一只弯角的公羊，那还要好，差不多是无价之宝，所以我特别宝贵它，连多看几眼都怕看痛了它。”

那些母羊和小羊，见了陌生人都慌乱起来，在院子里乱跑，因此客人们就望不见那只顶好的公羊。那些羊刚刚有一点儿静下来，亚列布又故意把羊一吓，羊便重新混乱起来。客人们便看不见那宝贵的羊。主人耐不住说了：“喂，亚列布，对不起你，你把那只弯角羊，轻轻地捉住，让它不要动。”

主人的话刚刚说完，亚列布便跟一只狮子一样，一扑就扑进羊群中，一把抓住那只宝贵的羊的蓬松的毛。一手把毛抓住，一手抓起羊的左后腿，高高擎起来，就在主人的脚跟前，用力一扔，这条腿便跟枯枝一般地折断了。羊呜呜地叫起来，跌倒在地上。亚列布又把它右腿提起来，左腿便像鞭子一样地挂下来了。

客人们和妈妈们吓得一声惊叫。魔鬼坐在树上，看见亚列布干得不坏，就嘻着脸笑了起来。主人的脸孔表情比黑夜还暗，眉头皱成了八字，头低倒了，一句话也不说。客人和奴仆也都默默地看着这件事情的发展。主人有好一会儿没有说话，一会儿，像卸去了身上的重担，身子轻轻一动，脸撩起来，眼睛向着天，又静默了一会儿。脸上的皱纹融解了，他轻松地一笑，用眼看看亚列布，注视了一会儿，便笑着说：

"啊，亚列布！是你的主人吩咐了你，叫你来惹我生气的吧？不过，我的主人比你的主人要强大得多，你可没法儿惹我生气啦，我倒要叫你主人动动气呢。你这会儿在怕我责罚你，想得到自由吧。可是，亚列布，我不责罚你，你要自由，现在就当着这许多客人面前，我就还你自由。好，拿几件新衣服，你爱上哪里就上哪里去吧。"

这善良而和气的主人，便陪着客人一起到屋子里去了。魔鬼见了，恨得咬牙切齿，两脚乱蹦，从树上跌下来，消灭到土地中去了。

兄弟和黄金

从前，在耶路撒冷附近，有兄弟两人，哥哥叫作亚法拿西，弟弟叫作约翰。他们住在近城的山中，靠求乞度日。他们每天也做工，但不是做自己的事，是专门替穷人们做的。他们跑到那些不能做工的病人、孤儿、寡妇的地方去，替他们做工，不取报酬。兄弟两人各人分头去做，做了一星期，到星期六便回到自己家里来了。星期日他们不出去，他们做祷告、闲谈。天使便到他们家里来，给他们祝福。星期一，他们又分头出去。这样地，度过了久远的岁月。这期间，天使每星期到他们家里来，给他们祝福。

有一天，是星期一，兄弟俩出去做工，要分手的时候，亚法拿西舍不得与弟弟分开，不自觉地站住了，回头看看弟弟。约翰低头走去，没有回过头来。但忽然他也同样地站住了，好像看见了什么，用手遮着额角向前面注视起来。一会儿，他向注视的地方走去，忽然跳起身来退到旁边，也不回头，便向山坡里跑去，好像被野兽追逐一般，他跑到山上去了。亚法拿西觉得奇怪，便跑过去看弟弟为什么那么惊慌。走到近旁，他见一件东西，在阳光中灿烂发光，走得更近一点儿看时，看见草地上落着一大堆的金币……亚法拿西心里奇怪起来，金币在地上，弟弟为什么要那样慌慌张张地逃开呢？

“弟弟到底为什么要惊慌，为什么要逃？”他想，“犯罪在于人，不在于黄金。黄金虽能够使人犯罪，但也能够使人为善。有了这些金子，可以养活多少孤儿寡妇，可以使多少无衣的人有衣穿，残废和患病的人得到医治。我们虽然替别人做工，但因我们力量有限，不能对人家有大的帮助，有了这些金子，大可以救济别人。”

亚法拿西这样想着，便想同弟弟商量一下，但约翰已经跑得很远，只有一个小小的影子，在另外的山头上了。

亚法拿西便把衣服脱下来，把金币尽可能地装起来。背在肩头上，到城里去了。他先到旅馆，将金币寄存在旅馆主人的地方，又跑回去搬没有搬完的金币。把金币全部搬来了，他便到市场去，买了一块城中的地皮、石料和木料，雇了工匠，造起三座房子来。他在城中住了三个月，三座房子都造好了。一座是孤儿寡妇的养育院，一座是病人和残疾人的疗养院，一座是流浪人和乞丐的收容所。亚法拿西又找来三位笃信宗教的老人，担任院长所长的职司。

亚法拿西还剩下三千金币，他便给这三位老人各人一千，叫他们分散给穷人，不久，这三座房子里就住满了人。大家都称赞亚法拿西的功德。亚法拿西心中欢喜，就不想离开城里了，但他记挂他的弟弟，他还是下了决心，向大家告辞，一枚金币也不带，穿着从前的旧衣服，回自己的家里去了。

重新走过那山边的时候，亚法拿西心里想：“弟弟见了金币逃走，那是不对的，还是我做得对。”

亚法拿西正在这样想的时候，忽然看见那个从前常常向他们兄弟俩祝福的天使出现在他的面前，怒目地瞪着他。亚法拿西心里一怔，便问道：

“啊，天使，你为什么对我怒目?”

“你回去吧，你没有资格和你兄弟同住。你弟弟逃开，比你用那金币所做的一切事要可贵得多呢!”天使说了。

亚法拿西告诉他，自己救了许多穷苦无归的人，帮助了许多孤儿。天使说：

“那些事，都是魔鬼叫你做的，他把金币放在那儿，就是要诱惑你呀。”

这时候，亚法拿西的灵魂忽然觉醒了。他明白了，自己所做的一切，是为着魔鬼，不是为着上帝的。他淌下了悔悟的眼泪。

那时候，天使便把路让开，让他依旧走过去。弟弟约翰，已经在那里等候他了。

从此以后，亚法拿西再不为魔鬼诱惑。他明白了，一心供奉上帝和邻人，应以自己的劳力，不是以黄金的力量。

这样地，兄弟俩又继续了过去同样的生活。

小女孩比大人聪明

那年复活节到得很早，从那时候起，大家便不用雪橇，园子里只剩下一点儿残雪，村中到处流着水潭子。有两座房子，中间夹着一块空地，从肥料堆流下来的水，积成了一个大水潭。那两座房子里，各走出一个女孩子来，一个很小，一个稍大一点儿。两个女孩子都刚刚由妈妈给穿上了新衣服，小的一个是淡蓝色的上装，大的一个是有褶裥的黄上装。她们头上都裹着红头巾，在家里做完了祷告，就望这水潭子走来，起先互相得意着自己的服装，以后便游玩起来，最后便想踏进水里去乱跳。小的一个连鞋子也不想脱而想踏进水去，大的一个说：

"不行啊，玛拉霞，妈妈要骂的呀，我要脱鞋子，你也把鞋子脱了吧。"

她们脱去了鞋子，把衣裳下端撩起来，面对面，从两边踏进水里。水一直高到玛拉霞的膝头上，她说：

"好深啊，亚克柳西加，啊啊，多怕人！"

"不要紧的，快到我这边来，不会再深的了。"

两个人走近了。亚克柳西加说：

"玛拉霞，你当心些，不要跳，慢慢儿走。"正说时，玛拉霞一脚跨进水里，水溅到了亚克柳西加的衣服上，衣服上都是水，连眼睛、鼻子也溅湿了。亚克柳西加看见自己衣服上面的水渍，便对玛拉霞发起怒来，一边骂，一边赶过去，立刻要冲到玛拉霞面前了。玛拉霞害怕了，心里想，闯了祸了，急忙跳出水潭子，向自己家里逃回去。正在这时候，亚克柳西加的妈妈跑出来，看见女儿衣服上都是水，裤脚管上满是泥，便骂道：

“你这小婆娘，到什么地方去弄得这么怕人?”

“玛拉霞故意弄水溅我呀。”

亚克柳西加的妈妈听了这话，马上抓住玛拉霞，在她后颈子上打了一掌。玛拉霞便大声地、满街都听得见地哭起来。玛拉霞的妈妈便跑出来了：

“为什么打我的孩子?”说着，便向邻家的主妇扑过去。这个一句，那个一句，两个人就对骂起来。街坊上的人都跑来了，街上挤满了人。大家只顾自己大声地嚷，也不听听别人说的话。正在吵闹的时候，又有别的人插了进来，马上变成了真正的吵架。那时候，亚克柳西加的婆婆便跑进人堆里来，向大家劝和。

“喂，你们到底为了什么啦！今天是好日子，大家应该欢欢喜喜，怎么你们倒吵起架来了！”

可是大家都不听她的话，反而差不多要把老婆婆斗走了。因此，要是亚克柳西加和玛拉霞当时并不在场的话，他们这场吵架就不会完结的。当太太们正在互相叫骂的时候，亚克柳西加把自己衣裳上的泥渍拭去了，又跑到水潭子旁边去，拾了一些小石头，在水潭子旁边的泥地上掘成一道沟，让水慢慢地流出去。亚克柳西加掘沟的时候，玛拉霞也跑来帮她了，她拾了一些木片，也掘起沟来。太太们正要扭起来打架的时候，水就从小女孩们所掘的沟里流到街道上去，一直流到老婆婆站着劝架的地方。小女孩俩从水流的两边互相跑近。

“捉你呀，玛拉霞，玛拉霞！”亚克柳西加尖着嗓子叫。玛拉霞要说不说，只是哈哈地笑。

两个小女孩眼望着木片跟着水流去，高兴得拼命地跑过来，一直跑到大人们在吵架的地方。老婆婆见了这两个小女孩，便对那些吵架的人说：

“你们不害羞么！你们为了孩子吵架，可是孩子却早已忘掉了，大家又和和睦睦在一起玩，多可爱！孩子比你们聪明呀！”

大人们看看小女孩，难为情起来了，自己觉得不对，各自回家去了。

伊利亚思

从前，在乌发地方，有一个白十基人，名叫伊利亚思。在他娶妻子的第一年，他的父亲死了，没有给他留下多大的遗产，他只得到七匹母马、两头母牛、二十只羊。但伊利亚思既当了家庭的主人，便逐渐把收入增加起来。夫妻二人从早到晚，整天干活。每天早晨比谁都起得早，晚上比谁都睡得迟，因此，一年比一年地富裕起来了。伊利亚思这样辛辛苦苦地干了三十五年，终于变成了一个大富翁。

他有了两百匹马、一百五十头牛、一千五百只羊。他雇用男仆牧羊和照料别的家畜，雇用女仆给母马和母牛榨乳，做马奶酒、牛油、牛酪。伊利亚思生活过得很好，四周的人没有一个不羡慕他。他们常常说：

“伊利亚思真是一个福人，什么东西他全有，他死了不必去天堂，他活着就在天堂里。”

许多有身份的人都想和他交朋友，常常有远地的人跑来拜访他。伊利亚思对任何人都殷勤招待，请人家吃饭喝酒。有人到来，他就请人喝马奶酒、茶果子汁，吃羊肉。每来一次客人，他就宰一只羊，有时还宰两只。客人多的时候，还杀母马。

伊利亚思有三个儿女，两个是儿子，一个是女儿。儿子都娶了媳妇，女儿出嫁了。当伊利亚思穷的时候，他的儿子也跟他一起干活、牧羊、看马，伊利亚思有了钱，儿子就骄傲起来，有一个还变了酒徒。大儿子跟人家打架打死了，二儿子娶了一个很骄傲的女子，从此就不听父母的话，后来就同父母分居了。

伊利亚思把儿子分居了，分给了房子和一部分家畜，因此，他的财产就减少了大部分。不久，他的羊群染上了羊瘟，接连地死亡了。第二年年成荒，干草完全没有收割；这年冬天，又死了好多牛。偏偏顶好的一群马，又被基尔基士人偷掉了。这样地，伊利亚思的财产便跟从前一般了，他穷了。但他的气力也渐渐衰弱下去了。当他到七十岁的时候，连自己用的大衣、绒毯、篷车都卖掉了。到末了，连最后的一头母牛也只好卖掉了，他变成了一个穷光蛋。为什么会变成这般田地的呢？不知不觉地就什么都没有了。伊利亚思和他的妻子都已是衰弱的老人，不得不去依靠人家。他所有的，只有身上的一套衣服、一件毛大衣、一顶帽子、一双靴子，以及那时也已年老的妻子——夏姆。分居的儿子已移家到远地去了，出嫁的女儿也死了，没有人收留这对老年的夫妇。

邻近有一位叫穆哈默特的，对这对老夫妇非常同情。穆哈默特不是穷人，也不是富人，他过着普通的生活。人是非常好的。他从前也受过伊利亚思的恩惠，他对伊利亚思说：

“伊利亚思，到我家里来好么？带了你的太太住到我这里来吧。夏天在瓜园里，做一点儿你做得动的工，冬天就给牛马喂喂食料。夏姆太太就替我榨马奶、做马奶酒。你们穿衣吃饭我都担任，另外有什么需要都由我来。”

伊利亚思道谢了这位邻人，夫妇两个便到穆哈默特家里当了用人。开头的时候，干活觉得很辛苦，但不久也就惯了，便尽自己的力，很勤恳地干了起来。

主人雇了这样的用人是很合算的。他们自己当过老板，知道怎样调度事情，又不会倔强，而且干活又很尽力。不过穆哈默特有时候心里觉得不好过，想想曾经那样阔气过的人，现在却落魄到这般田地了。

有一次，穆哈默特有几位朋友从远地来，又来了一位回教的教师。穆哈默特叫伊利亚思宰一只羊。伊利亚思把羊剥去了皮，整只烧熟了，端到客人的面前。客人们吃着羊肉，喝着菜汤，然后，又喝起马奶酒来。他们同主人一起坐在绒毯上的鸭毛蒲团里，喝着茶，闲谈着。伊利亚思正把一切收拾好，在门口走过去了。穆哈默特望了他一眼，向一个客人说道：

“你看见这个老头子么?”

“嗯，见到了。”那客人回答道，“那老头子怎么样?”

“他么，大有道理。他从前是这地方的一位大富翁呢。”主人答道，“他叫作伊利亚思，你听到过这名字么?”

“他么?”客人说，“没有见过，可是这名字远近都知道的呀。”

“是的，就是他。不过现在，伊利亚思是一个穷光蛋，他在我家里当用人，还有他的老年的妻子也在这里，替我家榨马奶。”

客人吃了一惊，伸一下舌头，摇摇头，说道：

“一个人的运道就好比车轮，一个人上升，一个人下降！这老人家，实在也太伤心了。”

“他是不是伤心，我可不知道，可是日子过得很安静，干活很勤恳的。”

“好吧，我们跟他谈谈，”客人说，“问问他，生活过得怎样。”

“可以可以。”主人回答着，就从跟客人一同坐着的篷帐中叫道，“老公公，回这儿来，大家喝点儿马奶酒，叫老婆婆也一起来。”

伊利亚思夫妇两人走进来了，他向主人和客人们行了礼，做了祷告，就在门口坐下。他的妻子走进篷帐后，和主妇坐在一起。

主人把一杯马奶酒送到伊利亚思的面前。他向主人和客人们敬祝康健，点点头，一口喝干，就放下了杯子。

“你怎么样，老公公?”那位跟伊利亚思谈话的客人说了，“你度过从前那样荣华的生活，现在日子过得这样辛苦，在我们旁人看来，你一定是很不愉快的呀。”

伊利亚思微微一笑，回答道：

“什么叫作真正的幸福，我说出来你也许不会相信。你可以问我的女人，女人喜欢说话，有话在肚子里藏不住的，她会对你说老实话。”

客人便朝帐幕后边说了。

“老婆婆，怎么样？”那人高声叫道，“把从前享福的日子跟现在这样的境遇比比，你心里觉得怎么样，给我们讲讲好么？”

夏姆便在帐幕后回答了：

“我是这样地想，我们夫妇两人，五十年来找求着幸福，随便到哪里也没有找到。可是现在，变成了穷光蛋，给人家当了听差，已经当了两年，我们才真正地找到了幸福，没有比这个更大的幸福了。”

客人吃了一惊，主人也吃了一惊，站起身来，撩起了后面的帐幕，望一望老婆婆的脸。老婆婆叠着两手，恭恭敬敬地站着，笑眯眯地望着自己的年老的丈夫。老公公也用笑脸回答着她。老婆婆接着又说：

“我说的句句是实话，绝无虚言。我们找求幸福，整整找了五十年。当我们有钱的时候，我们总是找不到它。现在我们变成了穷光蛋，给人家当了听差，我们才得到了最大的幸福。”

“你们为什么这样幸福呢？”客人问。

“哎，是这样的。”老婆婆回答道，“当我们有钱的时候，夫妇两人一天忙到晚，大家也没有时间好好地谈一谈话，也没有时间想到自己的灵魂，也没有时间向上帝做祷告。有客人来了，为的要让人家称心如意，就得费尽心思去弄什么好的东西请客人吃，送什么好的礼物给客人。客人走了，就得管理用人，许多用人常常喜欢偷懒、偷食。我们又得费心思防备东西被人家偷去，一天到晚，就是这样地忧劳着，造了许多罪孽。还要担心事，狼会不会抓去小马和小羊？贼会不会偷去了马？晚上到了床里，又担心老羊会不会把小羊踏死。那样地，就弄得不能好好睡觉，一次两次爬起身来，到外边去巡视。一桩心事完结了，别的心事又来了，甚至会想到冬天怎样打篱笆。不但如此，有时候，跟老爷意见不合，他要这样，我要那样，大家抬杠，吵起嘴来，这样又增加了一重罪孽。这样地，重重的心事，重重的罪孽，哪里还有一星儿幸福呢？”

“那么，现在怎么样呢？”

“现在，每天早晨，夫妇两人一早起来，大家亲亲密密地谈一会儿话，没有争吵，也没有忧心的事。只有一件心事，怎样可以给主人家好好地干活。尽我们的力量干活，不使主人有什么损失，快快活活过日子。干好了活，回到家里，早饭、晚饭都现成预备好了，我们还有马奶酒喝。天冷的时候，我们烧马粪，还有毛外套，穿得很和暖的。我们有工夫闲谈，也有工夫想到自己的灵魂，向上帝做祷告。我们找求了五十年的幸福，现在好容易才找到了。”

客人们都笑了。

但是，伊利亚思说：

“诸位，请不要见笑。她说的都是实话，是真正的人生。我们过去太傻了，因为丢了一份大家业，开头我们常常哭。可是现在，我们得到了上帝的恩惠，明白了真正的道理。我们说这样的话，并不是为了安慰自己，而是为了诸位先生呀。”

于是，回教教师说了：

“是的，这是明智的言语。伊利亚思所说的，句句都是真话，在那《圣经》上面，也写着那样的话。”

于是，客人们都不笑了，他们低下头来，深深地沉思了。

亚叙利王亚萨哈东

亚叙利国王亚萨哈东，侵占了赖尔王的国土，打坏了许多城池，烧掉了许多房子，俘虏了许多赖尔王的人民，带回到自己的国土里，把兵士们都杀死了，把将士们的脑袋斩下，挂在檐尖上，又剥了他们的皮，张在棒头上，最后，把赖尔王关在牢里。

有一天晚上，亚萨哈东睡在床上，正想着用一种方法把赖尔王处死。忽然，听见床边有窸窸窣窣的声响，张开眼来，看见一个花白胡子的老人站在床边。

国王吃了一惊，问道：

“你是谁？到这儿来做什么？”

“我给你谈谈赖尔的事。”

“那事还谈什么，他明天就要处死了，我现在只是在想，用什么方法把他处死。”

“为什么他要处死呢？你不就是赖尔么？”老人说。

“什么傻话呀？”王说，“我是我，赖尔是赖尔呀！”

“你和赖尔是一个人呀。”老人说，“你以为你不是赖尔，赖尔不是你，那只是你的梦想罢了。”

“这又为什么呢？”王问道，“我在这儿，睡在床上，我的周围侍候着顺从的奴隶，而且明天，将和今天一样，和朋友们举行宴会，但赖尔却像笼中的鸟儿，他关在牢里，明天便要上绞刑，把舌头伸出来，呜呜地喘气，一直到死，以后，他的尸体就要喂狗。”

“不，不，你不能取他的命。”老人说。

“我已经杀了一万四千兵士，他们的尸体可以造成一条海堤。我活着，但他们已经没有了。这一件事，就很好地证明了，我要取他的命是很便当的。”

“你怎么知道他们已经没有了呢？”

“因为我的眼再不能看见他们了，而且他们是被杀了，他们不是我。他们受了痛苦，而我却非常快乐。”

“这不过是自己的想法呀。你不过使自己痛苦，绝不能使他们痛苦。”

“你的话，我一点儿不懂呀。”王说。

“你要懂么？”

“当然要懂呀。”

“那你到这儿来。”老人指着一只装满了水的圣水盘说。

王站起来，走到盘边去。

“你脱去衣服，跳到里头去！”老人说。

亚萨哈东把衣服脱去，跳进盘中。

“我把水泼在你的身上，你的头便立刻钻进水里去吧。”老人在勺子里舀满了水，说了。

他把水泼在国王头上，国王的头钻到水中了。

亚萨哈东身子慢慢地沉下水去，他觉得自己已经不是亚萨哈东，变成了另外一个人了。这时候，他看见自己还是好好地睡在床上，旁边侍候着美丽的女人。他从来没有见过这个女人，但他知道这就是自己的妻子。那女子立着，对他说道：

“喂，赖尔，大概昨天你太疲劳了，今天起得比平常都晚，我守着你睡觉，我不敢叫醒你，但大臣们都在王殿上等着你呢，你换一换衣服，就出去吧。”

亚萨哈东听了这话，知道自己就是赖尔，但他并不觉得惊奇，不过奇怪自己为什么一向并不觉得，他慢吞吞地起身，换衣，然后到王殿上去见那些等候着的大臣。大臣们恭恭敬敬地向自己的国王低头鞠躬，以后站起来，遵命坐在国王的面前，其中最老的一个开口说了，我们再不能忍受暴王亚萨哈东的侮辱，只能出于一战。但赖尔并不同意，便命派使者向亚萨哈东提出抗议，发好了命令，便叫大臣们退朝；以后任命精明的使节，教他应该对亚萨哈东怎样说话。做完了这件事，变成了赖尔王的亚萨哈东便出去打野兔，猎打得很好，国王亲手射死了两只野兔。回到宫中，便和宾客们举行宴会，观赏奴隶们的跳舞。第二天，他又到宫廷里去，在那里等候着请愿人、告状人和判了罪的犯人。国王照例处理了几件必须亲自处理的案子。处理好了案子，他又做自己喜欢的娱乐，出去打猎。这次的猎又得了很大的收获。他亲手射杀了一匹老母狮，活捉了两匹小狮。打完了猎，又与宾客们举行宴会，欣赏音乐和跳舞。晚上，和亲爱的妻子娓娓地清谈。

这样地，他处理着国事，享受着欢乐，一天天地过去，等待派到亚萨哈东王处去的使节回来。整整一个月，没有一点儿消息。后来，使节回来了，但他的耳朵和鼻子都被割去了。

亚萨哈东命使节传令赖尔王：假使赖尔王只派使节来进贡金银宝树，自己不向亚萨哈东王来请安，他就有一天会受到和使节同样的待遇。

这位从前的亚萨哈东，现在的赖尔王便又召集了大臣们，商量如何对付。他们异口同声地主张，趁本国还没受到攻击之前，立刻派兵去攻打亚萨哈东的国土。国王同意了。他亲自率领大军前进，战争继续了整整七天。国王每天骑着马在军中巡视，鼓励兵士。第八天，他的军队在一片中间有一条河流的盆地中，与亚萨哈东的军队遭遇。赖尔王的军队，作战非常勇猛。但那位从前曾为亚萨哈东的赖尔王，看见敌军席卷盆地，压迫自己的军队，像蚂蚁一般，从山上冲下来。赖尔王的兵不过数百，亚萨哈东的兵却有几千。结果，赖尔王自己也受了伤，终于被俘了。

他和别的俘虏被亚萨哈东的兵押解着，接连走了九天，第十天到了尼内佛，被关在牢狱里。

赖尔肚子饥饿，伤口疼痛，但更痛苦的是受辱的愤怒。他深深地感到无力把自己所受的痛苦向敌人报复。他所能做的，就是不使自己的痛苦给敌人见了喜欢，他决定了，不管受怎样的苦，都英勇地忍耐着，不向敌人露出丝毫乞怜的情态。

赖尔在牢狱里过了二十天，天天准备着受刑，看那些自己人被押到刑场上去。这些人有斩去了手脚的，有活活剥皮的，听着他们痛苦呻吟的声音，他的脸上绝不现出丝毫的不安、怜悯和恐怖的神色。他也看见自己的妻子被重重地捆绑着，由两个廷臣带出去，知道妻子被迫做了亚萨哈东的奴隶，他也默默地忍耐了。有一个看守他的人对他说道：

“可怜的赖尔，你原来也是一位国王，可是，现在怎么样了？”

赖尔听了这话，便一一想起了失去的一切，握住了牢门的铁闩，拿头去撞，想自杀了。但他没有自杀的勇气，悲惨的绝望使他呻吟着，倒在牢狱的地上。

两个狱吏打开了他的牢门，用皮带将他两手反缚起来，把他拖到满地血腥的刑场上去。赖尔看见一条尖头的木柱，正在滴着鲜血，他的一位朋友的尸体刚刚从这儿搬走，他知道这木柱现在就要轮到杀他了。

他的衣服被人剥去，他发觉自己强壮的身体忽然变得这样瘦弱了。两个狱吏拉住他瘦弱的臂膀，将他的身体高高举起，正要向这尖柱投下去。

“啊，这一回死定了，我就此完了！”王心里想，他忘记了自己的决心，要到最后为止保持英雄的本色，他哭了，他哀求了，但是没有人听他的话。

“不，哪有这样的事！”他想，“我在睡觉，这是梦呀。”

他尽力地把眼睛张开来，眼睛真的张开了，可是张眼看时，自己并不是亚萨哈东，也不是赖尔，只是一种动物。他惊奇，自己为什么变成动物了，不但是动物，而且是一种从来不曾见过的动物，他更加惊奇了。

他在山坳里吃草，用牙齿咬着又柔又嫩的草，用尾巴驱着苍蝇。在他身边，跳跃着一头背上有条花的、长脚的深灰色的小驴。小驴用后腿跳着，向他很快地跑过来，小的柔滑的嘴脸，钻进他的肚子底下，探找着乳房，一找到时，便安心地躺下，呼呼地吮吸起来。亚萨哈东知道自己变成一头母驴——这小驴的母亲了，他不惊慌，也不悲哀，他反而觉得快乐，他不但为自己快乐，同时还替自己的子子孙孙快乐了。

忽然，嗖地飞来一声声响，碰着了他的肚子，尖头戳破皮肤一直深进到肉里。亚萨哈东（现在他是一头母驴）觉到火烧一样的疼痛，他把小驴含着的乳头拔出，把耳朵望后划落，向刚才的那片草地上跑去，小驴也跟着他一起跑来。他们好容易逃到草地上，忽然，又是一箭，很快地飞过来，穿进小驴的颈子，箭穿进皮，插在肉上不绝地震动。小驴哀鸣了，一会儿，屈倒膝头，倒在地上。亚萨哈东不肯把它丢弃，就伏在它身上站了下来，小驴战栗地爬起身来，瘦长的腿子颤巍巍地走了起来，又倒下去了。这时候，走来一个两条腿的动物——人，一刀刺进小驴的咽喉。

“哪有这样的事，这一定是梦呀！”亚萨哈东想着，使出浑身的气力，努力张开眼睛来，“我不是赖尔，我也不是母驴，我是亚萨哈东呀！”

王大叫一声，把脑袋从圣水盘上面仰了起来……那老人站在他的旁边，水勺子上最后的几滴水，还零落在他的头上。

“啊，受了好大的苦呀！我再也忍受不住了！”亚萨哈东说。

“忍受不住么？”老人问了，“你把脑袋浸在水里，只有一息儿工夫，你看，水勺子上面不滴着水啦。怎么样，你现在已经想通了没有?”

亚萨哈东一句话也不说，他只是害怕地注视着老人。

“你现在可以想通了吧?”老人唠叨地说，“你明白么?赖尔就是你自己，你所杀的士兵，也就是你自己，不但士兵，就是你所射杀的，在宴会中吃的野兽，也就是你自己。你以为只有你有一条生命，我不但要驱除你目中的迷露，我还教育了你，使你知道对别人作恶，自己也必身受报应。生命是唯一的，它普遍地施予万物，你的生命，只是普遍生命中的一部分。在这生命的一部分中，你可以为善，也可以作恶，可以使生命增长，也可以使生命减缩。你要改良你的生命，你就得拆毁自己的生命和别人的生命之间的阻碍，认别人也跟自己一样，爱别人也跟爱自己一样。于是，你的小小的生命，就渐渐地伟大起来。灭绝他人的生命，你的力量是不够的。你只想你的有限的生命，因此你毁损了自己，做出一切不良的行为，想夺取别人的生命来增加自己生命的幸福，你这样做，只不过减缩了生命。被你所杀的人的生命，虽然你的眼看不见了，但它绝不会消失。你想伸展自己的生命、缩减别人的生命，但这样的事是不可能的。生命是超越时间和空间的东西，有一刹那间的生命，也有千年的生命，你的生命，世界上一切有形物的生命，无形物的生命，到底都是一样的。生命不能消灭，也不能变换。因为生命是唯一尊严的东西。而别人的一切东西，只不过我们眼睛看得见，好像存在罢了。”

老人说完了这一番话，便不见了。

第二天早晨，亚萨哈东王下令释放赖尔和一切俘虏，停止一切的死刑。

又过了一天，他将王位交给儿子，自己便到沙漠中去，重新去学习。以后不久，他上了飘流的旅途，巡游各地的城镇和农村，热心传道——生命是唯一的，害人就是害己。

劳动·死亡·疾病

这是流行在南美印地安的传说。

据他们说，当初上帝造人的时候，人是不必劳动的，他们不要房子、衣服和食物，一个个都活到一百岁，从来也不知道害病。

有一次，上帝来观察人们生活得好不好，他看见人们不但没有幸福，而且各人都闷得慌，互相吵架，不但不爱生活，反而怨苦不堪。

上帝心里想了：

“这是因为人们太散漫了，各人只管自己的缘故。”

为了要消灭这种情形，上帝规定人们，不劳动便不能过活。因此，人们要不冻不饿，就得盖造房子，耕种土地，种植果实和五谷，再去收割。

“劳动可以使他们互相联合。”上帝想道，“一个人是不能锯树木、扛材料、造房子的。制工具、种植、收获、纺纱、织布、缝衣服，也不是一个人能做的。他们知道只有大家一起和和睦睦地做工，工作才能做好，生活才能快活，他们就自然团结一致了。”

又过了一些时候，上帝又去看人们过着怎样的生活，现在是不是已经幸福了呢。

但是人们的生活，比从前变得更可怕了。他们一起做工（因为非一起不能做工），但并不是大家一起，他们只结成了一个一个的小团体。这个团体跟那个团体大家你抢我夺，拼命地你妨碍我，我妨碍你，有时候因为争夺劳力，反而消耗了许多劳力，一切的人们都过着很坏的生活。

上帝看见这情形，知道不对，便决定使人们不知道自己的死期。他将这决定向人们宣布了。

“无论何人，随时都会死亡，人想到这生命不过是暂时的东西，就不会互相仇视，不会白白地把这短促的生命糟蹋了。”

但事实并不如此，当上帝再来观察人们生活的时候，他看见他们的生活还是同样的恶劣。

那些强者，知道人是随便什么时候都可以死的，便杀害弱者，而且用死来威吓他们，把弱者征服了。因此强者和他们的子孙，便用不到做工，一天到晚闲荡着，而弱者就得做超过他们能力的苦工，没有一点儿休息的时候，一天到晚流汗喘气。他们就互相害怕，互相仇恨。因此，人们的生活便愈加不幸了。

上帝看见了这种情形，想把它改变过来，便决定用最后的手段。他把各种各样的疾病带到了人们中间，上帝想：既然每个人都有害病的危险，健康的人想到害病时需要别人帮助，便会对病人发生同情，去帮助病人了。

上帝又回去了。但他想看看人们害了病之后，生活过得如何，便又来观察了。他看见人们的生活比以前更加坏了。

上帝原想用疾病来使人们和善联合，但事实上却反而更使他们隔离了。

役使别人劳动的强者，一害了病，就强迫别人来看护他。但在别人害病的时候，他就一点儿也不管。因此，被人驱使做工，被人强迫当看护的人，为一天到晚忙着劳动，当自己家里有人害病的时候，就没有工夫去看护，只好把病人丢在一边。有钱人见了这种病人，妨碍了他们的快乐，便花钱造了医院。这种病人受不到温暖的同情，只有那些用钱雇来的看护，满心厌恶地处理他们，心里难受得很，结果就死亡了。而且，那种病大半是传染病。人家怕受传染，把他们孤零零地隔离开来。

因此，上帝想：

“我用了这个方法，还是不能使人们得到幸福，那就只好让他们去受苦，等他们自己去觉悟了。”

从此，上帝就不管人间了。

自从上帝不管人们以后，经过了极长的年月，人们还没有觉悟自己是可以幸福，而且必须幸福的，始终过着空虚的生活。但是到了近来，已经有极少数的人，在开始觉悟了：“劳动不可使某些人认为是傀儡的工作，也不可使某些人认为强迫的苦工，劳动必须成为结合人类幸福的共同的事业。这少数的人又知道：每个人随时随地都会死，所以人们最聪明的方法，是大家亲爱团结，快快乐乐地度过那上帝所赋给他们的每一年、一月、一天、一分钟。而且，他们也已经开始觉悟，疾病并不是要人们互相分离，而是一个最好的机会，可以使人互相以爱来结合的。

三个问题

从前有一个国王，忽然想起了三个问题：什么时候，是开始一切工作最好的时候？怎样一种人是好人，应该听他的话，怎样一种人是应该远离的？怎样可以知道某件事最主要，某件事最重大？他想，我如果明白了这三个问题，那么做一切的事就都不会失败了。他便在全国出了布告，有人能够解决这三个问题，就可以得到极大的奖赏。

许许多多学者便到国王的地方来，对这三个问题做了各种各样的解答。

第一个问题，有人这样回答。要知道什么时候是开始工作最好的时候，首先须按照年月日，做好一个预定表，而且必须严格实行。只要做到了这一点，一切事就可以在最好的时候做了。

又有人说：什么时候做事好，不能预先决定，但不沉湎于无谓的游戏，留心世上万事的进行，随时随地拣最重要的做去，那就好了。

又有别的人说，纵使国王时时刻刻留意，但什么时候做什么事，一个人的力量总不能决定的，必须与聪明的人时常商量，那些人，就会有好的意见贡献给他。可是又有另外的人说，世界上有许多事情，常常来不及召集许多人来商量，需要立刻决定去做的。为了要迅速决定，必须预先知道有什么事会发生，能够未卜先知的，只有占术师，所以要知道一切的事在什么时候做最好，必须请教占术师。

对于第二个问题，也有各式各样的意见。有人说，对王最有用的人，是辅佐的人——那就是政治家；有人说，是僧侣；有人说，是医师。其中也有人说：对王最重要的，是军人。

对于第三个问题，最重要的事情是什么事呢？有人说，世上最重要的事情，是学问；有人说，是艺术；又有人说信仰上帝，比一切都重要。

所有的回答都零乱得很，国王对谁的意见都不赞许，对谁也没有奖赏。但他还想求得正确的回答，便决心去找一位名声很大的聪明的隐士。

这位隐士住在森林中，从来不曾走到森林外面来，只有穷苦的人去拜访他的时候，他才肯见。因此，国王就换上了粗布衣服，在离开隐士隐居的地方下了马，将警卫的人留在后面，独自走去访问。

国王走过去的时候，隐士正在茅屋前锄菜田，他见了国王，随便地点一点头，仍旧低头锄地。这隐士是一个很瘦弱的人，用锄头垦进泥里，垦起一块小小的泥土，就深深地喘气。

国王走到他身边，说道：

"贤人呀，我有三个问题，特地到这儿来请你指教。我要在最适当的时候做出最好的事情来，你可知道这最好的时候么？怎样的人，对我最为需要？怎样的人，我有事可以与他们商量？怎样的人，我必须远避他？还有，怎样的事情，是最重要的事情？怎样的事业，我必须最先去做？"

隐士静听着国王的话，他不回答，只吐一口口水在手掌里，又垦那泥土了。

"大概你很吃力吧？"国王说，"你把锄头递给我，我给你垦一会儿吧。"

"谢谢你！"隐士说着，把锄头交给国王，就在地上坐下了。

国王垦了两畦地，把手停下来，又重问了一遍。但隐士还是没有回答，他突然立起来，伸过手来拿锄头。

“现在，你休息一下，我来垦吧……”他说。

国王没有把锄头交还他，继续垦着地，约莫过了一个钟头，而且又过了一个钟头。太阳在树荫下沉落下去了。国王把锄头支在地上说道：

“贤人呀，请你回答我的问题，我特地跑来请教你的。如果你不回答，也请你说一声，我就要告辞了。”

“啊，有人跑来了。”隐士说，“这是什么人？”

国王回头看时，只见森林中跑来一个大胡子，两手紧紧捧着肚子，手底下有鲜血淌下来。他跑到国王身边，就跌倒在地上，眼睛泛白，嘴里急促地喘着气。

国王和隐士一同解开了这人的衣服，看见他肚子上有一个很大的伤口，国王细心地洗涤了他的伤口，再用自己的手帕和隐士的手帕给他包扎起来。血还是不止，把包着的东西染红了，国王又把它解开来重新洗涤，重新包扎。

血止了。这人微微地喘过气来，嚷着要喝水。国王又汲了水来给他喝。

这期间，太阳完全落山了，气候立刻冷起来，国王便和隐士两人将伤人扛进茅屋里，让他在床上躺下。他躺着，闭了眼睛，静默下去了。国王经过一番奔走和劳动，已经非常疲乏，在门口休息了一会儿，就呼呼地睡着了，一睡，就睡了整整的一夜。

第二天早晨，张开眼来，国王记不起自己在什么地方，但看见床上躺着一个大胡子的人，眼睁睁地望着他，也想不起这是什么人。

“请饶恕我吧！”那大胡子看见国王的眼注视着他时，低声地说了。

“我不知道你是什么人，我怎么饶恕你呢？”国王回答道。

“你也许不知道，我是认识你的。我的哥哥被你处了死刑，财产也被你没收了，我立志为兄报仇，所以你是我的仇人。因此，我打听你到隐士处来，便在路上伏着，等你回去，准备行刺。等了一天，却不见你回去，我便跑到隐士处来找你，碰到了你的卫队，他们发觉我的企图，便把我砍伤了。我逃得快，就逃到了你的地方。要是你不救我，给我包扎，我的血流完，我就会死了。我想谋害你，你却救了我，如果我能够好起来，你能够饶恕我，从此，我就给你当忠实的奴隶；我的子子孙孙都要世世代代服侍你。请你饶恕我吧！”

国王见自己这样简单地可以和一个仇人和好，心中大喜，不但饶恕了他，还答应将财产发还，并派家臣和医生到他家里去。

国王向负伤者告了别，走出门外，找寻隐士，他还想请他回答自己的问题。隐士正在昨天垦过的地上，爬着下种。

国王走过去叫唤道：

“贤人呀，我再请求你，请你回答我的问题。”

“我不是已经回答你了么？”隐士站起细而瘦的脚胫，抬头向国王望着说了。

“你怎么样回答我呀？”国王问道。

“你还没有明白么？”隐士说，“昨天你如果不怜惜我的辛苦，代替我垦地，早就回去，那人便一定会将你刺死，你也会后悔不留在我的地方了。所以顶重要的时候，便是你垦地的时候，而我就是最重要的人；还有最重要的事，就是为我做的事。还有，当那人跑来的时候，最适当的时间，便是你给他看护的时候，如果你不给他包扎，他就会对你怀恨到死，所以最必要的人，就是那人，最重要的事，就是你对他所做的事。因此，请你将这几句话牢记在心头。顶好的时候，只有‘现在’。为什么呢？因为只有‘现在’，是我们可以自由使用的。最重要的人，就是现在发生关系的人，因为以后我们要跟谁发生关系，自己是不知道的。最重要的事，就是对人做好事，因为人到世界上来，就为了这件事，就为了对人做好事呀！”

这就是你

有一位暴君，请一位贤人来，询问对敌人报复最厉害的方法。

暴君：请你告诉我一种处刑的方法，要顶残酷的，痛苦最久的，我要用这种刑罚处死那个罪犯。

贤人：那你最好使他明白自己的罪恶，让他受良心的责罚。

暴君：你以为这种人也有良心么？你听我说，一个亲信的人，他对我做了莫大的侮辱，我不向他报复，我心里总是不痛快，我要想出一种顶顶残酷的刑罚，我总想不出一种方法可以消我胸头的怒气。

贤人：是的，不管怎样痛苦的刑罚，都不能把罪恶和罪人消灭。所以顶好的方法，便是赦免他。

暴君：我当然知道，事情已经发生，再没有法子使它消灭，但你为什么说我不能消灭罪人呢？

贤人：这里的事是谁都不能够的。

暴君：你为什么说出这种傻话来？我现在立刻就可以将他消灭，好似我打毁这盏灯，使它永远不能发光（他将灯打毁了）。

贤人：不错，正如你所谓，灯没有了，但光是不能消灭的。因为一切物体燃烧的地方，都是有光的。同样的光，都独立存在在一切东西之中。你不能杀犯人，你想杀的是你自己呀。

暴君：你疯了么？还是你在说笑话？

贤人：我说的是实话。因为犯人就是你的一部分。

暴君：那么，我是自己侮辱了自己，为了报复这个侮辱，再自己消灭自己么？

贤人：不，不是这个意思，任何犯罪，都不能用流血来报偿。为了报偿你所受的侮辱，你必须消灭全人类。因为作恶的是人类。但这样，侮辱了你的这件事实，还是没有消灭。因为，像你现在所说，已经发生了的事，是不会消灭的了。

暴君：你说的话很怪，但这里好像有几分真理，请你说得更具体一点儿。

贤人：那么，你看看他四周的一切生物，你对自己说："这一切就是我。"凡人都是同胞。一切的人，本质上都是同一的人。在最高的正义面前，不受罚的恶是没有的。你要打你敌人的时候，就是你自己打自己。因为，侮辱者和被侮辱者，本质上是同一件东西。

暴君：你的话我总是不大明白。我使敌人痛苦，我自己就感到欢喜，如果我和敌人是同一件东西，那怎么会这样的呢？

贤人：使自己的敌人痛苦你就欢喜，在你自己身上感不到这种痛苦，这是因为你心中抱着复仇的念头，被一个虚伪的个人的"小我"所欺骗了。如果真正的自我——就是"大我"正觉醒着的话，你对于敌人的痛苦，就会感觉到痛苦了。

暴君：你这是醉汉的梦话。那你就把我和犯人认作一体，你想一个对付我的方法吧。

贤人：我很难如你的愿望，但我尽一下力吧。我将使你进入一种状态，那时你会对一切人都感到全人类的一致。

（这贤人有一种法术，他使暴君心中感觉到敌人所以要侮辱他的种种印象和心境。暴君一落入这样的情境，就觉得自己和敌人变成了同样心境的人，明白了敌人所以要侮辱他的原因。他认识了这一点之后，就没有根据再来仇恨敌人。因为他清楚地了解了，个性并不是人的真正的本质，全人类是同心一体的意识，是一切个性做种种表现的基础。）

暴君：现在让我来说说我的意见吧。

贤人：请你说吧。

暴君：我在云雾一般的事物的深处，看见了真理。在这云雾的后边，我看见了浑然一体的全人类。不论敌人和同志，都是全人类的一分子，我和你也只是一分子，所以侮辱一个人，也就是侮辱自己，侮辱全人类。

贤人：对啦，这正是我要对你说的真理。这真理，可以用一句话说明，“这就是你。”

暴君：那么，在这世界上，应该怎样生活呢？

贤人：工人做工，商人做买卖，军人守土，国王治国，各人活动的范围是这样规定着的。但是睁开内心之眼的人，和这一切不同。别人以为他们生活圈内最高的美德，睁开内心之眼的人却觉得那是犯罪，那是发疯。现在你是一个睁开内心之眼的人了。一种宝贵的光，照着万人，而只有少数的人能够接受——这光，现在你已经看见了，所以你就不会再回到黑暗中去了。

暴君：谢谢你的帮助，我接触了纯真的光明，我不愿成为“小我”，不要一切会变的东西，我要和你一样，超越个性，超越时间……

……

以后，暴君就和敌人握手，深深觉悟人生的使命和目的，走向永远的世界去了。

给孩子的故事

小姐和少爷坐在马车里，从一个村子到另一个村子去。小姐五岁，少爷六岁。他们不是哥哥和妹妹，是表兄妹，他们的妈妈是同胞姊妹。他们的妈妈在外婆家里做客，叫孩子先跟奶妈一道回家去。

马车走到村外，轮子坏了，停下来修理，车夫说："马上可以修好的。"

"回家去多好呢，现在已经等了很久，少爷小姐肚子饿了吧！吃一点儿牛奶和面包好不好？真是不巧得很。"奶妈说。

是秋天，车子外面很冷，又落起雨来了。奶妈带了孩子走进一家路边的人家。这人家的暖炕没有烟囱，烟在屋子里熏得黑幢幢的。这种人家，冬天烧炕的时候，门是不开的，要等到木柴都燃着了火，才把烟从门口放出去，这个人家，也就是这样的。一间又古老又肮脏的小屋子，地板上映着从屋缝里漏进来的一条一点的光线。一边屋子角里挂着圣像，圣像底下放着一只床儿和一张台子，屋子正面是一只大暖炕。

孩子们进这屋子的时候，看见了跟自己差不多大小的孩子。一个只穿一件破衬衫的女孩子，一个差不多裸体的、肚子很大的男孩子，还有一个婴儿。

那婴儿是一个刚出生不久的女孩，睡在板上大声地哭着。主妇正在那儿哄她。奶妈带了少爷他们走进来，她就丢下孩子，给客人端正坐处。奶妈从马车里带来一只袋子，袋口上有发亮的铜扣子，穷人家的孩子看见这发亮的铜扣子，骇大了眼，互相用手指点。奶妈从袋子里拿出装热牛奶的热水瓶、面包、雪亮的小刀，放在台子上。

“来，少爷、小姐，你们肚子饿了吧!”

可是少爷他们不走过去。苏尼亚小姐一眼不眨地望着半裸的孩子，看看这个，又看看那个。她从来没有见过这样脏的衬衫，这样赤裸的孩子，她看得呆了。彼却看看苏尼亚，又看看穷孩子，觉得奇怪，觉得惊异，却不知是什么道理。苏尼亚又惊奇地注视着那个被放在马具上大声号哭的婴儿。

“那小宝宝为什么哭啦?”苏尼亚问。

“肚子饿了吧。”主妇说。

“那么，快给她吃呀。”

“没有吃的东西呀。”

“快，来啊。”奶妈在台子上切好了面包，喊道，“来呀，快来啊。”

少爷、小姐就走了过去。奶妈在一只精致的小杯子里倒了牛奶，连同一片面包交给他们。苏尼亚不吃，把杯子推开了。彼却也看她的样，不肯吃。

“她，真的么?”苏尼亚指着主妇说。

“什么真的?”奶妈问。

“她们没有东西吃?”苏尼亚说。

“谁知道呢，这跟我们有什么关系，别去管他，吃吧。”

“不!”苏尼亚说。

“我也不吃!”彼却说。

“给那小宝宝吃吧。”苏尼亚望着那婴儿说。

“不要说废话，快吃，冷了啊。”奶妈说。

“不，我不吃。”苏尼亚突然叫道，“你不给小宝宝吃，回到家里我也不吃。”

“你先吃了，剩下来给她吃。”

“你不给小宝宝，我不吃。”

“我也不吃。”彼却说。

“说什么也不吃！”

“这又是什么怪念头发作啦？”奶妈说，“人都要一律，是办不到的。上帝规定了，有的人富有，有的人穷。你们的爸爸，是得到上帝赐福的人呀。”

“那为什么，上帝不给他们呢？”苏尼亚说。

“这我怎样能说呢，这是上帝的意思。”奶妈说着，又另外倒了一杯牛奶，交给主妇，叫她给婴儿吃。婴儿吃了牛奶，马上不哭了。但是少爷他们心里还不舒服，苏尼亚依旧不吃也不喝。

“上帝的意思？”苏尼亚说，“上帝为什么有这种意思？这上帝不好，以后我不做祷告了。”

“你说什么？这样的话不许说呀，我告诉你爸爸去。”奶妈摇着头说。

“好，你去告诉好了。”苏尼亚说，“我决定了，我不喜欢。”

“你为什么不喜欢？”奶妈说。

“有的人太多，有的人没有，我不喜欢。”

“也许上帝故意这样做的。”彼却说。

“不，上帝不好。好，我不吃了，我不喜欢坏上帝。”

这时候，忽然炕上发出咳嗽的声音，有人嗄声地说：

“少爷、小姐，你们是好心的孩子，可是你们说得不对。”说着，又咳嗽了起来。

少爷、小姐向炕上望，炕上抬起一张白头发的皱脸来，那脸孔摇晃着，又说了：

“上帝绝不会坏的，少爷、小姐。上帝是好的，上帝爱一切人。但有的人有面包，有的人连面包屑子也没有，这不是上帝做的事情，这是人做的，人把上帝忘记了。”他说着，又咳嗽起来，“忘记了上帝，所以世界变成这个样子。有人过得很快乐，有人过得很苦。如果我们都依照上帝的吩咐，大家就都幸福了。”

“那么，我们怎样使大家都幸福呢?”苏尼亚问。

“你说怎样做么?”老人抖索着嘴唇说，“依照上帝的话。上帝说，分作两半呀。”

“什么?”彼却问。

“上帝说，一切东西要分作两半。”

“啊，将一半分给别人么?”彼却说，“等我大了，我就这样做!”

“我也这样做。”苏尼亚附和着说。

“我先要这样做。”彼却说，“我要使天下没有苦人。”

“好，完啦，废话说得太多了。”奶妈说，“把剩下的牛奶喝了吧。”

“不，不!”少爷、小姐同声说，“我们大起来一定要这样做。”

“了不起，少爷、小姐!”老人说着，露出两颗牙齿，笑了。

“你们将来怎样做，我是看不见了，但是，你们的心是好的，愿上帝保佑你们!”

“不管我们将来怎样，我们一定要做。”苏尼亚说。

“一定要做。”彼却说。

“好，好!”老人这样地说着笑着，又咳嗽起来了。

“我大概要在另外一个世界里看你们了。”咳嗽了，老人又说，“好么，不要忘记呢!”

“不忘记!”少爷和小姐说。

“对了，对了，不会错的。”

车夫进来了，轮子已经修好，他们便出去了。

后来怎么样，那是我们大家都知道的。

大熊星

从前，地上发生了大旱，所有的江河、池井都干涸了，草木都枯死了，人畜因为没有水，也渴死了。

有一天晚上，有一位姑娘，因为母亲病了，要水喝，她拿了一只有柄的水勺，走到外边去找。她到处找不到水，身体疲劳极了，就躺在草地上睡熟了。当她醒过来，手里拿起勺子时，勺子里已盛满了清水，她几乎把水打翻了。她高兴极了，张口想喝一个饱，但想到母亲正等着水喝，便拿着勺子向家里走去。她走得太快了，没有留心到地上躺着一只小狗，脚一绊，勺子掉在地上。小狗叫了，姑娘忙把勺子拾起来。

她想，勺子里的水一定打翻了，哪知仍旧好好的，没有侧翻，其中还是满满的水。姑娘倒一点儿水在手心里给小狗喝。小狗用舌子舔去了，显出很高兴的样子。姑娘再拿勺子时，木勺子忽然变成了银勺子。姑娘拿勺子回到家里，交给母亲。母亲说："我反正是要死了，这水还是你喝了吧！"说着，将勺子交还给她。这时候，勺子又变成了金的。姑娘实在口渴得忍不住了，正要张开口来喝，忽然从门口走进一个老人，来讨水喝。姑娘又耐住了，将勺子交给老人。忽然，勺子上滚出七颗宝石，有清水滚滚地涌出来。

七颗宝石慢慢地向上升起来，升到天空，变了大熊星。

石　头

两个妇人到长老的地方来求教。一个妇人，认为自己是一个大罪人。她在年轻的时候，曾经欺骗过自己的丈夫，心里一直在痛苦着。另一个妇人，一向是遵照教条生活过来的，她认为自己没有犯过什么罪，自己非常得意。

长老对她们详细讯问了过去的生活。第一个妇人流着眼泪，告白了自己所犯的罪。她认为自己所犯的是大罪，不敢请求赦免。另外一个妇人说，她不记得自己曾经犯过什么罪。听了她们的回答，长老便对第一个妇人说：

“上帝的仆人啊，你到篱笆外面去，给我去找一块大石头来——你要找一块你端得动的顶大的石头来……还有你，”他对没有犯过什么罪的妇人说，“你给我去拾一些碎石头，能拾多少就多少，不过要小的石屑子。”

两个妇人就到篱笆外去，执行长老的命令。第一个妇人端了一块大石头来，另一个妇人装了一袋子碎石头来。

长老看了看石头，说道：

“现在，你们把自己拿来的石头带回去，仍旧放到原来的地方，放好了，再到我的地方来。”

两个妇人听了长老的吩咐，又到外面去了。第一个妇人立刻找到了原来的地方，把石头放好了。第二个妇人再也记不起那块石头从哪里拾的，她就没法一一放回原处，只好带了袋子回到长老跟前来。

“对啦，对啦！”长老说，“一切罪恶就是这样的。你（他对第一个妇人说），将又大又重的石头很容易就放回原处了，因为你记得这石头是从什么地方端来的。可是你（他对另一个妇人说），你就不能够，因为你记不起那些小石头是从什么地方拾来的。世界上的一切罪恶，也就是这样的。这位妇人，她记得自己的罪，受到世人的责难，自己良心的痛苦，一向就是虚心过来的，所以她的罪就容易赦免。而你（他对那把一袋子小石头带回来的妇人说），积了许许多多小罪，却愈来愈深地陷进自己的罪恶里了。”

阳光底下的房子

〔苏〕区马兼珂

1. 阳光底下的房子

在这儿，我们要讲到一座房子，这房子并不很大。

这是一座小小的白房子，屋顶上涂着红色，围墙很长，是黄色的。

房子里的窗都正对阳光，大门的面前是园，园子四周是黄墙，黄墙前面便是霍特因司克的田野。说到这田野上的绿色，简直好像有人曾经把绿色的颜料缸在这儿倒提着走过的一样。

霍特因司克的田野上，是一个飞机场，一天到晚，钢铁翼子的飞机嗡嗡地叫。

如果小朋友有得空，就一天到晚抬着头向天空里去望吧。

飞机在云底下轻轻快快地来，就使望望，也够快活了。它骨碌碌地兜圈子，它向地下沉下来。有时在半空里翻筋斗，好像肚子碰着肚子的一样。

而且，一到了纪念日，这房子面前就有红军奏着军乐走过，有的吹喇叭，有的打铜鼓，有的张开了大喉咙唱歌。

每次红军在门口走过，四边的孩子们便都跑出来看，大笑大闹，有的跟着红军一道唱。

我们这房子里，有许多许多的小孩子。那些大人们有时候也觉得孩子们吵得太厉害了。

可是我想，吵得太厉害，是绝不会的，孩子们可不是一天到晚都吵闹的……比方到了晚上，孩子们都睡觉了，这时候，房子里面就很寂寞，月亮光淡淡地照在屋顶上，只有猫头鹰不知在什么地方叫，不过如此而已……

在我们房子里，还有一条狗，名叫卡洛西加，这是一条毛蓬松松的白狗，尾巴是灰黄色的，耳朵也是灰黄色。

白天它在木柴堆上呼呼地睡觉，一到晚上，便在房子四边跑来跑去，做看门人；有时候望着月亮汪汪地叫。

房子楼下住着几个中国人，这些都是真正的中国人，跟画在茶叶箱子上面的一式一样。不过没有辫子，穿的衣服也跟我们俄国人一样。

这些中国人当中有一个是做洗衣匠的，他的房间门口挂着一块长招牌，招牌中间，画着一条结叶子那样的领片，还有一件烫好了的内衣，图画旁边写着几个大字：

中国洗衣特别便宜

这位中国人有一个孩子，那孩子的名字用中国音念起来叫李风济，这名字真难叫，因此房子里的人都叫他李风加，这样就便当得多，而且容易懂。

李风加和埃秋西加是邻居，年龄也相同，一向就是好朋友。

他们两个一块儿玩，一块儿跑来跑去，又一块儿爬墙挖壁。到了明年冬天，还打算一块儿去进学校。

他们两个还互相约定，到自己年纪大了，便一块儿到中国去旅行，由李风加带路，埃秋西加做客人。

他们要跑去看一看，中国到底是什么样的一个国家，等看明白了，再回到莫斯科来。不过还是坐了公共汽车去呢，还是坐了电车，由埃秋西加自己开车去呢？这可还没有决定，李风加现在正在想。

李风加是独养子，埃秋西加却有姊姊和妹妹，妹妹叫挨亚，年纪还很小，只有四岁；姊姊叫娜泰亚，是一个小学校学生。

房子里的人，大家叫娜泰亚作“女学生”。

这孩子还只是一年级生，可是讲起自己的学校来，嘴巴就不肯停。

“你的耳朵这样脏，要是学校里，先生看见了就要骂呀!”

“你的手为什么这样龌龊，我们学校里，手龌龊的学生就不许走进课堂里去!”

手，现在恰巧是洗手的时候呀！房子外边，正在融着雪。

白的雪都变了灰黄色，天气很和暖，水沟都涨满了，青青的水面，闪着太阳光，刺得眼睛都会痛。

不必去看日历，就知道是春天来了。

一个人到了春天，总不肯躲在房子里，有时候甚至想跳到河里去畅畅快快地游一会儿水。

因此小孩子们都到外边玩，玩得满身都是泥浆。房子里有大人管着，园里面娜泰亚又要干涉，弄得孩子们简直没有地方来立脚。

我们这房子里，除了埃秋西加三姊妹，和洗衣店里的李风加，还有许多孩子。

装订匠拉波德的家里，有一个叫莎尼契加的女孩子，飞机师修美莱夫的家里，有一个叫卡留西加的男孩子。孩子们最喜欢到修美莱夫家里去。这位飞机师家里，有许许多多好玩的东西，数都数不清。

第一，是墙壁上，挂着各式各样的照片，都是奇奇怪怪的机器；其次是地板上，有玩具的飞机，跟真的完全一样。

埃秋西加和李风加两个人一碰头，就往修美莱夫家里跑。

在孩子的眼中，一切东西都是稀奇古怪的，一条发条、一枚螺旋钉都要去摸个明白，还有许多玻璃瓶都要一只一只地去用鼻子闻闻。接着，再在桌子上望望，桌子下张张，看一张一张的画片。

卡留西加的爸爸——修美莱夫，对于孩子们，总是一件一件地说给他们听。因此，现在孩子们都已经记得，什么样的飞机，叫作什么名字。什么叫作“强开尔”，什么叫作“法尔曼”，他们都懂。而且他们知道，齐柏林飞机像一条大香肠，又像一条鱼，样子很可笑。

埃秋西加常常想，等自己年纪大了，就去当飞机师，可是妈妈却还没有同意。妈妈是最怕飞机的，不过埃秋西加想，妈妈总说得明白的，也像我们一样，也是一个人，总有道理可讲。

在高高的天空中，飞得比鸟儿还快，这够多么快乐的事！而且从上面望下来，什么东西都望得见，还可以探望敌兵有没有来打我们的国土。

而且飞行装的帽子上缀着一粒青青的星，身上穿的是皮衣服，这，这真是多么漂亮呀！

我们的房子里还有一个黑人，叫作汤姆，他住在修美莱夫对面，医生隔壁的房间里。

汤姆是一个好人，再好也没有了，他永是非常高兴的。他最欢喜替小孩子帮忙，在今年春天中，汤姆替孩子们做了许多船，数也数不清。他还替孩子们做弓，削木板，什么事他都肯做。

汤姆白天出去做工，他去给人家修电灯。因此白天他不住在家里，可是碰到休息日，汤姆的房间里，一天到晚聚满了小孩子，而且汤姆从来没有讨厌过他们。

医生家里、汤姆家里，自己都没有一个小孩子。可是实在地说，汤姆倒是有一个小孩子的，不过这孩子现在美国，隔着遥遥的大海。

医生家里孩子是没有，却有两三条小狗，医生最欢喜狗，每天为了狗，特别做肉汤给它们吃，有时候牵着狗链条，一块儿出去到外面散步。

照埃秋西加想来，再没有一条狗比卡洛雪加更有趣的了，卡洛雪加会跟着孩子们一块儿跑来跑去。到了冬天，它又会拖了雪车到街上去兜圈子。

因此埃秋西加想，医生家里的那些小狗，只是中看不中用的。

我们这儿，孩子们都互相亲爱，有时候虽然也吵架——不能说他们是从不吵架的——可是不多一会儿，立刻就好起来了。

每次一吵架，就喊得震天地响，满房子都听到，可是过了十分钟，跑过去看看，孩子们——无论是李风加也好，埃秋西加也好，莎尼契加也好，卡留西加也好——都又好好儿在一块玩了，同没有吵以前一样。而且挨亚也跟着他们一起，她张着卷舌头的嘴，讲不清地讲着要玩耍。还有娜泰亚，她学校放课的时候便跟他们一起，照例讲些学校里的事，或是把孩子们的手一双双地拿来查看，看看是不是跟自己那些同学的一样清洁。

孩子们到的地方，卡洛雪加总是跑了来，跳跳，叫叫，把尾巴缩着，贴在肚子底下，嘴里拖出了红红的舌头，耳朵不住地耸着，垂着。

一天到晚，这些孩子们到底在想些什么，做些什么？我如果把这一切都对小朋友们说，你们至少要好好耐心一下子才行。可是我是讲的人，你们是听我讲的，因此我不想把什么什么都讲，我只讲一些记得的，而且很有趣的事。

可是，小朋友们，你们可不能读到半途里把这本书丢掉，一定得好好儿地读，读到完了为止。

关于李风加的、埃秋西加的、娜泰亚的、卡留西加的，以及莎尼契加的，啊啊，还有小挨亚的，啊啊，还有还有……这故事中最重要的汤姆的女孩子，从美国跑来的葛蒂的事我都要讲到一点儿。

这故事到底怎样有趣呢，这等你们读了自然会明白。

2. 稻　　田

太阳一出起，我们的房子里就充满了生气。

我们房子里的窗都是很大很大的，每扇窗子里都照进了阳光。照进来的阳光射到妈妈的镜子上，反映出回光，又射到窗上，那样子真是美丽，红的、黄的、绿的、紫的，闪着一条条的火线，像兔子在那儿跑。

挨亚还是个小孩子，她伸着小手想捉这兔子，她以为可以捉得住，一心一意地，想捉到手里，藏在胸口的挂袋里，捉得愈多愈好。

可是兔子都逃走了，只不过两只手倒发起热来，暖和和的，很有趣。

房间里的地板照到了阳光，就变成黄色。还有一只灰黄色的小猫丽丝，看起来更加黄了。

这只小猫，老是拣了和暖的地方打坐，所以它最爱蹲在窗子前面。有时候，窗口有别的东西遮住，它便爬进窗嵌里，缩着身子睡觉。

埃秋西加却不欢喜在太阳光底下睡觉。

他从床里跳起来，一眼望见照在窗子里的太阳光，窗子外边的蔚蓝的天空，和屋檐下的冰廊①，他就拿起帽子，向外面跑。

① 雪融了，屋檐瓦上滴下来的水会结成一条一条的冰，这叫作冰廊。

妈妈看见埃秋西加一片面包还没吃完，就往外面跑，常常要说他。可是埃秋西加这样想：什么，一片面包，拿到外面也可以去吃的呀，在风口底下吃东西，滋味反而好呀……

埃秋西加跑到外面，第一桩大事，当然是去找李风加。

两只手托在扶梯档里，一溜就溜到楼底下……推开门一冲，冲进李风加家的房里。房里白蒙蒙的都是蒸气，流出到走廊底下，像一朵云。

灶房里闹阵阵的响，听见铁铅桶的声音，还有沸沸的烧水的声音。

李风加的房子里，绷了一条长长的绳，绳上面挂了许多五颜六色的纸灯笼，还有扇子、龙。

这些东西，都是李风加的公公做的，李风加的公公年纪已经很老，可是他却会做许多事。

他一天到晚糊着灯笼，鼻子里低低地哼着中国歌。

埃秋西加常常听老公公和李风加给他讲起中国，所以中国的事他都知道。

李风加讲起中国，讲一整天也讲不完。中国这个地方，离这儿很远很远，我们喝的茶，都是中国出的，中国人都种稻田，两只脚浸在水里，直到膝头为止。

还有中国地方，有许多戴粗草帽的车夫拉人力车，车子里坐着大块头的英国人，车夫又热又疲劳，满头大汗，不住地喘气，在火烧一样的街上拉着车跑路……

埃秋西加很热心地听李风加讲，连嘴巴都忘记闭拢，老是张开着口，抬起了头坐着听。

我们喝的茶，是中国来的，这事情谁都知道，无论一袋袋的包纸上，或是一斤装的盒子上，都这样地写着：

最上等中国茶

埃秋西加曾经听妈妈说过，茶叶并不是店铺子里自己制造的，茶叶，在中国地方，是一种小小的植物，很小很小，像芽一样。中国人跑到茶田里，把芽剪下来，以后又用火把这个芽烧干了，那便是现在我们泡茶的茶叶。

关于米，埃秋西加还没听人说过，他只知道，用米烧的米糊滋味一点儿不好，只有这一点是关于米的。因此，埃秋西加觉得中国人老是吃米，实在太可怜了。

米不是出在旱田里的，它生在水田中。

要种米，必须特别造一种稻田，因为常常要蓄水，四周围必须造田塍。

中国人就在这种有水的稻田当中种米，身子半截都浸在水里。

不只这一点，还有，在中国地方，住着许多英国人、日本人，专门欺侮中国人，这班人比强盗还凶，跑到中国来，把中国人当奴隶。

他们不管中国人很良善，只是叫中国人拼命替他们做工，他们自己呢，坐在沙发上边，跷起了一只脚吸雪茄烟。

埃秋西加心里最不安的就是自己还只是一个小孩子，因为目前，那些中国人正在战争着，谋自己的解放。

无论是埃秋西加，还是李风加，如果目前就是个大人，而且有气力的话，他们一定会帮中国人去打仗的……可是他们还小，只好在园子里，做“中国人和英国人”的游戏。

不过现在做“中国人和英国人”的游戏的时候，却没有一个人愿意扮英国人的了，因为孩子们，大家常常听李风加和埃秋西加讲，英国人是最坏不过的。所以要做这种游戏，只好大家抽签来决定。

只有挨亚，叫她扮中国人也愿意，叫她扮英国人她也不要紧。她年纪还小，什么都不懂，真是傻子。等年纪再大一点儿，她变成大人了。如果变了大人，她还是不管中国英国，这可不行。不必说，在大人当中，有时候确有这种人的。

据李风加说，不久以前，中国有一位将军。这个人本来是帮穷人的，专门反对英国人和有钱人，可是后来，他却去帮敌人了。

埃秋西加想，和这样的将军去握手，是不应该的，我们向英国人去夺还中国的稻田，绝不是为了这种人。这种人就使请他喝一杯茶，也是不高兴啦。

不过以上都是中国的事，现在我们再讲到我们这地方，发生了一桩有趣的事。事情是这样的：今天一早晨起来，天气就很好，太阳照得亮光光的，跟夏天一样。埃秋西加拿起了手套，领头上的纽子也不扣好。

雪已经融得只剩了一点点，园中的池子里流着又黑又脏的水，孩子们把玩具的小船放在水上游。小船很快地游去了，在水面上摇着晃着，越游越远，一个不留心，船的影子就没有了。

如果这些船，真的游到河里去了，那才有趣呢。再从小河游到大河，大河又游到海里……会游到海里去？我可不相信，我想半途里一定会出毛病的。

今天天气这样好，可是却出了坏事。

眼泪、叫喊、吵闹，平时没有的事，今天却发生了。

埃秋西加的妈妈弄得头都昏了，为了这桩事，妈妈直到现在，头上还缚着一条布呢。

为什么呢？

我们房子的起步阶对下，有一摊很大的水，水面上照着太阳光，照着天上的云。这水潭，是在池子隔壁。

起先，孩子们拿一些冰廊投进水潭里，看它渐渐融化，觉得很有趣。后来，卡留西加洗皮鞋上的泥，挨亚把橡皮人在水面上浮。

这时候，埃秋西加脸上很不高兴，独自一个儿跑了过来。今天他的脑子里老是在想中国的事。

他想了又想，毕竟想通了，想出了一桩玩意儿来。

“好，来玩一玩！”他叫了起来，“我们就用这水潭来做一块稻田，做一块跟中国一样的稻田。就用水潭吧，只是太小一点儿，必须在四周围造起田塍来。”

大家都赞成了埃秋西加的提议。在莫斯科地方，造一块中国田，这想头叫大家都高兴了。

莎尼契加还说，我们一定可以种出米来的。

她说：“等稻生起来了，我们就割。”

孩子们很吃力地挖了泥，在水潭边造田塍了，接着又在池子边掘了一条沟，通到水潭里，把水潭弄得再深一点儿。因为照现在这样子，实在太浅了，连底下的石头都看得见。

可是水潭里一通了水，立刻把底下的石块都淹灭了，而且水从田塍上溢了出来，直流到起步阶旁边。

好，好，深得真是浸到膝头为止了。孩子们都明白，现在脚已经不能踏进去了，可是从外边看过来，却看不大出。

水愈涨愈大了。

这水潭本来很浅很浅，水面上露出几块石头，跨过去鞋底也不会湿……

孩子们开始种秧了，他们想，应该唱些歌，要唱中国歌，可是没有一个人会唱，于是乱唱，唱的人自己不知道，听的也没有人懂。

> 爱那，倍那，莱斯。
>
> 克文台儿，蒙台儿，杰斯。
>
> 爱那，倍那，拉白。
>
> 克文台儿，蒙台儿，爵斯。

这虽然不是中国歌，可是听起来很有点儿像中国腔。

于是，又去抽签，决定谁做中国人，谁做英国人。这游戏是帮中国人赶走英国人，把稻田夺还。

大家做起旗子来。

田旁边，插了英国旗和中国旗。

旗是拿一张纸头贴在木棒上，红的纸算作中国旗，英国的，就把一张白纸头贴在棒上。孩子们当中没有一个人知道真的英国旗是什么样子的。

游戏很有趣地开场了。

有的人跳过水潭上，有的人在燥地上兜圈子跑，大家两只脚里，都玩得尽是污泥。

水都变了泥浆向四边乱溅，脚底下的雪本来都已化成了泥，风暖和和地吹着孩子们的脸。

孩子们都玩得出了神，他们的眼睛中，除了自己的游戏，再不看见别的东西，他们的耳朵中，除了自己的游戏，再不听见别的东西，不必说，医生太太带了一只狗走出来，他们是完全不曾知道。

医生太太记得，起步阶对下的水潭里是有几块石头的，所以照平时一样，走落起步阶，一脚就踏到石头上去，可是她的脚没踏上石头，却踏进水里。换句话说，她是踏到中国人的稻田里来了！两条腿都浸在泥浆水里，直到膝头为止。

袜子、鞋子、裙，立刻都浸湿了。医生太太之后，接着跳进了狗，还有跟在后面的医生，都一样。

水像喷水池里的一样，向上直溅。而且飞起来的水花照在太阳光里，更是好看。

啊哟，不得了啦。不单医生的太太，满房子都闹起来了。

门嘭唧嘭唧地打开，一扇扇的窗子也开了……全房子的房客都跑到起步阶上面来了。

大家睁着眼望田，皱着脸摇头，伸手指头点点画画，而且都非难起埃秋西加来了。

“这一定是埃秋西加弄出来的把戏，我们都明白。我们的卡留西加不会做这样的事。”

“我们莎尼契加，这样的事不会做。”

“我们李风加，想不出这种花样。”

“这都是埃秋西加弄出来的事，不会错，一定是埃秋西加了！是埃秋西加！”

医生太太在楼上按了按电铃，叫埃秋西加的妈妈。

可怜的妈妈，连忙从窗口里伸出头来。可是她什么也不知道，那些聚在一起的人却还是对着妈妈大声地咆哮：

“一定要告诉主席！到住宅委员会去报告！”①

“你那个埃秋西加，还是让我们来教训吧。你看，医生那条小狗，几乎要淹死了。”

“医生受了风寒了呢！”

“医生太太的皮鞋都破了！”

可怜的妈妈，吓得眼睛都发了花。

“你这个小孩子，玩得太厉害了，老是叫我为难。两只脚上都是泥水，你自己都会受风寒的呀！快跑上来，我给你搽点儿铁莱平油②。”

埃秋西加听了妈妈的话，便上楼去，可是他还对医生太太讲了中国的稻田。

他把这话讲给医生太太、医生，以及其他起步阶上的许多人听：

“这水潭可不是普通的水潭，这叫作稻田。一眼看来，或许不像田，可是中国人一生一世都在这样的田里干活，都没有一个受过风寒，你们稍微弄湿了一点儿身子就这样大惊小怪，真有点儿可笑呢！”

可怜的妈妈，不能对每个人说好话道歉，就把埃秋西加拉进房

---

① 苏联人民住的房子，不是向大房东或二房东租的。他们都由政府分配给他们住。关于住宅上的事都由住宅委员会管，委员会里还有主席，权柄最高。

② 铁莱平油，是一种植物油，俄国人常常用这油搽在身上，可以滋润皮肤。

里，叫他躺在长沙发上，开始替他脱湿衣服了。

不多一会儿，毛线衫、鞋子、袜子、裤子以及衬衫，都像剥蛇皮一样地剥得精光。

以后，便开始搽铁莱平油。

用手搽了，又用布擦，用布擦了又用手搽，结结实实地搽了一会儿。可怜的埃秋西加只好静静躺着，一动不动。如果妈妈身边有板刷，说不定就会用丝瓜筋来擦他。

擦好了之后，妈妈便替埃秋西加穿上了新的洗好的衣服，和软皮的长靴，叫他在房里好好识字。

于是埃秋西加就只好守在家里。

可是门外边，这会儿光明的太阳正炎炎地照在水潭上面闪光，天上的云影也很美丽地映在水里。小雀儿快快活活地跳来跳去。孩子们跑来跑去地玩耍，而且亚金定公公正拿着一把大扫帚，嘴里说着："好个中国人的稻田！"把水都扫去了……

3. 猴子园

汤姆总是欢喜帮孩子们玩，年纪大的人们都不懂得他的脾气。

大人们无论是哪个，做了工回来，总喜欢躺在床上看报看书，想想自己的事情，或是睡觉，或是坐着吃香烟。

而且最讨厌孩子们吵闹，常常要骂，有时还要打，自己有时候事情忙，便把孩子赶到外面去。

可是汤姆却不欢喜自己一个人休息。

每天晚上，他就把孩子们叫到自己屋里，拿动物画给他们看，唱歌给他们听，或是讲美国的事情。汤姆是从美国到我们苏联来的。

汤姆桌子的抽斗里，有许多照片簿子，里边有一张是他女儿葛蒂的照片。

有时候，汤姆呆呆地望着女儿的照片，忽然把笑容收起了。以后，又深深地呼了一口大气。和自己的小女儿隔得这样远，独自一个儿过活，他大概也觉到寂寞。

汤姆所以爱好别人家的孩子，大概就是这个原因。

小孩子，不管是白种人黑种人，到处都是一样的。无论跑哪一国，小孩子总是喜欢笑，喜欢玩，喜欢吵闹，一点儿没有分别。

汤姆看见孩子们笑，就好像自己的葛蒂，在他面前笑。所以汤姆总是弄出许多玩意儿来，使孩子们笑得一个不亦乐乎。

昨天是休息日，汤姆一早晨就起来，许多人都还睡着，他却跑到一家一家去敲门。

这时候，埃秋西加还刚刚张开眼睛，连忙跳下床来，跑到门边把门开了，他看见了汤姆，便开口问了：

“汤姆伯伯，这样早你为什么来敲门？”

“比方医生家里只有狗，我就不去敲。我专门找有小孩子的人家来敲。”

“你敲门有什么事吗？”埃秋西加又问了。

“今天，我有桩天大的喜事。我的女儿来了一封信，再过几时，我的朋友要带了葛蒂到这儿来了，你们又可以多一个好朋友了。”

“好，好，我们欢迎！”埃秋西加大声地叫了起来。

“那么还有别的什么事？”

“还有还有，今天我带你们到猴子园去玩，算是庆贺葛蒂，祝她一路顺风。”

“猴子园，这是什么地方？我们到动物园倒去过好几次。好，一定去！”

“那个并不是动物园，是猴子园。我有位朋友，是一个老公公，这个公公很有学问，最欢喜动物，他家里有许多猴子，所以我叫它猴子园。此外，还有骆驼。”

“有老虎吗？”

“啊哟，老虎倒是没有。”

“小老虎也好，也没有吗？”

“啊，小老虎，猫那样大的小老虎也没有。你如果把丽丝带去，也许可以当老虎……”

汤姆这样说着，笑了起来，露出了雪白的牙齿。

埃秋西加歪了歪脸，吸了吸鼻子，又问了：

“这位老公公会不会叫动物玩把戏呢？”

“自然会的，自然会的。他不单会叫猴子玩，就是你，到了他手里，他也会逗你玩呢。还有猫呀，狗呀，都被他弄得服服帖帖，叫它做什么，它就做什么。”

“猫也可以玩把戏吗?”埃秋西加又重问了一句。

“猫也会玩!”汤姆回答了。

“不过，好了，好了，埃秋西加，你放了我吧。快去洗脸，穿衣服，然后再把耳朵擦擦干净，不要忘记了擦牙齿。龌龊的小孩子，我可不高兴带了去玩的呀。”

汤姆这样说了，又去敲别一家的门，叫另外的一个孩子去了。

埃秋西加照了汤姆的话，等妈妈给小妹妹穿好了衣服的时候，他已经洗好了耳朵，擦好了牙齿，穿好了皮鞋。

可是跑到楼梯后，他却是最后到的一个。

汤姆甚至有点儿等得发气了。

“孩子，到底是什么事，我最先叫了他，他却最后到。”

“他等着拿那只篮子呀。”姊姊娜泰亚给他辩护了。

“他在等妈妈把点心装在篮子里呀。”篮子里装了许多东西，夹肉面包、苹果，什么都有。卡留西加的妈妈还加了一些香肠。

埃秋西加手里提了一只篮子，大踏步跑来了。篮子的盖子上，用绳绷着。

他不肯让别人来替他提，自己直提到电车站。

妈妈他们都跑来了，送这群孩子到街的转角口，其中特别是埃秋西加的妈妈，跑得最上前，嘴里大声地喊：

“不要半路里把挨亚丢了呀！冷水不许喝，不要给猴子抓坏脸孔呀!”

坐电车去并不很远，电车站上的地名，孩子们都不会看。于是由汤姆领了头，对孩子们说可以下车了。埃秋西加提了篮子第一个跳下，就把篮子在地上一放，坐在篮子上等别人一个个下来。可是没有发生什么事，因为篮子从没有离开过一下。

下了电车，离猴子园不很远了，只要再走过一条街就到了。

那位有学问的老公公亲自来开了大门，跟他们一个个打招呼，就领了他们走进里边。房子很普通的，台子上放着火油炉子，大菜盆子上放着面包。火油炉子旁边坐着一只小猴子，正在倒茶。

“这只，是我的老婆。这只，是我的宝贝儿子。”老公公一一地介绍了。

孩子们仔细一看，一只，两只，三只，四只，一共四只猴子躲在这间房里。

孩子们大家都有点儿畏畏缩缩了。挨亚躲在娜泰亚背后，莎尼契加紧紧地靠住了汤姆的身子。

埃秋西加抓篮子抓得更紧了，两只手结结实实地用着力，脸孔做了劲。

老公公又把那些猴子的名字告诉了他们：

“这只叫加仙，这只叫强哥，还有，这一只猴子，叫作麦吐因，那只叫奈喜……”

老公公说明了后，便叫猴子了：

“奈喜，到这儿来！”

奈喜就从搁板架子里跳下来，跳到老公公的头顶上，伸出两只手，拉拉老公公的耳朵，又伸了伸头，想把自己的脸孔挨到老公公的脸孔上来。

老公公便把自己的手臂转到后面，嘴巴对着小猴子的耳朵，低低地说：

“你是我的爱人呀。”

“你们看，这姑娘多可爱，多漂亮！”

莎尼契加向老公公问了：

“这猴子会做什么玩意儿吗？”

“你要它做什么，它就会做什么。”老公公回答了。

“这些猴子，同人一样，跟我一起过活。它们最喜欢散步，也喜欢玩。这位姑娘，还藏着许多玩具呢，你们要看吗？”

“好，给我们看吧！”

大家都高兴地叫了。

猴子的玩具，当然大家都想看一看。

老公公到搁板架子上拿出了一个小小的皮球来，接着，是一只只的小沙发椅，又从地板上拾起了一个洋娃娃来，最后又伸手到抽斗里，拿出一册图画本子来。

孩子们一声不响地张大着眼睛望着，他们心里想，说是猴子的玩具，不是都跟人的一样的吗？还有那些书本子，有什么用处呢？猴子不是不认识字的吗？

“这姑娘是不识字的，这本书怎么样呢，这是因为她顶喜欢看图画，好，你看！”

老公公把画本翻开来，上面画着黄的蝴蝶，绿的叫哥哥，还有灰黄色的毛毛虫。还有，还有硬壳虫。

老公公还没把画本一张一张地翻完，奈喜突然叫了起来：

“咯卢卢！”

从公公的肩上跳到膝头，伸出两只手来抓画本子。

奈喜咯卢卢的一声还没叫完，加仙也咯卢卢地叫着，跳到书本子旁边来了。接着强哥也叫了起来，只有麦吐因没有叫，一声不响地过来，尾巴搁在搁板架子的板里，先伸两只脚跳到公公头上来了。

“你看，它们多喜欢硬壳虫，同你们喜欢糖果一样，喜欢得口涎都要滴出来了。”

“糖果甜甜的，虫很怕人！”挨亚插嘴说了，又透了一口气。

老公公笑了，他说：

“我不会把硬壳虫给你吃的呀。你的脸虽然有点儿像猴子，我却准备请你喝点儿茶，再加上牛奶，还有糖果……”

这样一说，娜泰亚便客气起来：

“请不要费心吧，我们自己带来了点心篮，有夹肉面包，有苹果，还有香肠。埃秋西加，快把篮子打开来！”

可是埃秋西加，却两手紧紧地把篮子抱着，不肯给别人。他发起怒来了，呼呼地喘着气，面孔涨得跟五一节[①]的旗子一样红。他说了：

“嗯，嗯，还不准开，还不准开……”

茶不单孩子们有，猴子也都每只有一杯。椅子也一样，除了孩子们之外，每只猴子都坐一把。

糖果点心，也照例平均分配。

埃秋西加喝完了茶，还不肯把篮子放松。他把篮放在椅子底下，两只脚紧紧地踏住了篮盖，不准别人来移动。娜泰亚发怒了，去打他，可是他让她打，手也不还一下。

挨亚把自己的一份糖果一会儿就吞光了。猴子们都扮着怪样子，坐着不吃。

加仙皱着鼻子，把糖果拿到鼻子上闻闻，把包纸剥去了，看了一看，又闻了一闻，最后又皱了皱脸皮，开始投进嘴里嚼了起来。

不知道是不喜欢吃糖果呢，还是要留了等晚上当点心，总之，猴子们都没有吃。现在它把糖果握在手里，喝起茶来了。

大概怕烫坏了嘴，一边呼呼地吹，一边却又大口地呷下去了。

奈喜喝起茶来，却和人一个样子。强哥也一样，可是麦吐因却没有喝，它咬了咬糖果的包纸，丢掉了。它又咬方糖，也丢掉了。然后低着头想，想了半天，突然跳上老公公的肩头，拨起公公的头发来。

“它给我捉蚤呀。”老公公说明了，又对着麦吐因说：

“阿麦，没有蚤呢，蚤都逃走了呀！”

莎尼契加看得再也忍不住笑，呼的一口喷了出来。

喷了满口的茶出来，喷到台子上、地板上。而且床上、椅子上都是水。她自己立刻乱了起来。

---

① 每年五月一日，是全世界的工人节，也叫作五一节。这一天，各国工人都来纪念五一，不过在苏联是特别热闹，千千万万的人民都结队游行。

猴子们跳起身子，马上就逃。

孩子们也都跳起来，挨亚从椅子上跌到地下叫了。

埃秋西加的椅子碰翻了，椅子底下的篮子终究是跌倒了。

篮子盖打开了，而且里边跌出了东西来，跌出来的是什么，你猜——你们一定以为是夹肉面包吧？

可是跌出来的东西既不是夹肉面包，也不是苹果，连香肠都不是。

是灰黄色的丽丝——埃秋西加的那只小猫儿，它一跳出来，立刻跳到搁板架子上去。原来它是怕猴子。

汤姆呆得只会把两只手不住地搓。

“啊哟，你可发了疯了吗？为什么把猫带了来？”他对埃秋西加大声说了。

“你真发疯！妈妈说的话你都忘记了吗？”汤姆说过之后，接着是娜泰亚大声地说。

娜泰亚之后，是挨亚叫了：

“你发！”她忘记底下再加一个“疯”字了。接着还有：

“你发……”这是丽丝怕猴子怕得叫起来了，装着人说话。

丽丝趴到搁板下，把背脊弓得圆圆的，尾巴笔直地竖起，对着猴子唬、唬、唬地发怒。

埃秋西加脸孔发了老红，呆呆地站着不动。一声不响，只有眼珠骨碌骨碌地动。如果地下有洞可以钻，他真想钻到洞里去，天上有路可以逃，他真想逃到天上去，可是他是在人家做客人，他不能乱动。

汤姆还在旁边着急：

“你不说叫别人怎么会懂呢，快说呀，你带了猫来做什么……”

“你不是说老公公会玩猫么……”他尽力地说出了一句，话刚说完，眼睛里已是满包的眼泪。

“我想叫老公公逗猫玩把戏，像医生家里的狗一样，会张开嘴巴接方糖，会跳过圆圈圈……”埃秋西加又添加了几句。

汤姆笑了，公公笑了，孩子们都接着咯咯咯地笑出来，猴子也咯咯咯地作声了。

“真是傻子，大傻子，夹肉面包当中放进了猫，天下有这种大笑话吗?”

“我不是放在夹肉面包当中的，我是放在香肠旁边的呀，所以丽丝闷得慌呀。”埃秋西加回答了。

“那么，香肠在哪儿呢?”娜泰亚又迫上来了，摇着篮子望了，“只剩了一张纸了。”

埃秋西加又只好不响，他真伤心极了，香肠是那么好吃的东西。

而且香肠并不是天天有得吃的。

别的孩子也可惜起香肠来了，大家皱皱眉头。

只有挨亚一个人笑。她想了好一会儿，想出了香肠的去路，于是得意地笑了起来。

“啊，我知道了，我知道了!”挨亚大声叫唤了，“香肠给丽丝吃掉了，它闷在里边，自然要吃了。”

4. 骆驼、鹦鹉、波丽和小猫

现在，大家不再责备埃秋西加了。

因为眼前发生的事实在真有趣，孩子们都把夹肉面包忘掉了。

喝好了茶之后，老公公把门打开了，对孩子们说：

“有没有人要看骆驼？好，玛茜！快跑到院子里来！”

老公公家里的院子很狭小，可是骆驼却很大很大。这只骆驼，跟动物园里那种灰黄色的完全不同，它的毛色是白灰灰、亮晶晶的，几乎是纯白的一样。

埃秋西加心里想了：这大概是用了肥皂板刷好好儿洗过了的，所以有这样白。

公公对他们说：“这是非洲产的骆驼，在俄国，可没有这种白灰色的骆驼。俄国的骆驼都是灰黄色的。俄国骆驼出得很多，当然，它不是出在莫斯科的。那是在很远很远的地方，满地都是黄沙，太阳光很厉害，那儿就有骆驼。那地方，也是在我们苏联之内的。”

不过，猴子们是不喜欢骆驼的。这事情，孩子们立刻看了出来。

猴子都跳到墙头上去，把骆驼团团地围住，大家都装着怪脸给骆驼看。可是，骆驼却完全不理睬，好似说，猴子们装怪脸，有什么好看呢。

加仙好似再也耐不住了，突然站了起来，折了一条树枝条向骆驼投过去。

不知有没有投着，就吱吱地叫了一声，自己先跳到树顶上去了。可是骆驼却并不觉得一回事，看见了树枝条，就把前脚屈倒，伸下了头，把树枝含了起来——立刻在嘴里呷哺呷哺嚼碎了咽下肚子里去。

孩子们都笑得前俯后仰了。不过挨亚没有笑，而且皱了皱眉头：

"啊哟，把棒吃下去了，肚皮会触破呢……"

挨亚说了之后，老公公安慰她了：

"骆驼吃点儿这样子的树枝条不算什么回事。它们在故乡非洲的苏丹地方，不单要吃树枝条，比方房子，它们也会整座地吃进肚子里去，吃得一点儿都不剩呢。

"这种房子，当然既不是用石头造的，也不是用木头造的。它们用许多小树枝编成围墙，顶上盖了草。

"苏丹的土人们在傍晚的时候造了这样的一座小小的房子，有墙壁，也有屋顶，地上用树叶铺了，当作地毯。

"屋栋梁里吊了许多绳子，挂上了香蕉和鳄鱼鲞。

"于是土人们把自己头发里的针拔下了，免得睡到半夜里刺痛头皮。后来，又把鼻子的环脱下，便睡觉了。鼻子呼呼地响着，睡得很熟。

"可是到了早晨，张开眼睛来，啊哟，不得了。房子没有了，墙壁不见，屋顶子也无影无踪，一切都不剩了。旁边站着一只骆驼，还在吃没有吃完的一扇大门，香蕉和鳄鱼鲞半夜里早已吃掉。

"而且非洲苏丹地方土人的头上，照着亮光光的太阳，两条赤裸裸的腿子摆在泥地上，原来地毯也吃光了。蚊子嗡嗡地叫着，满身地叮。"

孩子们一边望着骆驼，一边听老公公讲。

埃秋西加突然大胆了起来，偷偷地走到骆驼的屁股后面，在相离还有约三尺的地方伸过了手去，用一只手指头碰了碰骆驼的脚膀，接着，又摸了摸它的尾巴，再用鼻子去闻闻，对老公公说了：

“老公公，你这儿没有老虎，没趣味，我们最喜欢老虎……”

老公公说了：

“那么，鹦哥呢，你喜欢吗？”

“鹦哥也喜欢，可是它不会咬人么……”

于是孩子们都跑到露台上去看鹦鹉了。

露台四边搭着玻璃棚，玻璃棚里也都是太阳光。而且鹦哥笼子空着，鹦哥都不在笼子里，却蹲在笼子顶上。五颜六色的毛，很美丽。

看见了老公公，都咯咯呱呱地叫了起来，有的却快乐得把两只脚啪啪地跳，圆眼睛朝下望望，叫出：

“好——呀——好——呀——好早呀！”来了。

老公公伸过手去，摸摸它们的头，又把它们的羽毛理理好，每只都给了它们一粒糖。

“鹦哥也有名字的吗？还是大家没分别的？”埃秋西加先问了。

“当然有啰，当然有啰！那只红的叫菲里亚，蓝的叫彼得伊凡，绿的叫麦克摩里，还有，那只灰色的……啊哟，灰色一只不见了……”

老公公连忙向四周找，“波丽！波丽！”叫了起来。

接着忽然用手指头拍拍自己的额角：

“啊哟，我真是老昏了，怎么会忘掉了……波丽一定又到小猫那儿去了……”

“小猫，怎么样的小猫……”

“什么，平常的小猫呀，跑去看看好不好？好，可是轻一点儿不要大声呀。”

孩子们走到露台的顶边上去看了，门旁边放着一只竹篓子。篓子里躺着好几只小猫，正在呢呜呢呜地闹。篓子边上，蹲着一只灰色的鹦哥，把两只翼膀撑开了，嘴巴注在肚子里，很慈爱地望着小猫。

卡留西加想去摸摸那些小猫，伸过了手去，鹦哥就咯咯呱呱地叫了起来，把翼膀撑得更开了。

“不要去吓它，不要去吓它！”

老公公有点儿着急了。

“你去摸小猫，波丽就要伸脚爪抓你，好好儿，不要动手，在旁边看。”

“可是鹦哥这样地发怒，小猫见了不会吓吗？”卡留西加问了。

“鹦哥并没有发怒呀，它不过看守看守，不许别人去弄它们。波丽自己没有孩子，最喜欢跟别人家的孩子一块儿玩。波丽会装猫叫，给小猫很好。”

“小猫自己的妈妈呢，在哪儿？”

“大概走开去了。如果大猫在这儿，就不许鹦哥来了。可是现在波丽在这儿，它就不许大猫来呢，它们天天总是这样吵架……”

正在这一刹，大猫从屋椽上走出来，走到篓子旁边来了。

它突然停下脚，弓起了背脊，唬唬地发起怒声来，大猫是想来望望篓子里的小猫的。可是波丽却不许它过来，张开了翼膀，把小猫遮住了。

波丽又在篓子沿上磨了磨嘴巴，也发起怒来，喵呜喵呜装着猫叫，开开嘴巴，拍拍翼膀，身子却一动不动地蹲着。

这时候，有一只小猫听到了妈妈叫自己的声音，也张开了嘴，喵呜喵呜地叫起妈妈来，开始用脚爪在篓子边挖。波丽眼都不闪一闪地管住了它们，它一边防大猫进来，一边又管小猫，不许它们爬出来，跌到篓子外面去。

小猫直爬到篓子沿上了，波丽轻轻地用嘴巴把它推进去。

可怜的小猫，又跌进篓里去了。

这样地吵着，到底要弄到怎样了局呢？没有人猜得到。

这时候，老公公觉得大猫和小猫太可怜了，便把鹦哥捉住了，放到鸟笼子里，把笼门关住。

于是大猫才能够爬进篓子里边，伸着自己的舌头，舔起小猫来，耳朵呀，尾巴呀，肚子呀，什么地方都舔到。然后慢慢儿躺倒身子，闭着眼睛，很得意地喵呜喵呜地叫了起来，这好似在说：

“快吃奶奶呀，我才是你们的亲妈妈呀。”

不过波丽却太可怜了，关在笼子里边，做着猫的哭声，哭了起来了，这好似在说：

“你们不要相信它，你们的亲妈妈是我呀，是我呀，是我呀，是我呀！”

孩子们却看得出了神，没一个人想回家，可是，是应该回家的时候了，太阳在屋顶后面沉下去了，而且肚子也饿了起来。

他们甚至想起了那些损失了的夹肉面包来。

埃秋西加说了：

“如果知道夹肉面包这样好吃，那张包纸也不该丢掉了……”

汤姆安慰他了：

“夹肉面包要多少都有的呀。不过，你快准备回家，给挨亚也准备一下；还有，不要忘掉了丽丝……”

找了好久，总是找不到丽丝，埃秋西加甚至心里怀疑了起来，不要是老公公想偷他的猫，故意藏到别地方去了吧。这样聪明的猫，别人家绝不会有。而且它那好看的毛色，别地方永不会找得到……

可是结果，到底把丽丝找到了，是在沙发椅底下。它在椅子底下打瞌睡，大家都没有留心到。第一个找到的，是老公公，老公公把丽丝交给了埃秋西加，说了：

“小弟弟，你这只猫真是呆家伙，身体这样大，自己管自己都管不好，好，快带了它去。”

埃秋西加觉得受了侮辱了，于是把猫放进篮子里，低低地对李风加说了：

“老公公的骆驼倒是很聪明呢，一座房子会吃进肚子里去，还要吃鳄鱼羹。丽丝可不做这种呆事情的呀！”

5. 屋顶上发生的事

楼梯旁边如果没有人看见，就可以爬上房子最高一层的阁楼里去①。

因为大人们是不许小孩子爬上阁楼的，可是孩子们最容易把这个禁令忘记。

阁楼上开了一扇小小的天窗，窗子开处就是屋顶上。把窗子一打开，就有拂拂的和风吹到脸上来。

太阳一照起，窗子上就发着黄霭霭的光。阁楼也都亮光光的，作着金黄色。挂在绳子上的衬衫裤之类，也在阳光中映成玫瑰色和粉红色。

还有别的许多洗了的衣物，和埃秋西加爬树挖墙时擦破的内衣，照在阳光里，也都变成了这种颜色。

满是灰尘的阁楼里的地板，也照得变了玫瑰色。连挂在墙角上的蜘蛛网都变成黄颜色，跟挨亚头上的束发带一样了。

阁楼中间，放着一个很大很大的自来水的铁筒子，这筒子里通着铁管，每家人家用的水都由这管子里接过去的——养着狗的医生家、开飞机的修美莱夫家、埃秋西加的妈妈那儿，以及楼底下的李风加那儿，都用这儿接下去的自来水。

---

① 外国几层楼的住宅房子，最高的一层比较小，都不住人，放些杂物。

只要把这儿铁筒子里的火烧热，每家人家的水就都热了。

冬天的时候，大家就是这样弄热水的。可是现在，没有人烧筒子底下的炉，筒子是完全冷着，只有太阳光稍稍把它晒暖了一点儿。不过阁楼的房角上，还堆着许多乱七八糟的东西。

这些东西，都是大人们用过的，很有趣的东西——破了的法国锁，修理起来恐怕要花一整天工夫。还有脚踏车的轮毂子、不能用的旧电灯，有司必林的破沙发椅，垫子破了，外面的布套都粉粉碎，司必林露出来了。屁股坐下去，它就会打哈欠。

今天，埃秋西加和李风加俩一道到这阁楼上来了。

这是他们游了猴子园以后的一天的事。

埃秋西加的腋子底下，紧紧地挟了丽丝，丽丝被他挟得很不舒服，不住地叫。因为埃秋西加慌慌忙忙地把它捉了来，它的身子是倒挂着。

猫的两只前脚在埃秋西加身背后乱抓乱划，身子前面是一条蓬松松的长尾巴不住摇晃，碰到埃秋西加的鼻子尖里。

可是埃秋西加却让它碰，完全不理会，只是有时候碰得太厉害了，他就讨厌起来，把尾巴从自己脸上拂开去。他正在口也不停地说：

“猴子园的那个公公，说丽丝是呆东西，他自己才是个呆东西呢，什么也不会。你看，他没有教丽丝玩什么把戏。丽丝找不到，这难道是丽丝不好吗？无论什么人，在陌生人家，总不熟悉路的呀。”

“当然不熟悉的呀。”李风加同意了。

“自然什么人都要迷失的呀。我一定要把丽丝教得更聪明点儿，在这个房间里教，再好也没有了。趁人家不知道，把它教会了，再带它下去，让别人看看这聪明的丽丝。我想，丽丝一定可以学会跳舞的。”

“一定可以学会的。”李风加同意了。

“你想，它可以学得会拾方糖吃吗?”

“这也一定学得会。”

“那么，ABC 呢，会认得熟吗? 像马戏班的马那么样地叫，它从箱子里含出字来，可多么好。”

“ABC 一定也可以认熟的。”李风加依然同意，不过立刻换了和缓的口气，好似怕触怒了埃秋西加似的，接着说了:

“可是你自己，已经把 ABC 全部都认熟了吗? 你不是还只认识几个吗?”

“自然自然，我全部都记熟了的。”埃秋西加大声喊了起来。埃秋西加的喊声吓得丽丝把尾巴摇得更厉害，像自鸣钟的摆一样，啪啪啪地打埃秋西加的鼻子尖。

“当然当然，我全部都记熟了的。”

“‘挨’(A) 就是‘挨夫忒摩皮儿’(汽车)，‘白’(B) 就是‘白拉碰’(铜鼓)，‘赛’(C) 就是‘赛留迭加’(青鳞鱼)。只有一个‘卡’(K) 字，我不知道是什么意思，真糟糕。”

“那么，‘卡’字不教它也可以呀，没有‘卡’字，别的字不是还有许多许多么……”李风加劝慰他了。

“当然，还有许多许多，除了‘卡’，一概都教它好了。还有，等汤姆伯伯女儿来了，我们就把丽丝给她看。你喜欢不喜欢汤姆伯伯的女儿来?”

“喜欢呀。”

“我也很喜欢呀! 我们要不喜欢汤姆伯伯的女儿，汤姆伯伯不是太可怜吗? 恰跟那只大猫一样。”

“哪一只大猫?”李风加问了，他不懂埃秋西加说的是什么意思。

“啊，就是那猴子园的波丽的事情呀。”

“昨天晚上，我真替它觉得可怜，我想哭了，不过我没有哭，你们不要以为我真的哭过了呀。”

李风加想了一想，搔起头来。

埃秋西加又想起了丽丝，想起了玩意儿，想起了汤姆的女儿，想起许多有趣的事。

无论哪一个，都想见汤姆的女儿，而且把她拉进自己队伍里，一定是更加快活了。汤姆的女儿，一定会带了新鲜的玩意儿来送给他们。这玩意儿一定很有趣很好玩，即使想一年也想不出来的。

“喂，埃秋西加，你想汤姆的女儿是一个黑炭，也不打紧吗?”李风加问了。

“自然自然，黑炭反而好呢。我知道的，从那儿到这儿来，不能坐火车，一定要坐轮船。那个美国是在海的那一边，这个海很大很大，不能叫海，应该叫作海洋呀。”

说到这儿，埃秋西加装了装手势：

“你或许还不知道，飞机是什么地方都可以飞，海上面、河上面，就是大海洋上面也可以飞，顶高顶高的山上面，顶大顶大的大森林上面都可以飞。所以有了要紧的事，最好是坐飞机呀。

“比方自己不在家，家里失了火，或是自己的孩子病了，或是有紧要的会议，那时候，最好就是坐飞机了。

“这一会儿，葛蒂是应该来得愈快愈好，你想，连自己的爸爸都有好几年不见面了……我真是等得心焦呢。”

“我也等得心焦啊。”李风加回答了。

两个人便深深地吐了一口气。

可是丽丝这小家伙，也很乖巧，它看见孩子们想到了别的事情，把自己忘掉了，便把两只前脚在埃秋西加背脊上一划，纵身一跳，就跳出了。它的尾巴只在埃秋西加的嘴唇上碰了一碰，一眨眼睛就逃走了……

一逃出，就跳到自来水筒子上，一个纵身，逃到暗角落里灰尘堆堆的沙发底下去了，它不愿意学什么ABC，吃什么方糖块。

埃秋西加立刻忘掉了飞机，忘掉了葛蒂，忘掉了那个遥远的美国，拔起脚来，满房间地追丽丝去了。有两次他的手碰到了丽丝的尾巴，可是还捉不到。捉的人把手伸到沙发上，它就跳上自来水筒子；捉的人走到自来水筒边，它又跳到沙发上去了。这样地，搅了大半天，丽丝还是捉不到。

“快叫卡留西加来!”埃秋西加叫喊了，“我在这儿看守，你快去叫莎尼契加，叫娜泰亚，叫他们大家都来。”

李风加忙得团团转，跑到楼梯底下去了。他立在门口大声地喊了：

“卡留西加，卡留西加，大家来呀！什么人在房子里，谁都好，快来快来，有要紧事呀!”

在阁楼里，丽丝却还故意跟埃秋西加捣乱。

它高高地蹲着，悠然地划划脚爪，轩轩鼻头，拖拖耳朵，把扫帚般的尾巴在屁股后面横来横去。

接着，又伸出了两只前爪划沙发上的破套子。

它蹲在沙发上，喵呜喵呜地叫，好似在说，这地方真好极了，我不高兴走开。

埃秋西加把嘴唇一咬，下了个决心。

“一定捉得住，趁别人还没有来，先来把它捉住！这一会儿捉住了，一定要把 ABC 都教它记熟，不记熟一定不把它放松……”

埃秋西加伏倒了身子，爬到沙发旁边去，丽丝还是一动不动地坐着。

埃秋西加直起了半截身子，丽丝还是不动。埃秋西加整个身子都站起了，丽丝还是照常地坐着，很安泰地洗脸孔。直到埃秋西加伸过手去，快要碰到它的尾巴，丽丝才故意开玩笑似的纵身一跳，像射箭一样地跳到天窗口，一眨眼就跳到屋顶上去了。

从天窗里望出去，只看见一条蓬松松的尾巴。

在蔚蓝色的天空底下，映着一块灰黄。

对啦，把蔚蓝色的天空做了背景，动着一条灰黄色的尾巴。

埃秋西加真是懊丧透了，两只脚使劲地在地板上乱踏，把拳头一捏，大大地发起火来。

他就跟着丽丝爬上天窗，爬过窗口，就爬到了屋顶。

等到埃秋西加自己留心看时，身子早已爬到了屋顶的斜角上。

埃秋西加吃了一惊，说是吃惊，其实却是吓得满身都抖了起来。想喊救命，可是喊不出声来，因为吓得太厉害，连喉咙都塞住了。

埃秋西加伸开了两只手臂，撑着脚爬，使出了吃奶的力气，在屋顶上贴住了身子。想望下面望望，总是不成功了。身子慢慢地向底下溜下去了，直溜到屋顶的边沿里了。假使动一动，立刻就跌到地下去，再没有别的路。啊啊，连想一想也够怕人了！

这屋顶上四面都有边沿，边沿里有铁板竖着，加之屋顶的斜度还不厉害，总算还运气的。

像这样伏着，虽然太窘人，可是总算撑住了脚，不会跌下去，只要两手还能够紧紧用力就得了，而且底下走过的人也望得见了。只好硬拼着，拼到有人来救，到了那时，即使要挨骂，也只好挨骂了。

可是，在屋顶上看天空，那真是无边无限的广大。在地上的树木底下和房子旁边所看见的天，绝不是这个样子的。

这会儿，天空中飞过一群鸽子，飘着一朵白云。白色的——白色的，跟枕头一样，又白又软的白云。还有，烟囱管里喷出了煤烟，幸而风是吹向到对过去的。如果煤烟望这边吹过来，那么埃秋西加吃了烟煤，一定受不住，身子会渐渐向下滑去。滑到末了，一定翻了一个筋斗，跌到底下那点儿红红的东西上面去了。

不过那个红点子，并不只是一个点子，这其实是挨亚的帽子，挨亚正在门外边玩。

“挨亚……挨亚……”

“快去叫妈妈来，挨亚……”埃秋西加喊了。

可是挨亚没听见，后来听见了，她也不知道声音在哪儿。起先，挨亚抬起头向上边望了一望，立刻又归了原位，仍旧拿着一条棒去搅她的池子去了。

不过，丽丝这个小家伙，真是傻子，它却在屋顶上踱着步，大概它还想闹着玩。埃秋西加渐渐地替丽丝担起心来，直担得肚子都有些痛了。

“不要乱动呀，丽丝！”埃秋西加喊了。

“不要爬到底下去，不，不要弄得跌下去，你很乖乖……你很大人气……我，我立刻，立刻……”

埃秋西加现在把一只手扳住了屋顶的椽子，另外一只手很小心很小心地解起上衣上的带子来。埃秋西加的带子很长，有须头。

解带子结头，非常难，靠一只手的手指头实在不容易。第一个结解开了，以后又解开了第二个……都解开了。埃秋西加便把带子像一条蛇似的从屋顶上投过去，一边的带头抓在自己手里，另一边的带头直碰到丽丝的鼻子边。

“丽丝，快抓住，快用脚爪抓住，我拉你上来！”

埃秋西加叫了。

可是丽丝一点儿也不觉得什么可怕，猫儿是爬惯屋顶的，它在屋顶上走，全不算一回事。

看见了这条蓬松松的带子，丽丝倒快活了起来，它把毛剌剌的脚爪抓住带子，开始闹起玩来了。

不过埃秋西加看见丽丝抓住了带子，就觉得事情好办。

“只要把带子抓住，丽丝就不会掉下去了！”

丽丝把带子抓住，拉起来稍稍有点儿重了。

忽然，埃秋西加觉得丽丝的体重渐渐把自己的身子拉下去了。啊哟，啊哟，虽然这只猫没把埃秋西加望下面拉，实在自己抓带子再也抓不下去了，手指头吓得发了痒，一边的一只手，手……已经再也扳不住了。

再，再是一分钟也支不住了。

“把带子和丽丝都放掉吗?”埃秋西加想了。

“不，这可不行!”埃秋西加又对自己回答了。

现在，他只好什么也不想，紧紧地把眼睛闭住，把身子缩住。天空，大地，挨亚帽子的红点点，一切都不去看它。

突然……

“埃秋西加！埃秋西加!”阁楼里发出喊声来。

“嘿！埃秋西加到哪儿去啦?”也有这样的声音。

那声音是李风加的，还有娜泰亚的声音，还有卡留西加的。

“我在这儿呀!”埃秋西加想这样叫，可是叫不出声。

“啊，在那边！在那边!”是娜泰亚的慌张的声音，“啊哟，啊哟！快跌下去啦，快跌下去啦。快叫妈妈去，快快!”

“妈妈要骂的，不要去叫，还是拿一条绳子来，大家拉他上来!”

“绳子有，绳子有!”李风加大声答应了，“你看，晒衣服的绳子再多也没有了，大家来拉吧!”

一条粗粗的晒衣绳，从窗口里放下去了。

埃秋西加觉得有点儿好笑起来了。

自己弄一条带子拉丽丝，别的孩子又弄绳子来拉自己。看起来自己跟丽丝都变成了挂在钓丝上的鱼儿一样了。

现在，他只觉得好笑，却把刚才的恐怖都忘掉了。不过阁楼里的天窗口，那些孩子却涨得脸孔都发了灰白，拼死命地在拉绳子。

娜泰亚、李风加、卡留西加，以及最后面的莎尼契加，都把吃奶的力气用在两只手上来拉绳子。

埃秋西加也紧紧地抓住了绳子。

绳子渐渐地拉上来了。

快要到窗口。

在埃秋西加的头上面，已看见燕子的窝、娜泰亚的绿袖子和卡留西加的红领带。

“停一停！”埃秋西加大声地叫了。

“停一停！丽丝丢下了！”

他叫得更大声了。

“把绳子缚在腰里吧，让我两只手可以活动，缚得结实一点儿……”

现在，埃秋西加像消费合作社里的货物，吊在绳子里了。两只手可以完全自由，他就把两手慢慢儿地伸过去，伸到脱出了带子的丽丝身边。

丽丝玩埃秋西加的带子已经玩得倦了，它的脚爪把带子放下了，又想跑到屋顶上去看外边的鸽子，晒暖和的太阳光呢。它把屁股朝着埃秋西加，一条尾巴像烟卤管子样地突起着。

“一……二……三……”他透了三口气，一把就把丽丝的尾巴结结实实地扭住。一只手扭住丽丝的尾巴，另外一只手已扳住了窗口。一个用劲，把两只脚一撑，再来一下，现在，他跳进阁楼里，很神气地对那些孩子们望了一望。

“什么，这算得什么一回事，屋顶上也很平常，一点儿也没有什么可怕！”

“你一点儿也不吓吗？”孩子们都惊奇起来问了。

“一点儿不吓，一点儿不吓，我不是特地爬了出去的吗？等葛蒂来了，我还要再爬出去一次，到屋顶上去扯旗子。这会儿如果你们不来，我还要在屋顶上玩呢。啊，屋顶上真是快活呀！”

丽丝伏在埃秋西加的肩头上，舔舔自己的身子，闭闭眼睛，而且还在埃秋西加的耳朵边低声地喵呜喵呜地叫。

埃秋西加很知道，丽丝是不大听得懂人说话的，可是不知什么缘故，忽然觉得难为情起来，把脸孔朝了外。

如果丽丝听得懂埃秋西加的话，那便怎么办呢？不过，现在耳朵边的丽丝的叫声听起来真有点儿怪！它好似在说：

"说谎，说谎，说谎，说着话不怕难为情，朋友，不能说谎呀。"

埃秋西加突然把丽丝向地上一掷，气呼呼地接着说了：

"不过，丽丝这小家伙，却吓得要命呀——真的，这家伙胆子又小，又傻头傻脑，真没办法，我一定要教它ABC，不让它再逃走了。"

6. 有鹞琴的鹞子

这样地教了好久，丽丝毕竟没有把 ABC 记熟，方糖块也终于不肯吃。

埃秋西加拿了一片糖块塞到丽丝的鼻子边，尽管用了许多软功硬功，一定要它吃进。结果糖块还是落在地板上，丽丝是每一次都要逃到搁板架子的顶上去了。

有时，埃秋西加硬塞到它的牙齿缝里去，丽丝便大大地发怒。“喵——”地叫了一声，跳起身子，伸脚爪挖了一挖，就逃到屋外去。以后简直整几天地不回家，没有一个人找得到它的行踪。

时间是一天一天地过去了。

房子里面已经闻得到樟脑丸的气味。房间里对角地绷起了绳子，开始把厚衣服脱下来，收拾了。

大家一天到晚，只是忙着换衣服。厚衣服收拾好了之后，就藏进箱子里，再放上一些樟脑粉，防蛀虫来破坏。这样地，等着夏天到来。

无论在什么地方，都可以感觉到夏天是马上就会来了。

房间里边和窗子的玻璃上已经有些苍蝇飞动，墙脚边的草也青起来了。

孩子们，妈妈们，都欢迎夏天到来。大家不用再在走廊旁边晒长筒靴，也不用补毛绒手套，更不必留心孩子们把领头上的扣纽弄掉了。

现在，风儿吹来，觉得非常和快了。在太阳底下，只要穿一件上衣就够了。

房子外面的街道上，孩子们一天到晚跌着石子块玩，玩得出了神，他们在衬衣上面穿一件小背心，跷起了一只脚蹴石子，在大路上快活地玩……

每天晚上，孩子们还要找到汤姆的地方去，打听葛蒂的消息。

“一定来的，一定来的。”汤姆这样地回答了。

“几时来，是不清楚，总之快要到了，再等一下儿就得。”汤姆又加上一句。

“可是，汤姆伯伯，我们可不能老在这儿呆等的吧。”埃秋西加说了。

“我们一定要有些准备，好久以前我就想，等葛蒂来了，给她看新鲜玩意儿。所以我一心一意教导丽丝……不料这小家伙真是一个呆子，教它认 ABC，它一点儿也不懂，再教它吃糖，它也是一片都不肯吃。大概它以为那个不是糖，是什么怕人的老鼠呢……”

汤姆伯伯笑了。

“糖你自己吃好了，拿老鼠给丽丝吃就得啦。”

“拿老鼠给它吃，这也可以，不过要等丽丝回来。目前，我们得想出些别的花样……”

埃秋西加这样地说着，忽然跳起身子来：

“我想到了，我想到了，你想，我多聪明，一想就想出来了!”

“你想出了什么?”

“我想我们可以做一顶鹞子，又大又漂亮，鹞尾巴上装上一个鹞琴，可以放得比屋顶还高，放到云头上，我们还要写上几个字，愈大愈好。不过，汤姆伯伯，字最好请你写，我自己写是会写的，不过我不喜欢写字，写起来又花时候。”

“用什么句子好呢?”

“写‘爱丝，爱丝，爱丝，挨尔’CCCP（苏维埃联邦共和国），再写‘莫斯科’，边上写‘欢迎葛蒂’，‘快飞过来呀，葛蒂’！以后再写什么呢？总要使葛蒂在飞机上看下来，一来就看到……这样，就可以不必再爬到屋顶上去了，用不到上屋顶……”

“好有趣，好有趣！”李风加说了。

“我顶喜欢鹞子，不过顶要紧的是字，不写字，这鹞子就没有意思了。”埃秋西加回答了。

孩子们七嘴八舌地讨论起来，结果，终于这样地决定了：

取折中办法，一边的边上画人面孔，一边的边上写字。

关于颜色，又出了许多意见。埃秋西加主张用红，李风加上主张黄，娜泰亚说蓝的好看，卡留西加说还是绿色，再加上了挨亚，她说红黄蓝都好。

不过这事情也立刻决定了：写字用红的，画人面孔、眼睛用黄，眉毛和胡子绿，鼻头蓝。

鹞子的事立刻满屋子都传遍了。

第一是埃秋西加家里，妈妈的切菜刀和搁洋炉子的木头都不见了。

李风加拿了一把剪刀，正在卧床边转念头，却给爸爸看见了，这是第二。如果再迟一刻，李风加一定把垫被剪破了，他们是预定了，偷了垫被里面的树皮去做鹞子尾巴的。

对于李风加的爸爸，可不把鹞子当一回事，他伸起手来就是一个耳光，把李风加打出去了。

装订匠拉波德的家里也发生了同样的事，这是第三，说是糨糊罐不见了。莎尼契加的爸爸，做装订匠的拉波德，他有许多装书用的糨糊，不料找来找去，再也找不到那只本来放在桌子上的糨糊罐。找了半天，最后只找到了一堆铜钱大的硬糨糊渍。除了糨糊罐之外，同时又不见了莎尼契加。

这天一早上，四边房间里的门都不歇地开闭。

“埃秋西加，快把菜刀拿出来！”

“莎尼契加，糨糊罐拿到哪儿去了？”

“卡留西加，线团不见了！”

一片都是叫声。

每家人的爸爸妈妈都唉声叹气，吃惊得摇起手来。可是孩子们一概都不管，任你叫喊他们都没有听见，当然是喊不回来了。孩子都躲在一间远角落的房间里，排满了桌子凳子，大家聚在一起，一心一意地做他们的鹞子。

在这间房里，纸张、菜刀、搁洋炉子的木头、线、糨糊罐、画笔，一切都有。

只有一件东西没有，那便是树皮。

埃秋西加发了气，皱皱面孔，不朝李风加看。

“树皮为什么一片都没有拿来，这可怎么办呢？没有尾巴的鹞子，遍天底下也找不出来的呀，你想我拿了菜刀出来，不知给妈妈骂得多厉害，还有搁洋炉子的木头，也挨了多少骂。可是我一点儿不怕，到底是拿了来了……”

“不过，没有树皮也不打紧，还有别的好东西可以代替。有些布片就好了，把布片扯成一条一条的，再用线缚成一起，这倒反而比树皮好得多……”

埃秋西加一心一意地工作了。他的额上流了汗，手上、脸上，还有一件青色的新内衣上，都粘满了糨糊渍。

鹞子做成功了，非常出色，不过，还缺一条尾巴，这可有点儿糟。娜泰亚又到学校里去了，不在家里，真没办法。她如果在家里，一定可以找一点儿好看点儿的布片来……她那只小盒子里，藏着许多五颜六色的布片。如果拿些龌里龌龊的布片来做鹞尾巴，拿了这种鹞子去欢迎远来的贵客，真是太说不过去了……

如果把这鹞子放到屋顶上的天空里，红、黄、蓝、绿，五颜六色地照出来，葛蒂坐在飞机上，一定立刻就望得见，知道自己已经到“爱丝，爱丝，爱丝，挨尔”(苏联)，这地方就是“莫斯科”了，这房子，就是“阳光底下的房子”了。于是，她一定会立刻从飞机里下来了。问题就是一条鹞尾巴，只要找得到一条好看点儿的尾巴，那才多开心呢!

“汤姆伯伯!”埃秋西加隔着窗子叫了。

“喂，汤姆伯伯，你这地方有没有好点儿的布片？我们要拿布片做尾巴……”

汤姆伯伯从窗口里伸出头来了，他的手里正捧着一封信，这是邮差刚刚送到的。他还没有把这封信完全读完，脸上就微微地笑了出来，这一定有了什么好消息了。

“我可没有空管你们的尾巴呀，我马上要到火车站去接葛蒂呢!”他对孩子说了。

“汤姆伯伯真傻!”埃秋西加心里想了，“你这样说说，谁会相信你呢，从火车站里来的人，每天不知有多多少少。美国来的人一定是坐飞机来的，坐了飞机，到我们家里最便也没有，门口就是霍特因司克飞机场……”

埃秋西加这样地想了一想，就不再问汤姆伯伯了。因此汤姆伯伯急匆匆地经过门口，走到外边，跑到公共汽车站上去，他都没有留心到。

埃秋西加的眼里，什么东西也不旁视，他吐出了半截舌子，很用心地用红颜色写起大字来了。字写得有点儿歪，可是这不打紧，只要笔画分明，一眼就看得出，写得大点儿就好了。

埃秋西加的妈妈虽然为了一把菜刀大大地发了气，可是她仍旧替埃秋西加烧好了米糊，热好了牛奶，硬把埃秋西加拖开鹞子边，叫他坐桌子上吃。

埃秋西加肚子确实饿得慌了，不过吃东西的工夫实在没有。

挨亚比了他，就幸福得多了，她对于做鹞子的工作，一点儿没有参加。

她的两腮涨得红胖胖的，伏在食桌旁边，已经吃完了第二盘，满嘴巴刮了百搭油。

其他的人也都还好，只有埃秋西加一个坐立不安，他两只脚一停都不得停，管住了这一边，又怕那一边出什么事。他怕纸头被风吹去，又怕木头被人拿走，同时还要担心医生家里的小狗来偷吃糨糊，没有一桩事不使他心挂念。更加之鹞子尾巴还没有找到，没有一个人会想法，要到哪儿去找才行呢？

“妈妈，我要尾巴，你给我一条尾巴吧！”埃秋西加说了。

“什么？你可是想变一只猴子么，我哪里有尾巴？”

妈妈发怒了。

“不是呀，不是真的尾巴，是布头做的尾巴呀。”埃秋西加低声地说明了。可是妈妈却不愿意听他的话，把食桌上的盘子收拾起，拿到厨房里洗去了。

“没有尾巴，不会落到地上么。没有人肯给我，我一定得自己去找。”他这样地下了决心了。

第一个目标，当然是那只娜泰亚的盒子。

“好，一定去找那只盒子！”在那只盒子里，什么都有，练习簿、书本、账簿纸、旧的画片、钢笔尖、纽扣、圆滚滚的玻璃球、断铅笔、破布片，还有别的别的……

什么都有，没有的只是条理和秩序。

埃秋西加把盒子丢在地板上，盒子倾翻了，像一只沙地上的鸟儿。

这样的东西，真没办法，都没有用处！

盒子里面的都是些小小的旧布片，哪里能够做鹞子尾巴，比了丽丝的尾巴都不如呢。

为什么娜泰亚光收藏这些没有用的东西！

埃秋西加咬住了嘴唇，快要哭出来了。

现在，只剩一线最后的希望，是娜泰亚的一只小匣子。

埃秋西加怒气腾腾地伸起脚来，把盒子一脚跌开，盒子转了几转，横倒了，啊哟，跌出了一件什么来了。

是盒子最底下的一个纸包——这正是埃秋西加踏破铁鞋无觅处的东西，埃秋西加连忙跳过身去，像老鹰抓小鸡一样地把那纸包中漏出来的布片抓了起来。

抓起了，拉开纸包，摊开来看，马上立起来走。一边向袋子里塞进，一边推开房门，直冲到楼底下去。不多一会儿，孩子们已七手八脚地把这块新花布扯成一条长条子了。

这样地，孩子们的工作，一切都很顺利地进行了。纸头没被风吹去，木头也没人拿走，糨糊也没有被医生的小狗吃掉。

不到一个钟头，埃秋西加就把鹞子完全告成了。

“行啦！行啦！”埃秋西加大声叫喊了。

同时，他又把鹞线卷在线轴里，也大声地喊：

“行啦！”

埃秋西加再在这漂亮的鹞子尾巴上装上了鹞琴，又喊了一声“行啦！”可是声音已经没有第一次大，只是低的粗音了。实在，因为大功已经完全告成了。

把鹞子放在桌子上，等它干了。

这鹞子做得真是漂亮，漂亮得眼睛都要花了。

其中最最漂亮的，便是尾巴——这条尾巴的确是这鹞子的光荣。

四边房子里的人都跑出来看鹞子，连埃秋西加的妈妈也来看了。还有莎尼契加的爸爸、装订匠的拉波德伯伯、飞机师的修美莱夫，都来了。

现在，已没有一个人为了菜刀啦，木头啦，糨糊啦，再来责备孩子。这鹞子竟然是做得这样漂亮。

连那些歪歪倒倒的字也收了很大的效果，大家都看得明明白白，这里写着的是“爱丝，爱丝，爱丝，挨尔（CCCP 苏联）”“莫斯科”“葛蒂”，没有人会看错。

孩子们本来还想写“欢迎”，可是地方不够了，只好不写。不过不写也不要紧，这几个字就算了，意思已经很明白。

现在，大家要把鹞子放起来了。

娜泰亚和汤姆大概不久就可以回来了，不过要等他们来再放，可等不及了。况且这会儿，正有很好的风。

不过，在这儿，又不得不发生了一个问题。

埃秋西加说这风是北风，卡留西加说是南风，李风加说是东风。莎尼契加没有发表意见，她觉得风是从四方都吹过来的，于是她便伸脸孔，又尖起了嘴唇，提起了手掌，向四边探风色。

到底要用什么方法才能知道风的方向呢？立刻成为大家的问题了。

结果，是这样地决定了。埃秋西加在指头吐了点儿唾沫，伸了起来，看指头哪一边冷就决定是哪一边的风。

风是从南边吹来的。从霍特因司克的野地上，绿绿的森林那边吹来的。

鹞子放高了。

鹞琴受了和风，嗡嗡地叫了起来。

在鹞子的胸口边，发出呼呼的风声。鹞线是拉在埃秋西加的手里。

鹞子尾巴一半边不叫，另外一半边却叫得很大声，这叫声简直跟活的一样，跟飞跑的快马的尾巴一样。多么好看，多么漂亮的尾巴呀。

鹞子很快很快地向上升，向上升。埃秋西加已经来不及放鹞线，鹞线绷得很急，把手指都要绷痛了。

鹞子吹过屋顶上，越升越高，这会儿，它已经在天空当中，看起来只有一点儿小小的黑点子了。

高到半天上，还是听得见“呜！呜！呜——呼！呼！呼——”的叫声。

正在这时候，娜泰亚从小门里走进来了。她吃了一惊，忙把书包放掉。

“什么事，什么事，外面起了火吗？为什么大家都抬着头向屋顶上望，好可笑。”

可是她立刻就觉察了，于是，大大地发起火来：

“岂有此理，不怕难为情！自己偷偷地放，也不等我回来，真把我气死了！”

埃秋西加回答着说了：

“为什么岂有此理？一点儿也不是偷偷的呀！我们不过试试看，立刻就要收下的，等明天再来放。以后每天放，等到葛蒂到来……”

“好好，既然你们大家都放过了，现在就让我来收下来，快把线轴给我。”

“不，不，这是我们的，这是葛蒂的，你又不会收鹞子，给你弄坏了可不得了。”

“给我，给我！”

“不，不！”

埃秋西加很倔强地拒绝了，自己动手收起鹞线来。

“无论什么人，我都不肯给，就是一条鹞子尾巴，也不知费了我多少心血呢。”

“这种尾巴有什么好，这鹞子一定再坏没有了，那尾巴一定更糟。”

娜泰亚这样地挑拨了。

可是，鹞子慢慢地下来了，已经可以看得出面上的蓝鼻子，字也看得清楚了。接着，鹞尾巴碰到孩子们的头上了。

突然，娜泰亚尖声地叫了起来，这声音叫得又尖又高，连楼上的妈妈都吓了一跳，忙跑到楼梯上来。

“你，你干的好事！这尾巴是拿什么做的？这是我的布呀。我，我最喜欢的樱花花纹的布呀。我想做围身的，连袖管子都裁好了，你没看见吗?”

娜泰亚气呼呼地叫跳起来。

“裁好了袖管子，我哪里知道。只因为我做鹞子总不能没有尾巴，你可用不到这样发火呀!”

“哪里，哪里，我自然要发火!”

娜泰亚两只脚在地上跳，哭喊了起来。

“不要说一条鹞尾巴，连鹞子都要没收呢。”

“哪里，我可不让你没收。”

“不，我一定要没收!”

“哪里，绝不让你没收!”

“不，我一定要没收……”

娜泰亚伸手拉住尾巴，埃秋西加就去拉娜泰亚的领带。还有，李风加、卡留西加都加入打架，大家扭成一团。

鹞子踏到脚底下，压到身底下了，鹞子上弄了许多泥污。

孩子们叫成一片，扭成一团，再也扯不开来。

因此街上的车轮声、嘚嘚的马蹄声，孩子们都没有进耳朵。

马脚擦过孩子们的人堆边，汤姆伯伯的声音“慢着，慢着!”地叫唤时，孩子们才停了打架，抬起头来。

啊哟，汤姆伯伯的身边，不是坐着一个不认识的女孩子，这不是葛蒂还是谁!这女孩子有娜泰亚那么高，戴着一顶很别致的绿帽子，手里拿着一只黄色皮夹，帽子底下露出了卷曲的头发。脸孔和汤姆伯伯一样，是黑色的，牙齿也跟汤姆伯伯一样，雪雪白。

“是葛蒂呀!”埃秋西加低声地说了。说着，手里便放下了娜泰亚的领带。

“是葛蒂呀!”娜泰亚也说了，于是大家都红起脸孔，觉得难为情起来。

立刻，“葛蒂!”卡留西加叫了。接着，大家都“葛蒂!葛蒂!”地叫了起来，跑到汤姆伯伯的身边去。

汤姆伯伯握了女儿的手，向孩子们的一边指了指，说了：

“你看，这就是我们‘阳光底下的房子’呀。还有，这一班，都是你的好朋友。你看，在莫斯科，有着这许多朋友呢。”

“这个，很好很好。”葛蒂回答了，脸上微微一笑。

孩子们立刻就懂得，葛蒂是非常喜欢这地方了。而且葛蒂也立刻懂得，这班孩子和这座房子，都是欢迎自己到来的。

这样地，孩子们就都喜气冲冲了。

没有人问，埃秋西加却突然说起了：

“我要把鹞子重新修好，这是你的鹞子呢，葛蒂！”

7. 一场吵架

第二天，孩子们带领了葛蒂，一家一家地去走，向大家介绍。

葛蒂到处都受欢迎，家家人家都把最好的东西请她吃，让最好的位置给她坐，拿了最有趣的玩意儿给她看。

埃秋西加的妈妈请她吃菜心夹肉面包，李风加家里拿出了糖果和茶。修美莱夫那儿，拿顶大的面包店里买来的最好吃的果酱面包请她。这样好的点心，恐怕美国也不会有。

葛蒂见了人总是脸上微微地笑，点点头，说着自己所知道的两句俄国语：

“这个，很好，这个，很好……”

可是孩子们却觉得不满足了。

“我们一定要葛蒂讲俄国话。”埃秋西加这样地下了决心。他想：“我们一定得把轮船、潜水艇、地底铁路的话教她，汤姆伯伯说过，这种东西，美国很多很多。”

不单埃秋西加，别的孩子，大家也存心教葛蒂说俄国话。不懂俄国话，连吵嘴也无从吵起。于是，葛蒂立刻之间，就有了六位先生——埃秋西加、卡留西加、娜泰亚、李风加、莎尼契加，还有一位，当然是挨亚先生。

这班先生们，对自己的学生一刻也不肯放松，无论是在园子里、在房子里、在街上，甚至在吃饭的时候，只要有一个机会，就不肯轻轻地放过。

“肥皂……刷子……牙粉……”娜泰亚教了。

“肥皂……刷子……牙粉……”葛蒂学着声说了。

“水吊子。”

“水吊子。”

“吸水纸。”

“吸水纸。”

“这种东西有什么趣味啊。”埃秋西加发怒了。

“老是教些用具的名字，教她几时会讲轮船上的事呢?”

于是，埃秋西加伸手拍拍窗子，在葛蒂耳朵边大声叫喊了：

“飞机……公共汽车……电车……”

可是莎尼契加却拉着葛蒂的两手，大叫：

“锅子。”

“眠床，眠床!”卡留西加喊了。

现在，葛蒂再也来不及一一学声了，她只好站在房间中央，向四边望望，不知要怎样才好。

可是，挨亚还是不肯饶放她，拉了葛蒂的衣服，连声叫喊：

“油蟑螂……油蟑螂……油蟑螂……”

“呆家伙!”娜泰亚骂了，“什么油蟑螂，她看也没看见，哪里会懂呢?”

挨亚却还是喊着油蟑螂，她向四周一望，把手握得紧紧的，忽然伸到葛蒂的鼻子边摊了开来，一看，果然手掌里有一只生胡子的油蟑螂在蠕蠕地动。

葛蒂伸了两只指头，把油蟑螂拿起来，仔细地看了一看……

“油……蟑螂……”

她发出声来了。

接着还加上了几句不懂的话。

“她一定在说油蟑螂的英文名字呀!”埃秋西加判断了，“所以，美国一定也有油蟑螂。”

因为先生们都很热心，不到一星期之内，葛蒂已经学会了不少的俄国话，因此孩子们跟葛蒂在一起，觉得更加快活，更加有味了。

葛蒂是一个很好的孩子，不消说，她既不鄙啬，又不狡猾，同时又不是胆小的，她简直从来都不大声乱叫。

这小姑娘爬起树、爬起墙来，连男孩子也不及她能干。而且无论发生了什么事，她从不到汤姆伯伯地方去告诉。比方有一次埃秋西加拿小刀子吓她，有一次李风加把她的衣服弄破了，还有一次，娜泰亚在她的书本上污了墨水，她都没有去告诉。

现在，在这座房子中，一天到晚，只听见大家叫“葛蒂!”“葛蒂!”“葛蒂!”的声音。现在，小孩子们缠住了葛蒂，连晚上都睡不着觉了。他们一早起来，直到傍晚，总不肯离开葛蒂一步。

大家跟比赛的一样，抢着送东西给葛蒂。

比方是埃秋西加，他就每天拿一只纸的飞机去送她。葛蒂为了这些飞机，已经弄得身子都不能动了。

葛蒂的房间里已经堆满了飞机，台子上、窗台上、眠床上、眠床下，什么地方都是。因为再没有地方放了，埃秋西加甚至替她设了法，叫她放在拖鞋里边。

李风加送了她许多纸灯笼、颜色纸和扇子。

娜泰亚送她一本学校里用的日记簿。这簿子里，每张都印着日子和节气。葛蒂有了这本日记簿，就可以明白莫斯科春天的气候。

莎尼契加送缚头发的绸带子，卡留西加送巧克力糖盒子，挨亚送了里面有樱桃核的盒子。

如果那家店铺子里的华西加不跑到这儿的话，一切都平静无事，不会发生什么争吵的事来了。

有一天早晨，埃秋西加拿了一只纸飞机，照例跑到葛蒂那儿去，正要落楼梯，忽然李风加拉住了埃秋西加的臂膀来说了：

“有话对你说，你快跑过来，是很重大的事。”

“你说，你说!”埃秋西加回答，“不要拉我的手，飞机弄坏了呢。”

李风加说了：

“是这样的，那个店铺里的华西加又跑到隔壁人家的家里来了。”

“啊，这个让他去好了。”埃秋西加回答了。

“他有什么好事，你真不懂事，那华西加老是胡闹，隔着墙丢石头进来，专会闹事。他还骂我是羊白眼呀……”

“你不要去听他就是了，为什么要骂你羊白眼，你的眼睛又没有毛病，一点儿也没有挨笑的地方呀。”

“这是因为我是中国人。”

这时候，埃秋西加才记起李风加是中国人。本来知道是知道的，不过常常忘记。

大家天天一起玩的伙伴，谁是中国人，谁是俄国人，这种事情是从来不去想起的。

“我几乎忘记啦。”埃秋西加说。

“连我自己也忘记呢。”李风加说了，“连中国话都不会讲，可是他们却紧紧地记住我是中国人，还说我们中国人，样子像兔子，你说气人不气人?”

“好，你等一等，等我把飞机去送了葛蒂，一定跟他去寻事，你看着吧。”

“所以我说你不懂事!”李风加气愤了，“你不是知道，我自己是不打紧的呀。今天早上，我已经跟他隔着墙头吵了一会儿架，只因为他还骂了葛蒂呢。”

埃秋西加把手放下了：“为什么，为什么要骂葛蒂?”

“他说她是黑炭。”

“什么? 皮色黑就要挨骂吗? 华西加算什么东西，红脸孔，满鼻子都是雀子斑。这副样子，还不值挨骂吗?”

“红脸孔难道不该挨骂，我不懂他为什么光骂别人黄脸孔黑脸孔，一定是为了他不懂事。”

埃秋西加回答了：“好好，为了葛蒂，我一定跟他去吵，那家伙算什么，比葛蒂的一个鼻子还不如呢。葛蒂到这儿来的时候，坐过火车，坐过轮船，还要坐飞机呢。况且葛蒂胆子很大，那一次我拿小刀子刺她，她也一点儿不怕。我一定要为葛蒂去出气，把那道墙头推倒……”

埃秋西加的话没说完，他们身后的门推开了，走出汤姆伯伯来。他把帽子戴在后脑袋上，腋下挟了做生活的家伙，正要出去做工，正要上人家去修电灯。

“你为什么发火?”汤姆伯伯问了。

“我没有发火呀!”埃秋西加回答了，“我只是说那件事，为了葛蒂，我们一定得去干……”

他们俩就把事情告诉了汤姆。

“华西加这家伙，真是傻子。”汤姆伯伯说了。

“不是傻子，还是什么呢？所以，决不能让他去。”

“你们或许不懂得，小朋友，人跟人常常闹这种傻事情，叫别人受苦，再岂有此理也没有了。”

“我在美国的时候，常常受到这种侮辱，说起来真是说不完，在你们的国家里，也叫我想起那些事来，心里真不好过。”

汤姆伯伯这样说着，就不再作声，走出去做工，修电灯不灵的地方去了。

可是埃秋西加还伸长了颈子，叫汤姆伯伯：

“喂，汤姆伯伯，你不必替葛蒂担心呀！我们马上做出来给你看，而且我们还要赶快把鹞子修好，送给葛蒂去呢!”

汤姆伯伯的背影已经看不见了，只听见楼底下的大门口，汤姆伯伯大声地笑。

“好孩子，把一切华西加之类的人赶快教训好吧，他们会立刻觉悟的。鹞子由我来修吧。”还听到这样的话声和关门的声音。

孩子们把飞机给了葛蒂，以后，大家就跑到外面，拿沙泥造城子玩。

造沙泥城，孩子都是能手。中间是街市，四边造了城墙，街市中有一条条的马路，还挖了十来条地道。市街旁边的公园里，种了些蒲公英，公园就变成黄色，飘着蜂蜜香。

街市造好了之后，最后在屋顶上竖起了烟囱，又掘井。正在这时候，忽然听见有人吹口哨。哨声很尖利，吹得耳朵都痛了。

孩子们一齐回头去看，啊，正是华西加。是坐在矮墙上头、抬起了鼻子孔、正在吹口哨的华西加，他两手插在袋子里，嘴里含着香烟，帽子里插着一个毛毛球，样子真是讨厌。

“不要对我们吹口哨，这儿不准吹！”埃秋西加说了。

“啊呀，你算什么东西？也配来干涉我？”华西加说了。

“我什么东西？我是人呀。我要来吵架么，要吵就吵，你倒跑下来！”

“下来就下来，我难道怕了你不成？啊呀，兔子，兔子，你这儿还养了兔子，好兔子，羊白眼！你的老胡子哪儿去了？”

李风加扳起了脸孔，从沙堆上站了起来，一边把吊裤子的带拉紧，大声喝了起来：

“我是兔子，给你点儿颜色看看！”

华西加更加吐出无赖腔来：

“你这地方，这种家伙倒不少，听说还有黑炭，脸孔上涂了皮鞋油的吗？我来给你们洗洗干净吧。”

“不许胡说！”埃秋西加呵斥了，“你再胡说么，我的拳头很硬的呀！”

“啊呀，拿出来看看，我倒要领教。”华西加冷冷地一笑，就拾起了小石子向孩子们丢过来。

石子没有丢中孩子们，却抛到沙城上了。沙房子塌倒，塞住了井口，城门口的旗子也倒了下来。

埃秋西加和李风加两个就赶到矮墙边去，华西加还是两脚挂在墙头边，身子一动不动，开始把两条臂膀抱住胸口。

“看你们身子有多重？哪个敢来，怕死不怕死？你们这班黑脸黄脸白脸灰脸的畜生……去吃这个去！”

他这样说着，就拿了一个铜子向李风加抛过来。

铜子落在石地上，把沙泥都溅了起来。李风加就拾起来向他还抛过去。

抛过去恰恰抛中了华西加胸口的衣纽上，一场打架就起始爆发了。

孩子们一边，把沙泥当了武器，华西加用石子块。

房子里边，跑出了许多孩子来参战了。

卡留西加、娜泰亚、莎尼契加，后面还跟着一个穿着亮晶晶红衣裳的葛蒂，飞一样地跑过来了。

“黑炭，黑炭来了！”

华西加大声叫唤了。

“黑……黑便怎样，可是你呢，帽子里戴着毛毛球，才真是一个呆家伙呢！”埃秋西加还口了。

立刻之间，华西加像猫一样地纵身一跳，跳落了墙头，就向埃秋西加扑了过来。两个人就扭成一团，倒在地上了。他们两个上面，又压上了别的孩子。

埃秋西加上面是华西加，华西加上面是李风加，李风加上面是卡留西加，再上面就是娜泰亚……

不过，这时候，埃秋西加的妈妈已经从楼上跑下来了，她刚才正在厨房里，这会儿手里还拿着一只小锅子，就跑了过来了。

“快放了，快放了，不许打架，你们这班小东西，再不放手我把水夹头夹脑滚下来了呀。”妈妈叫了。

她把大家拉开来。

可是仔细一看，别的孩子都爬起了，只有埃秋西加还坐在地上不起来。

他的脸色像粉笔一样发了青白，只是不转过来，头上流着汗水。

“啊哟，孩子，你，你怎么样了?”妈妈慌了起来。

“脚，脚有点儿……”埃秋西加含糊地答了，“不是我不肯起来，是脚呀，脚不肯听话!”

妈妈把埃秋西加双手抱起，他已经是个大孩子，可是在妈妈看来，还是鸟毛一样的轻。抱着，就走上楼梯，回到自己的房间里。让他躺在床上，弄了湿布包了他的脚。接着，就叫娜泰亚去请医生来，幸而医生就住在隔壁，立刻就会来。

妈妈抚弄着埃秋西加的头，在他耳边低低地说：

“好孩子，好孩子，可怜什么事都不懂……”

埃秋西加把头摇摇：

“妈妈，人家骂葛蒂黑炭，不要去告诉葛蒂呀。如果让她知道了，她一定又要回到美国去了呢……”

妈妈回答着说：

“不去告诉她，自然不去告诉她，你安安心心睡觉就是了。”

“妈妈，那家伙我一定还要跟他打一个明白，你看，不过会吸香烟，有什么本领。我的拳头很硬呢……”

“好啦，好啦。”妈妈再三地说了，“好的，不过现在你不能乱动呀，快静静躺一会儿，你不想睡吗?”

“好，妈妈，你把手放在我的头下吧。这样，我就痛得轻些……”

埃秋西加便把妈妈的手掌当了枕头，慢慢地睡觉了。

8. 第一次飞行

害病真不是一件好事情，特别是当纪念节快到来的时候，更加叫人受不住了。

埃秋西加受伤的脚上擦了碘酒，裹了湿布。幸而骨头上没有受伤，不过神经稍微有点儿不舒服。据医生说，再过一星期就痊愈，可以再来打一次架了。

可是，糟就糟在这一星期。

过了这个星期，纪念节也就过去了。

这种纪念节一年只有一回，这是五一节。

埃秋西加躺在床上，天天数一张一张的日历。

数来数去，一星期总是七天。

可是到五一节，却只有三天了，他还不能爬起身来。

这是很明白的，到了纪念节那天，埃秋西加是只好留在家里，隔着窗子望望，独自流眼泪。

他很知道，五一节是多么重大的日子。这一天，天气一定很好，连鸟儿都快快活活地在天空里飞来飞去，每座房子里都扯起了旗子。街上是人山人海，真会叫人惊奇，不知是从什么地方跑来这样多的人。红军的铜鼓照在亮光光的太阳光里，四周围起军乐的声音，红军后面，便是青年团打着铜鼓跟上来。接着，便是运动会的选手，穿着运动衣跟在后面；再后面，是骑脚踏车的脚踏车队，坐机器脚踏车的机器脚踏车队；再后面，便是一班普通的群众，不消说，其中有许许多多的儿童。

可是，只有埃秋西加一个人，却不能到群众的队伍里去。

娜泰亚一定坐了铁甲汽车从学校出发，就是挨亚，也一定由妈妈给她在头发上束一条红丝带，一道领了她去看热闹。

莫斯科县农村出品公卖会，一定在每条街道上搭起大篷帐来，只要花一个铜子就可以在那儿买杆子糖和水晶糖。更要紧的事是向妈妈要两个铜子，就可以买一张小旗子。在五一这一天，什么地方都有红旗出卖。

三个铜子还可以换作别的用处——旗子并不难，可以自己来做，把买旗和买糖的钱合拢来，一共三个铜子就可以坐木马。在纪念节的时候，公园里边的木马盘总是一天到晚在转着的。

那边的木马真是好看，跟真的活马完全没有两样。木头的马背上耀着亮光光的太阳光，尾巴是用真的马尾做的。木马盘的旁边是音乐队，上面挂了花边带和水钻帘子，轻轻快快地转着跳着……可是只有埃秋西加不能去看红军，又不能去骑木马。一个纪念日，对于他是什么也没有……可怜到了这一天，埃秋西加是只好把脸埋在枕头上，独自流眼泪。

“不要哭，不要哭。”妈妈一定会这样地说。

“不要哭。”挨亚也会这样说，就是娜泰亚也一定说“不要哭吧”。到了这一天，娜泰亚一定也会可怜起埃秋西加来吧。

至于李风加，更加会望着这个不幸的埃秋西加，不住地眨眨眼睛，吸吸鼻涕水吧。而且他望见了埃秋西加流眼泪，自己一定也会忍不住伤心起来。

如果不碰到这个纪念节，埃秋西加心里还好过些。虽然在春天的时节，一个儿躺在床上，不免会觉得孤寂。可是把房间里的窗子打开了，孩子都会跑过来玩，总还可以勉强过去。每天早上，埃秋西加张开眼睛，第一位客人就是李风加，他早就在近边走来走去。

接着，他就坐在埃秋西加的床边，脸上微微地笑，把带来的好玩意儿一件一件地排在毛毯上面。李风加的衣袋里满装着好玩意儿，杂乱的小灯罩、螺旋钉、螺旋凿子、洋钉头，数也数不清。近一些东西，都是李风加在房子里、园子里，或是马路上、垃圾桶里为埃秋西加找了来的，他一概都送给埃秋西加，毫不吝惜。

李风加之后，来了葛蒂，以后是卡留西加，卡留西加之后，便是莎尼契加，这样地，一个整天就过去了。

不过孩子们都装着不是特地来望他的样子，他们知道，埃秋西加还不能多动，只能够静静地坐着。因此，他们便讲些有趣的话——谈到月亮的世界里，是不是能够飞过去？勃强儒为什么胆子那样的大？还谈到什么人已经去看了几次电影之类的话。

别的孩子因为吃饭或别的事走开了的时候，埃秋西加便和挨亚两个玩学校游戏。

他先叫挨亚坐在椅子上，再一件一件地考问她。

挨亚紧紧地闭住了嘴唇，两眼望住了先生，静着心听问题，然后想答案。

“挨亚，狗有几只脚？”

“两只前脚，两只后脚。”

“狗有几条尾巴？”

“一条。”

“头呢？”

“头在身子前面，只有一个。”

“那么，挨亚，狗有几只眼睛呢？”

“两只。”

“牛呢？”

“牛也是两只。”

“那么，什么东西只有一只眼睛的？”

埃秋西加发了这样的问题，可把挨亚难住了。她想着，想着，想了又想，结果终于想出来了。

“独眼瞎子！独眼瞎子只有一只眼睛。”她大声叫喊了。

她的聪明使大家都笑了，称赞了挨亚。

现在，挨亚做先生了。

女先生挨亚非常的认真，学生要是有一会儿答不出来，立刻就拿粉笔向你肚子抛过来。她发的问题又怪，把学生弄得莫名其妙。

“一只狗有五只脚，断了三只，还有几只?”

埃秋西加听了这样的问题，笑得眼泪都出来了。

“呆子呆子，哪有这样的事!”埃秋西加叫了。

“有的，有的。”挨亚怒气冲冲地喊，立刻，请埃秋西加吃粉笔灰。以后，挨亚又把一本狗的画本给埃秋西加看，解释给他听。

她的讲解又接着下去：

“你看，这是象，这是小象。看见么，这个鼻子多奇怪。不过，你用不到怕，象是很良善的动物，它不会吃人，不过身子大点儿罢了。”

接着又说：

“这是狮子，这狮子很像猫，也是良善的动物，用不到怕。狮子是很好看的，面孔绿色，尾巴灰色，它也不会吃人。”

再接着说：

“这是蛀虫，最讨厌的虫，住在泥土当中，什么东西都要吃，很可怕，很可怕的虫。”

埃秋西加这儿，医生每天来两次。第一次是来给埃秋西加看脚，第二次是带了小狗来玩。小狗颈子的铃哗啷啷地响着，在房间里边跑来跑去。有时候两只前脚挂到埃秋西加的床沿上来，张开了嘴巴，对着埃秋西加的鼻尖呼呼地喘气。

医生抛方糖给小狗吃，叫小狗跳过椅子上给埃秋西加看。埃秋西加把那回稻田的事情完全忘掉了，觉得医生真好。

可是一刻也忘不掉的，是纪念节的事。

甚至有一天，汤姆伯伯把鹞子修好了拿来给他看，他也很烦恼地低声说了：

“鹞子固然是好，可是五一节却比鹞子更好。”

接着他就丧气地问了：

“现在，人家屋顶上都把旗子扯起了吗？”

“嗨，都扯起了呀。”汤姆说。

“红的？”

“当然是红的。”

“有旗尖吗？”

“有旗尖。”

埃秋西加把面孔向了墙壁，不再作声了。过了一会儿，忽然又气愤愤地说：

“汤姆伯伯，你不要可怜我！我跟华西加还要打一次架呢，你去告诉他，叫他当心点儿……”

汤姆伯伯动身要走的时候，跟埃秋西加的妈妈低低地说了些什么，接着，便去找飞机师修美莱夫。走到楼梯口，又对孩子们偷偷地说了一番。

埃秋西加不知是怎么回事，便问问李风加，可是关于这事情，李风加却一句风声也不肯漏出来。

埃秋西加只知道一回事，是飞机师的修美莱夫预备在五一节那一天驾了新飞机带客人到莫斯科的天空里去飞。啊啊，这班客人叫人多么羡慕呀！

可是，此外呢，关于纪念日的事，去想它是没有用处。日历上的纸每天扯去一张，剩着的，已只有用黑色的大字写着最后日子的一张了。

到了明天，埃秋西加就不能不把这一张扯去，于是，这红色的纪念节，便会把它红色的数目字向着埃秋西加望……

五月一日这一天，首先是太阳的光和喇叭的声音使埃秋西加张开了眼睛，也许喇叭的声音在先，太阳的光还在后。其次耳朵里听到的便是铜鼓的声音，果然跟埃秋西加的预料一样，听得十分清楚。

铜鼓声、乐队声、汽车声、机器脚踏车声，还有飞机的嗡嗡声，声音愈响愈大，把耳朵都涨满了。汤姆伯伯打开房门，走进房里来，埃秋西加竟没有留意到。

汤姆伯伯向床沿上伏倒身子，对着埃秋西加看。

“你眼睛为什么会湿？快揩燥了，燥眼睛看热闹，不是更好些吗？”

埃秋西加突然发起火来：

“你注着眼睛看我干吗？我，我可……”

“你的脚还有点儿痛吧。”汤姆伯伯不等他说完，就接着下去了：

“你脚痛我是知道的呀，不过今天，我们不用脚也可以去赶热闹，好不好？来，我给你戴上手套，快起来，外套也穿起来，帽子也戴上，好，两只手把我颈子攀住，好，就这样子好了。”

汤姆伯伯两条臂膀很结实，可是妈妈却还有点儿担心的样子。

妈妈已经打扮好了，携着挨亚的手等在一旁。

“我真有点儿担心，我怎么会同意那样的意见，我可有点儿懊悔了。”

“不打紧，不打紧，一定没事，你放心好了。”

汤姆伯伯回答着，就抱了埃秋西加向楼下走去。

孩子们望着汤姆和埃秋西加，一齐大声地欢呼，直送他俩到飞机场的大门口。

挨亚是跟妈妈和葛蒂一起，四周围一片的音乐声，天空中浮着圆圆的云块，大家都感到说不出的快乐。

飞机场异常的热闹，休息室的椅子，梯段上、栏杆上都坐满了人，有的就蹲在泥地上。人们的对面，一带张着网栏的大平原上，一大队飞机，翼子上都绘了红星，一长排地排列着，像红军阅兵式的队伍一样。

飞机师修美莱夫向汤姆那边跑过来，他浑身穿着飞行装，头上戴了飞行帽。埃秋西加立刻懂得了怎么回事。

“乘吗?”修美莱夫问了。

“乘的，乘的!”汤姆回答。

埃秋西加兴奋得脸色都灰白了，低低地说：

“喂，喂，什么人去乘飞机?”

“我们去飞啊，我，你，还有葛蒂，三个人一起飞。我不是对你说过了么，不用脚，我们也可以去赶热闹，我们有翅膀呀，对不对?”汤姆伯伯一边笑，一边这样地说。

埃秋西加乐得发了狂，连话都说不出来了：

“不过，不过妈妈……妈妈一定不肯答应的啊。”

“妈妈早答应了，大家都已经说好。快，快把外套领子扣好。”

妈妈给埃秋西加热烈的接吻，埃秋西加更热烈地吻了妈妈。好妈妈，好汤姆伯伯，还有好太阳，天底下还有比这更快乐的事情吗?

在飞机的舱室里，埃秋西加抱在汤姆伯伯的膝上，靠着汤姆伯伯的大肩头。葛蒂的手暖和和地把他挟住，埃秋西加更觉得安心多了。

轮翼子很快很快地转起来，飞机里边的发动机开始啪啪地响了，埃秋西加的胸头也别别地跳了。

啊，是怎么了?地在自己身子底下沉下去了！下去……下去……一直地落下去了……连妈妈、挨亚和其他的人、霍特因司克飞机场，都一起沉下去了……啊啊，那边的房子也看见了，这不是白白的“阳光底下的房子”吗?树林子，树林子，中间夹住房子，房子为什么这样小啊?啊啊，那是彼得罗夫宫的红墙头呀……啊……又是别的房子了!

街道，像捉鱼的网一样……

莫斯科！莫斯科……飞在纪念节莫斯科头上的飞机！上边，多多少少的人在地上爬来爬去，街道上是人山人海。人，哪里还像人，简直是一队一队的黑蚂蚁在地上微微地蠕动……

旗子，旗子，到处……到处都是旗！那边是红场、那个是克里姆林，那一条闪耀着银色的白光的，是莫斯科河……

许多飞机像一群鸟在红场上飞来飞去，骨碌碌、骨碌碌地绕圈子。现在，要回去了……

埃秋西加的妈妈第一个看见回来的飞机，首先就跑上前去。

埃秋西加的小小的圆脸孔里，妈妈一边流着眼泪笑，一边热烈地接吻，到处都吻到了。

接着，妈妈又和葛蒂接吻，和汤姆伯伯紧紧地握手，然后，又和戴眼镜的飞机师握了手。

在自己屋子里，孩子们都拥在门口等埃秋西加。李风加却一个人高高地坐在墙头上，他说要第一个遇到埃秋西加。大家大声欢呼了。

门旁边，风飒飒地吹，把一面新旗子吹得霍霍霍地响。而且，“阳光底下的房子”是照在光明的太阳光中。

童年的伴侣

〔俄〕柯罗连科

1. 废　　墟

我六岁的时候死了母亲。父亲从母亲死后，完全消沉在悲哀中，把我给忘却了。有时他也怜惜小的妹妹，照着自己的意思安排她的幸福，因为在妹妹的脸上留有母亲的影子。可是我却跟野生的小树一样，自然地成长着，没有人照顾我，因此也没有人束缚我的自由。

我们的小村子，叫作诸侯村，是属于波兰贵族中一个又傲慢又贫穷的种族。保留着波兰上流社会豪奢生活的可怜的遗泽，又混合了点儿犹太人式的连一个小钱也不肯放松的买卖作风，进行着永无休息的劳作，完全具备这一带西南俄罗斯每个小市镇所共有的特征。

如果你从东边向这村子走来，那么，第一个映进你的眼里的，一定是这村中一座最大的建筑物——牢狱。雾气蒙蒙的池塘边，村子静静地躺着。

当你从崎岖不平的大道走向池边时，有一扇古旧的村镇的栅门把村子遮住，永远像在甜睡的懒怠的老卒，红脸孔烤在太阳底下慵懒地拔去了门闩。也许起先你还没有觉得，原来你已身入镇中了。

灰黑色的铁栅栏和堆着垃圾堆的空场，疏落地排列在霉腐半倒、暗沉沉的窗子好像正在望人的小屋舍之间。

再向前走去便望见广大的市集，犹太人“旅人休息所”的屋顶闪烁在阳光中，使市集很为明朗。几座行政机关的房屋，白色的墙壁和挑起四角形的营房一般的轮廓，却显出阴森森的气氛。架在小河上的木桥在你的马车轮下颤得跟一个老人一般发出呻吟声，抖索着身子。

过了桥是几条犹太街，两边是密密排排的商铺、零落的摊户、烤面包的小屋，等等。犹太兑换商柜子上张着大遮阳伞，到处是垃圾堆和小孩子，包裹在街尘之中。可是再走一分钟，你便通过了全镇。

白杨萧萧地在墓地摇曳，微风吹拂田中的麦禾，在路边的电线上，奏出嘤然的哀鸣。

上面说的那条架有木桥的小河是从一个池子流进另一个池子，通过几个沼泽和水潭，隔开了村镇的南北的那些池子一年年地浅起来，结果被植物淤塞住，又长又密的苇草在池子中荡动得跟大海的波涛一样。有一个池子的中央涨起一个小岛，小岛上屹立着一座半成废墟的古堡。

我记得我老是怀着很大的恐怖眺望这巨大的日渐毁灭的城堡，我陆续地听到关于这古堡的各种各样的传说和故事，一个更比一个怕人。

据说这岛子不是天然成长，是土耳其俘虏填筑起来的。“那堡子是建在骷髅上面的”，林中的老人们惯这么说。在我的孩子的想象中，便恐怖地描摹出一种怕人的景象：几千几万的土耳其人的骷髅，高举着只有白骨的手臂托住这个小岛和古堡，及金字塔形的白杨树，这种想象当然更使我觉得古堡的怕人。即使是天气晴朗的日子，阳光和鸟儿的高歌壮大了我们的胆子，使我们想走到这古堡去的时候，古堡也常常会突然地把我们骇得浑身发抖。一扇扇窗子的暗洞张开狰狞的大眼，凝视我们的头上，好似有一种神秘的、器物撞击的声音流荡在荒凉的屋子中，跌下石粒和墙屑来，惊醒沉默着的树妖。

在那种时候，我们总是头也不敢回，一溜烟逃回来。直到以后，还似乎在耳朵里响着门户推碰和咯咯狞笑的声音。

尤其一到秋天的晚上，当巨人般的白杨树在从池面横吹过来的狂风中一边摇摆一边歌唱的时候，恐怖便从岛上伸展到我们这边来，罩住了整个的村子。

“啊，天哪！”犹太人一边发抖，一边嘴里喃喃地念。敬畏上帝的老头儿们不歇地在胸头画十字，连我们那位邻人自以为有魔鬼一样大气力的铁匠都走到自己家中的小园子里，一边画十字，一边屏住呼吸，喃喃地祝祷亡灵的平安。

灰大胡子的耶奴雪，因为没有地方住，就住在这古堡的地底室里，他老是拉住我们，说在发大风的晚上，很清晰地听见地底下的叫唤声，这是土耳其人们在吵闹，骷髅和骷髅互相撞动，痛骂他们波兰主人的残暴。

这时候，堡中的大厅里，岛子的广场上，朗朗地响着军器砍击的声音，王侯们大声召唤他们的部下，在大风的咆哮声中，夹杂着马蹄践地声、佩剑锵锵声和口令呵斥声——耶奴雪这样地讲着。还说，有一次曾经亲眼看见现在这位伯爵的曾祖——那位以暴虐留了不朽之名的旧领主——骑在一匹悍马上出现。他骑马到岛的中部，用怕人的大声骂：“闭嘴，地狱的狗胚，不许乱叫，快闭住嘴。”

这位伯爵的后人好久以前就舍弃了世代相传的产业，把伯爵领地和堆满在他们宝库中的财宝一齐让卖给桥对岸的犹太人。以后，这光荣血统的最后代表者便在离镇不远的小山上建造了一座很普通的白色房子。在受轻蔑而威严的孤独之中，度过他们那无聊而虚荣的生活。

那是很稀有的事，跟那古堡和小岛一样，像废墟一般阴沉的老伯爵，有时骑着英吉利种的老马在我们村子里出现。和老伯爵并骑的是身干细长的公主，她骑在马上，穿着一件玄色的骑马服。后面的一匹马上，是恭恭敬敬跟在他们后面的马夫。

这位身份高贵的伯爵公主，犯着老处女的命运，和她同样出身、配得上她的青年，都卑颜屈膝地跑到外边去找外国富商的女儿去了，不是把世代相传的城堡委之荒芜，便是卖给了犹太人，让他们去胡乱处置。而在这小山下的镇上，所有的青年们却没一个想抬起眼来望望这位美丽的伯爵公主的。

我们这些孩子们，一眼望见了这三个马上的影子，便从街巷的浮土中跑出，小鸟儿般地急忙躲进自家门口，张大着充满好奇和恐惧的眼，目送着这可怕的古堡的阴气的主人翁。

镇西的小山上，在朽腐的十字架与倒塌的墓石之间，兀然地屹立着一座年久失修的老教堂，这是山下一个村子里的人造的。从前，这教堂的钟虽然粗陋，也还召集了一批衣衫楚楚的镇里人，和腰悬刀子的近村农家的农民，在这儿会叙。镇里人手中拿一条手杖，代替腰刀。

从教堂前望去，可以望见那岛上庄严堂皇的大白杨树，可是古堡却像生气似的，也许是不屑地躲在白杨树的绿荫后，不和教堂照面。只有西南风从苇丛中吹起，吹上小岛，摇动喟叹的白杨树时，顽固的城堡便不得不把阴沉的眼投向那小小的教堂，可是这两个都已经是没有生命的尸骸。古堡的蒙眬的眼，早已不能再反映落阳的斜晖，教堂的屋顶上，也不再吐出声调悠扬的钟声，只有喧嚣的猫头鹰在屋椽间高唱着深夜的不祥的歌。

可是一向把这高慢的城堡和那平凡的教堂互相隔绝的，由来已久的历史的鸿沟，则在它们两者死了之后还继续存在着。这便是寄生于这腐尸中、占据在它们圆屋顶下、大厅、地底室的最安全的角隅上的蛆虫，腐蚀这些没有生命的房屋的蛆虫，便是人。

曾经有一个时候，这古堡毫无限制地做了无家的穷人们的避难所。有些可怜的人们在街头受雨露的欺凌，没有一片栖足之地，遭逢残暴的运命，无力花些少的钱，在夜长及暴风雨的天气中，为自己找一个蔽身的屋顶和取暖的薪火的，都跑到这岛上来，让自己那千疮百孔的身心，钻进这快要倒塌的废墟的角隅中。他们对于这种接待的代价，仅只冒着几时也许会活埋在砖瓦与椽木之下的危险而已。所谓“那人便是住在古堡里的人”这一句话，意思就是说人生最落魄的情况。

古堡高高兴兴地招待一班困于流浪命运的人——落魄的文人、活不耐烦的老婆子、无家可归的流浪儿，庇护他们。这班人便剥蚀房屋的内部，挠破地板和天花板，拿来烧炉子煮吃的。说是吃的，其实不过胡乱满足他们生活机能的东西罢了。

终于有一天，栖息在这屋顶下的同伴中发生了争吵。曾经做过伯爵下役的老耶奴雪，闭门杜撰了假圣旨般的东西，把全权掌握在自己的手里，他说他要尽力整顿同伴间的秩序。于是好几天之中，岛上发生了可怕的混乱。

曾经有时以为土耳其人会打破地牢，向他们的波兰暴君复仇的耶奴雪，把废墟中的居民区分作绵羊和山羊两种，绵羊可以照旧留在堡里帮耶奴雪驱逐不幸的山羊，但山羊们很倔强，还想拼命反抗，结果没用，发生了内奸，而且最有力的还是警察的力，秩序终于重新在岛上恢复了。于是古堡里的气象便耳目一新地变成“贵族气”了。

照耶奴雪的打算，只许“良善的基督教徒”（即罗马天主教徒）留在堡里，而且他们之间的大多数还是伯爵家从前的仆役或仆役的后人。他们都是些穿着破烂的长外套、长着大的红鼻子的老头儿，否则，便是身上郑重地穿戴着几乎已完全没用了的老式帽子和外套、做着怕人嘴脸的多嘴的老婆子，他们组织了各式各样团结坚固的团体，一手垄断了叫花这门买卖。

每星期的六天中，这些公公婆婆们总是嘴里喃喃地念着祷告，走遍全村中最有钱的人家去造谣生事，诉说自己的苦命，喷出许多眼泪和叹息。可是一到礼拜日，他们立刻换了一副样子，变成西南俄罗斯一带，从天主教户籍一脉相传的长血统中最高贵的人了。在教堂里，以“耶稣”和“圣母马利亚”的名义，昂然无愧地接受别人的供奉。

发生这次革命的时候，听见了从岛上传来的哭喊声。我曾经和几个同伴一同跑去看了，我们躲在白杨树的大干子背后，望见耶奴雪站在一队红鼻子老人和丑恶疯狂的婆子之前，驱逐一班命该从古堡逐出的居民。

黄昏一阵阵地浓厚起来，雨点儿从压在白杨树梢的云块中落下，几个不幸的、身上穿得不堪想象的褴褛的人正在焦灼彷徨。一种令人心酸的景象，还徘徊在岛的四周。小孩子们像洞里赶出来的小乌龟一样，还想钻进目不能见的堡中的角隅里去。而耶奴雪和他的助手们却大声怒吼，扬着棍棒和草扒向他们恫吓。同样拿着木棍的警察，说是严守武装的中立，其实明明是胜利者方面的同党，站在一边不作声。终于，这班不幸的人们永远离开了这岛子，跨过木桥，一个个地，吞进阵阵夜雨的暗阴中去了。

自这值得纪念的一夜之后，从来给我以冥然美丽宏伟的印象的耶奴雪和古堡，便在我的眼中失却了他们的魅力。

在这一夜以前，我总爱走到岛上，或从远处遥望这灰色的堡垒，苔色苍苍的屋顶，做种种的幻想。一看见堡里的居民穿着形形式式的服装走到灿烂的阳光中，打打哈欠，咳几声嗽，画十字，我便当他们跟环绕着全堡的气氛一样，是带着一种神秘性的人物，不知不觉从胸头发出敬意。“他们每晚上是在那地方的。”我这样想，“当月光射进破窗，风在那大厦中呼啸的时候，那里发生些怎样的事，他们是完全可以亲眼目睹的。”我尤其爱听耶奴雪讲故事，他老是蹲在白杨树底下，带着七十老人的健谈，给我讲这倒塌下去的房子的过去的光荣史。

这过去的影像泛上我天真的想象前，在我心中引起了对那阴森的古堡内部的往昔生活的严肃和忧郁的感觉和冥然的同情。一种我所不知道的往昔罗曼蒂克的阴影，像大风天的淡云，掠过辽广的原野，散满在我幼小的心中。

但是从这夜以后，古堡和他的居民却以一种另外的景象出现在我的眼前了。

第二天，当我在岛的附近碰见耶奴雪时，他把我叫近身边。他说像我这样“有名誉的两亲的孩子”，以后可以不必忌惮，时常到岛上来玩，因为现在住在岛上的，已都是安分的人了。他还拉住我的手，要带我到岛上去，可是我却几乎哭了出来，挣脱了自己的手，拔脚就逃。

这古堡实在已经使我不胜厌恶了。古堡上层的窗洞已障上了木板，这底下由一班“穿着外套戴着帽子的人”支配着了。里边匍匐出几个老婆子来，用令人作呕的口吻对我阿谀，同时又七嘴八舌地互说别人的坏话。我真觉得奇怪，为什么那位在大风之后，怒骂土耳其人的老伯爵会容得住这班老朽陈腐的女妖怪。

总之，我永远不会忘记，这班得了胜利的居民驱逐他们那不幸的同伴时那种冷酷的凶相。而且我每次想起那些受雨露欺凌、连一片屋顶都丧失了的可怜的一群，我的心便战栗起来。

老实说，这古堡第一次教训我一个很大的真理，便是尊贵的人和卑鄙的人其相去不过一步之差罢了。在这古堡中认为尊贵的人全都是披了一层薄纱的卑鄙的人，这种人正是令我们厌恶透顶。对于这种滑稽的对照，使我感到兴味，又过于尖锐地刺伤了我的童心。

2. 几个怪人

从岛上发生了革命之后，镇上人每晚上都很担心。犬儿吠着，家家的门户不歇地响动。大家跑到街头，拿棍棒叩打墙垣给自己壮胆。他们知道，有一大队饿肚子的人在黑暗雨夜中淋得又冷又湿又发抖，徘徊在镇子上。而且他们知道，这些人对镇上人并不怀什么好感，于是他们便采取自卫和恫吓的手段。

天也好似有意地，在倾盆的冷雨中，黑夜降临了大地。等天亮时，便是重沉沉的云块擦着地面乱飞。风成为这恶天气的中心，呼呼咆哮，摇撼树梢，吹打墙垣。

我躺在床上，听到这种为那无栖身之所失去一切温暖的几十个人而唱的歌声。

但春天毕竟战胜了严冬，太阳晒干了湿地，同时那些无家的漂泊者都不见了影踪，也不知在什么时候，躲到什么地方去了。

每夜的犬吠声渐渐减少，镇人再不拿棍棒叩打墙垣，生活又重新回复到单调的睡眠状态。炎烈的骄阳升起空中，烧着每条尘灰蒙蒙的街道，那些回教徒的活泼的小孩们被赶进到他们小舍的保护下去了。“小贩们”两目炯炯地望着往来街头的行人，和犹太人做买卖，在太阳光下悠悠地走。书吏们的沙沙的笔声从衙门的窗口传出来。镇上的妇女们，一早晨手里提着篮子，在市集中打转，到了傍晚，便昂然吊在丈夫的臂膀里出门散步。她们华丽的衣裙，扬起了街头的尘埃。古堡里出来那班公公婆婆，挨次不齐地去拜访他们保护者的家庭，镇民们高高兴兴地承认他们的胜利。一到礼拜六，大家都以为他们接受自己的施舍是绝对应该的。至于堡民这一方面，也以至上的尊严受取这种布施。

只有那批不幸的流浪汉到底再不能在镇上找到什么庇荫，他们已不再在午夜的街头彷徨。有人说他们已在教堂附近的小山边找到一个栖息所，但这是一种什么样子的栖息所，怎样被他们找到的，可没有一个人能正确说出。大家只看见每天早晨有一些不堪想象的污秽褴褛的影子从教堂山岗上爬下来，黄昏时候又在同一方向消去。这批人的出现，扰乱了镇上高枕无忧的生活，好像在村镇生活的灰色背景上缀上了一个更阴暗的污点。镇民们用充满敌意与惊诧的眼看他们，他们也偷偷注视着村镇。这种注视，使许多村人的背上流进一阵冰冷的战栗。

他们跟古堡里的那些贵族叫花全不相似，镇上人也完全瞧他们不起。可是他们也并不要镇上人瞧得起，他们与镇上的关系纯粹是敌意的。他们对镇民只有咒诅，决不阿谀。叫他们去向人摇尾乞怜，他们宁使用自己的力量去抢夺的。可是在这不幸的黯淡的一群中，常常可以发现比那些堡里的选民大有值得尊敬的有头脑与才能的人。也有些人，本来没被堡中排除，只因不满那边的丑态，自动加入到这更平民的教堂方面来的。这种可怜虫中有几个，以最神秘的悲剧的特点，格外引起人的注目。

直到现在我还记得很清楚，每次老“教授”的忧郁弓曲的影子一走来，街人们是闹得多么欢。

这是一个老实人，因为自己聪敏而忧苦的头脑，永远受着压迫。他穿一件很破旧的粗呢上褂，一顶阔边上缀褪色绒球的帽子。从他那样子看来，他以前一定是在学界上，什么地方当家庭教师的，他的温和柔顺真是难以想象，老是弓着身子在街头缓步。

促狭的街人知道他两个怪癖，老是借此作自己残忍的娱乐。教授先生老张着茫然的眼在嘴里喃喃独语，可是谁都不知道他在说些什么，他的言语像小溪的潺流，滚滚不息。其间他好似想把自己独语中不足的意味传给对手心中，凝然张着昏蒙的眼，盯住对方的脸。他又跟钟表一样，只要别人把发条一开，便会不住地说下去。人家把在大遮阳伞下打瞌睡的兑换商人叫醒，叫他唤住教授先生，随便问些什么，教授先生便回过头来，沉思地把蒙眬的眼盯住对方的脸，开始唠叨起无穷无尽的伤心往事。这时候，开始问他的人悄悄走开也好，重新伏倒脑袋睡觉也好，等过了一会儿再去看他，一定会发现他还在唠叨不休地说着无人能懂的话，脸上满罩着黯淡的阴郁。

可是这还不算最有趣的，更令街上那些懒汉们乐意的，是老教授的第二种怪癖。原来这人一听见刀类的名词，便不能安静。趁他那没头没脑的高调正吹得高兴时，对手的人突然跳起来高声大叫：

“啊哟，小刀子，剃刀，缝针，钉子！”

这老人便立刻截断空想的顶点，战栗得像受了伤的小鸟，提起两臂，两手紧紧抓住胸口，惊惶地向自己四周环视。唉，痛苦的人虽遭受重大的打击，仍不能把他的痛苦表露出来，他们在自己都还不明白是什么的苦痛中，淹忽地消沉了！

可怜的老教授是太衰弱了，他只能环顾自己的四周，当他把茫然的大眼朝向前方，痉挛地揉扭着胸脯，高叫“一只钩子，我的心里有一只钩子”的时候，便可从这声音中听出他的难言的痛苦。

大概他要说的是他的心被街人的叫声撕破了，但他不过替街人们消遣了几分无聊。至于老教授便像逃避追击似的，把头垂得更低，急急地走了。

一阵轰然的笑声，同时这班街头的愚人像抽皮鞭一般大声叫喊着：“小刀子，剪子，缝针，别针！”向他追上去。

在这儿还得说到，堡里的被逐者对他们同伴们的忠诚。比方泰凯维赤所谓“褴褛佛”中的几个，尤其是那个退伍骑枪兵蔡芙萨洛夫，如果碰到刚才那样追逐老教授的家伙，则结结实实地一顿生活，是绝不肯饶过这班捣乱鬼的。

蔡芙萨洛夫是一个紫红鼻子、突出眼睛的巨汉，自来就对一切有生之物怀着仇恨，不知妥协中立为何物。每次他碰见追赶教授的捣乱鬼，他的怒吼声总是震撼天空，良久不散的。谁要触犯了他勇猛的锋芒，便跟挡住帖木耳大王的马前一样，非使之粉身碎骨决不甘休。于是，他就这样地吓怕了那班犹太人，在街上，不久就不见他的影踪。他抓进自己手里的不幸的犹太人殴打得很厉害，又骂他们的女人，结局他被捉进牢狱里去。

还有一个，因为他那不幸潦倒的状态被街上人当娱乐品的，是绰号“衙门人”的醉汉拉芙罗芙斯基。我们镇上的人都叫拉芙罗芙斯基作“秘书老爷”，不叫别的名字。我还很记得，他老是穿着黄铜纽的制服，把色彩醒目的手巾包在头上，在街头散步的光景。

拉芙罗芙斯基生活上的变动是突然到来的。原因只为了库涅士城来了一个龙骑兵队的漂亮的军官，在这城里住了两礼拜。这军官把一位上等旅馆的金发少女带走了，从此镇上人不再听得美丽的安娜的消息，她是永久沉没在他们的地平线下了。这儿只丢下了拉芙罗芙斯基和他那灿然的手巾，消灭了曾经点缀过这小官吏生涯的希望了，他脱离衙门，已有好久。在远处的什么地方原有着他的一个家族，他本是这家族的希望和靠柱，而终于他是什么都不管了。他很少有不喝酒的时候，他总是低着头对谁也不抬一抬眼，风一般走过街市，好似觉得自己的存在是一回可羞的事。他穿着破烂衣服，披着梳齿不能入的长发，满身肮脏，在人群之中，特别引起大家的注目。但是他却是对谁也不关心，对什么都不进耳，只有时举起他眩惑狼狈的眼色瞻望四周，好似在想：“这班陌生人要怎样对付我呢？我对他们做了什么了，为什么他们硬要跟着来开我的玩笑？”假使在这种意味之眼神的一闪间，听到那个金发少女的名字，则立刻吹起他的心头暴风雨一般的愤怒，他的眼睛包蕴怒火，闪闪在他苍白的脸上，身子直冲向跟他恶作剧的人群去了。但这样愤怒的时候是很少的，怪的是，这愤怒特别引动了每天打哈欠的懒鬼们的兴味。所以每次拉芙罗芙斯基低着眼走过街头，跟在他后面的那班捣乱鬼想引起他的愤怒，把石块、泥团向他乱投。

拉芙罗芙斯基喝醉酒的时候便找阴暗的墙角、泥泞的牧场等特别的地方，伸开腿坐下，把可怜的灰色的头俯到胸前。孤独与伏特加酒在他的心中引起了舒展自己心境消散伤心忧悒的欲望，于是，他便开始滔滔地说起他那失去了的青春的、无穷无尽的故事来了。或是对着旧木栅的灰色柱子，或是对着在他头上窸窣不休的枞树叶，或是对着见了他那副阴沉相带着女性的好奇心跳到他身边来的鹊儿。

我们这些孩子，有时就跟他到这种地方默默地环绕着他，抑制着跳跃的胸头，倾听那冗长怕人的故事。当我们望见这苍白的人，听他对那些发生于太阳光下的一切罪恶的自责，我们吓得发都竖了起来。

据拉芙罗芙斯基自己说，他杀了自己的父亲，把母亲迫进坟墓里，又给兄弟姊妹以污名。我们没有理由相信这种怕人的告白，只是听见拉芙罗芙斯基说自己有五六个父亲，却惊奇得没法怀疑了。他用刀刺进一个父亲的心脏谋死，又把另一个长时间用毒药药死，第三个是跟自己一同推进无底的深渊里。我们怀着同情和恐怖，听着听着，拉芙罗芙斯基的舌头渐渐含混起来了，最后已不能清楚发音。这时候，慈悲的睡魔走来，停止了他的滔滔的告白。

大人们都笑我们，他们说拉芙罗芙斯基的话是跟月光一样靠不住，他的父母是饿肚子和害病死的。但我们柔软的童心却在他的呻吟之中听见纯粹的痛苦的呼叫。对于这不幸者的悲剧的苦难生涯，我们也许要比大人们更能了解些吧。

拉芙罗芙斯基的头渐渐倒下，鼾声吹出他的咽喉，时时打断他神经性的啜泣。我们几个小脑袋团聚在这可怜虫的身上，注视他的面孔。在他的脸上，甚至是睡眠之中也看得出闪烁着的犯罪的影子。我们看见他的眉头痉挛地歪蹙，嘴唇在悲苦的脸上抽搐，像要哭的孩子。

“打死你们!”有时他看见我们在这儿，忽然感到漠然的不安，喊了起来。我们便像受惊的鸟群一般，拨刺刺逃散。有时雨落在这样睡着的拉芙罗芙斯基的身上，有时尘埃把他蔽住，而且有好几次他活活埋在雪中。他之得免于倒毙，确由于和他同样不幸的同伴们照顾着他的缘故，特别是乐天的泰凯维赤。拉芙罗芙斯基的生命简直是他担任着的，泰凯维赤每次把他找到，从雪里拖出来，扶他立起，带着他一同回去。

泰凯维赤正如他自己的话，是一种“不在自己吃的粥中吐痰”的人。他跟教授先生、拉芙罗芙斯基们受痛苦的人相反，在许多地方是乐天幸福的人。

他也不管别人同意不同意，莫名其妙地说自己是一个将军，要求人家叫他这光誉的名称。因为没有人质问他这种受称的权利，他便立刻深信了自己的伟大。他老是倒竖着眉毛，什么时候都表示一种我要打碎你的下巴那样的气概。他深信这是将军的特权——大踱步地走着。如果在他那顽固的头脑里，偶尔一刹那地怀疑起自己的称号时，他便捉住第一个在街上碰着的人，声势汹汹地问：

“喂，你说我是谁?”

“泰凯维赤将军啊!”这人认定自己倒霉，嗫嚅地回答了，于是泰凯维赤便慢慢地放走了他，昂然地抹一抹口髯：

“对——啦!”

除此以外，因为他还有把胡子突出的特别方法和无穷尽的机智与口才，老是不断地包围在快活的听众之中，这一带地主们打弹子的最上等的饮食店也向他打开门户。但是，事实上，像被人从背后轰出的人一样，泰凯维赤将军从那些饮食店里跳出来的时候，也颇不少。至于照他自己的解释，这是因为地主们是不知尊重口才的缘故，所以在他全部的自傲上，并不曾毁坏了分毫。幸福的自信和不绝的酩酊，这便是他的状况。

这不绝的酩酊，是他那祸门的第二把钥匙。一玻璃瓶的伏特加够他整天地独酌。大家说这是因为以前曾经喝了很多，以前喝的伏特加沉淀在他的血中，现在只要稍微灌一点儿进去，把凝结的伏特加融化一下就行了。一融化，在血管中流通，则将军的眼中世界便化成五色的了。

和此相反，也有因某种原因连一杯伏特加也喝不到。那时候，将军便大大地苦恼了，最先他是陷进间发性的忧郁中，完全失了精神，大家都知道，在这种时候，将军比小孩子还可怜。于是有许多人便想报过去的仇，急急跑到他那儿去了。他们打他，向他吐唾，投泥块，而他却不想逃走，以避免更甚的侮辱，嘶着声哭了出来，眼泪在他的倒挂胡子上像瀑布般地流下。这可怜的人，对每个人说，自己生来便该跟野狗一样死在墙角落里的，拱着手叫人把他杀死。

看了这情景，大家都退过一旁，因为这时候将军的脸上和声音之中有着一种什么东西，就是他最大的仇人都要被吓得逃走的。他们再也不忍看见这刹那间，意识到自己命运中断肠碎心的悲剧的人的脸，和听见他的声音了。

接着，在将军身上，又发生另外的一种变化。他的脸色变得越发可怕，眼睛像发热病似的放出血淋淋的光，两腮洼陷，短发像针一般倒竖起来，好似忽然想起了什么。于是突地跳起身子，昂然地开始在街头走去了。一边拍拍自己的胸膛，一边碰到每个人便高声大喊：

“我去啦，我跟爱莱米亚一般，去弹劾违反上帝的人！”

这当然是一种有趣的光景。

这么一来，泰凯维赤确像我们小镇上最高的长官。所以，连最认真最忙碌的人也都混在捣乱者的队伍里，紧紧跟住这位新预言家的背后去了，至少是跑出门口，远远目送他走去。

他大概总是先到地方法庭长官的地方，在那房子前扮起审判的假戏，在一班捣乱者之中，选出做原告被告的人，他自己便恰好地装着犯人的声色，一边陈诉口供，一边替自己抗辩。

他老是闹出大家所熟悉的结果，为假戏增加余兴，又加他是非常熟悉法庭的情形的。法官家的厨娘偷偷地溜了过来，轻轻在泰凯维赤的腕上一碰，在捣乱者们的注视中，急急逃去，他也全不吃惊。泰凯维赤受了这个礼物，便苦笑了一笑，很得意地拍拍袋子里的钱，钻进近边的酒馆子里去了。

在酒馆里稍微润了润喉，他重新站在听众面前，一家一家地去访问他所“弹劾”的人家去，要出与每家相适应的把戏。因为每耍一场把戏总得弄到些钱，他的剧烈的口调便渐渐稳重起来。那胡子不知在什么时候又重新望上卷起，“弹劾”的把戏便也江郎才尽，而且，大概总是在警察署长科茨家门前完结。

科茨在镇上的官吏中，是最和蔼的人，只是有两个小小的弱点，便是他把灰色的头发染成黑色，和对家里的厨娘有一种偏爱。其他一切，他都在上帝的意志和镇上人民的“感戴”上，表示纯洁的信托。一走到警察署长家门前，泰凯维赤便对同伴们闪闪眼睛，表示他的快活，高高举起帽子，而且以一种朗朗的声调宣告这位署长老爷是泰凯维赤的父亲和大恩人。

然后他举眼向窗，等待他的结果。结果必是两者中之一——大红胖子的马德辽娜拿了泰凯维赤的“父亲的大恩人”的舍施从门口出来，否则便是大门照旧紧闭，窗口现出一个涂煤的黑发老人的怒颜，同时马德辽娜打后门到警察署去。这后门口老是坐着托这泰凯维赤案件的福做着好买卖的修靴匠米基泰，他一眼望见马德辽娜的影子，连忙把手里的破靴子投出，急急跳起身子。

这一边，泰凯维赤一见自己的哀求没有一点儿结果，便慢慢地、小小地开了口骂起人来。他开始骂那位大恩人的有名的灰头发，必须用鞋油来染，实在是太可怜了。然后，恨他全不注意到自己的宏论，便提高大声，说和马德辽娜轧姘头过活，实在是道地的淫棍，而攻击起大恩人来了。一说到这淫秽的题目，将军已完全失去了和大恩人和谐的希望，因之便努力做慷慨激昂的热辩来防卫自己。可是出乎意外的结束，几乎每次演说到一小段就到来了。

科茨的愤怒的黄脸孔从窗子之一中钻出来，这时候，不知什么时候，早已闪进了有惊人熟技的米基泰，一把从背后捉住了泰凯维赤。那些群众事先对接近这演说家的危险绝不会有一个人通知他，因为米基泰这副捉人的手法，总是博得大众喝彩的。将军一言未尽，忽然挂起空中，于是立刻发现了仰面在米基泰背上的自己的身体两三秒钟之后，这位强壮结实的修靴匠，在他的重荷下稍稍弓着身子，随着大家那种震破耳朵的闹声，慢慢地向牢房走去。

再过一分钟，警察所的黑门张开大口，将军绝望地乱颠着两脚，消身在黑暗之中了。那班忘恩负义的群众便大叫着：

“好家伙，米基泰!”

然后一个个溜散。

流浪人的伙伴中，除了这班特别注目的人之外，还有同在教堂附近避难的、可怜的、破烂的、阴气沉沉的一群。他们的脸每次出现在市集上，总是引起绝大的骚动。商人们慌慌地想藏匿自己的商品，恰如老鹰飞过头上时，母亲藏它的小鸡一般，这班不幸的人共同组织了互相扶助的团体。

自从被古堡逐出失却最后的依托以来，谣传他们是专门在镇上和近村干小偷。这谣言之所以发生，据说主要的原因是为了人没面包便不能活命，而这班流浪人已失去普通弄面包的方法，求乞的路也断了，于是只剩下两条路——做偷儿或是死。可是他们还活着，既然是活着，便是在干坏事的证据。

如果这话不错，那么领导他们团体的领袖，大概除了季白东·特拉勃之外，没有别人了。在失却古堡的家庭的一群怪人中，他是最值得注目的人物。

季白东的出身，包围在一片神秘迷雾中。想象力丰富的人有说他本来是贵族，只因遭了污名，不得不隐身下流社会的；也有人说他曾经列名于素负恶名的卡美留克的团体。但是，第一，他的年龄不像是曾在卡美留克的部下；第二，他的容貌一眼看来也不像有贵族的风度。他身干很高，背骨弯得很厉害，说明是被重货包压坏了的。大盘脸，粗野而富表情。短短的红头发针一般地倒竖着，平坦后向的额部，稍稍突出的下巴，脸上筋肉的善动颇令人联想到一只老狼。可是在翘突的眉毛下炯闪着的眼光中，有着坚定的表情，虽带些狡猾的神气，却辉耀着聪明懂事、精力无比的光芒。脸上的表情虽然瞬息万变，眼色可是永远不动的，有一种永远注视一物的神情。也为了这原因，使我每次见了这怪人中的丑角，总受到一种恐怖的击袭。

季白东的手很粗糙，两只巨脚跟农民一样走路。因此镇上人的意见，一致认为他不是贵族出身，也许是阀阀之家的用人。这儿可又有一点儿说不通的地方，如果认他不过是个仆人，那么他那令人惊叹的学问将怎样说明呢？这明白的事实，可是不能否认的。

每次季白东在市场中，坐在酒桶上为赶集的小俄罗斯①人讲西赛罗②、斯克赛诺风③的故事，自头到尾，从没一个人肯走开的。每次他披着破烂的衣服，发着雷一样的声音，讲起卡蒂利娜④的故事说到西撒⑤的功勋和司米里达推斯的奸计，小俄罗斯人们便圆张大嘴，互相以臂肘撞动。小俄罗斯人生来便富于空想力，对于季白东这虽然难懂却到底是烈火炎炎的讲述，都能有相当意味的感佩。

当讲的人拍拍胸膛，不住地闪着眼，望着他们高叫“Pa'rea Conscripti”⑥ 的时候，他们便紧皱着眉头互语：

---

① 旧俄时往往称乌克兰为小俄罗斯。

② 古罗马散文家。

③ 古希腊哲学家。

④ 俄罗斯女皇。

⑤ 古罗马大帝。

⑥ 古罗马元老院院长。

“啊，那正是六炮的儿子，叫得好厉害啦！”

这期间，季白东眼望着天花板开始滔滔不绝地背诵起拉丁诗来，生胡子的听众们都点头赞叹，紧紧听着他的每一句歌词。他们感到讲说者的灵魂好似已飞翔在基督徒大家所不说的什么国土中了。于是他做出一副绝望的神情，说出了结论：“这样地就做了最悲惨的冒险。”但是，季白东可全不注意这紧张的感动，他两眼望着空际，滔滔朗诵魏齐尔和荷马①的诗，缠住听众的心胸，这时候已达到最高的顶点。沉痛悲抑的音调，颤动着他的咽喉，甚至坐得最远，最多受犹太威斯忌酒影响的人也低着头哭泣起来，几乎把长的顶发荡下来。

“啊啊，妈呀，多么可怜的事！”于是淌着大粒的眼泪，可怜地，一滴滴滴在他们的长胡子上。

季白东的这种渊博的学问不得不叫大家另外想出更适应事实的臆测，结果，大家得到一致的意见说：季白东从小就在一个伯爵府中当差，伯爵送自己儿子进教会学校，叫季白东跟去替儿子擦皮鞋，可是小伯爵却受不住教父们的三叉鞭，反是这书童偷取了主人应得的学问。

因为神秘包绕着季白东的四围，结果大家相信他在种种知识之外，还懂得魔法，当魔鬼球从村镇四周像海水一般流来，忽然遍满在波一般的草野上时，能把它拔去，在自己及割者的身子全不受一点儿危险的，除了季白东再没有别人了。如果九头鸟落在谁家的屋上，高声为这人家唤死的时候，这人家一定叫季白东高唱从理维②引用的诗句来驱灾迎祥。

没有一个人能猜得透，季白东为什么能有孩子，但这却是事实，而且孩子还有两个。一个照年龄比较起来是发育得很好的伶俐的男孩子，一个是三岁的女小孩。季白东在我们镇上最初出现的时候，

---

① 魏齐尔是古罗马诗人。荷马为古希腊的大诗人，据说生于距今三千年以前，叙事诗《奥德赛》和《伊利亚特》是他的两大名著，至今犹传诵不绝。

② 古罗马诗人。

就带了这男的孩子，老是抱着走路，女的那个，在他到手以前几个月，他不知到什么地方去了一次，人家有好几个月没看见他的影子。

男的叫伐莱克，是长瘦黑色的孩子，人家老见他斜着眼全无目标地乱望，两手插在衣袋里，脸上罩着阴云，在街道中踱步。而且这孩子，正是使面包店担心事的人。

女孩子有两三次高高抱在季白东的臂上走出街来，以后就不再见，没有一个人知道她到哪儿去了。

大家都说教堂边那座小山底下掘有一条地道，那地方是鞑靼人常常拿着火与剑奔驰，奔放的波兰人干豪迈的事，古代乌克兰的暴虐英雄，设过血腥腥的法庭的，所以并不算什么稀罕。

上面所说的那不幸者的一群，因为不能没一片歇足之地，他们老是一到傍晚便在教堂边不见影子，“老教授”举着懒懒的脚步向这边走进去。季白东健步匆匆地向这一边走，泰凯维赤兴奋地拉着无赖的拉芙罗芙斯基向这一边踉跄地走。其他流浪的一群也都向这一边走去，消失在夜暗中，没有一个人敢爬过黏土泞滑的山腰，追踪他们的足迹。看见青青的磷火，于秋天每夜的昏霭中烧灼在古墓地，听见枭鸟的高叫，在教堂上像嘲人一般，当这可咒诅的鸟声一灌入耳管，就使天不怕地不怕的那个铁匠也会缩紧了心。

3. 父亲与我

“这可不行啊，孩子，这可不行啊！”

耶奴雪老头儿每次在泰凯维赤的鬼把戏中，或季白东的听众间撞见我，老是这样说。

他说着，摇摇他那马尾一般的灰色长须。

“这可不行，孩子，你混在这些恶党里。像你这种好人家的孩子，不该混在这种队里来。”

是的，从母亲死后，父亲阴郁的脸比前阴郁得更厉害，我确实很少留在家里。

夏天的夜晚，我老是像小狼一样闪进园里，躲开父亲的注意，打开半蒙藤蔓的自己卧室的窗子，偷偷地溜进床上。隔房摇篮里的小妹妹，如果还没睡着，我便到她那儿去，互相做亲爱的接吻，一起悄悄玩耍，留心好不给铁板脸孔的老保姆听见。一到早晨，全家中谁都还没起身的拂晓时，我已拨开了我们庭园里积露的长草，向我那些疯狂的同伴拿着钓竿等着的池畔走去了。不然，便是爬到磨坊水车那边去，在那边，没睡醒的磨坊司务刚把水门开了两三分钟，水波微微战栗着玻璃似的皱面，已泻下到暗沟，勇敢地开始这一天的工作了。

被哗哗的水的拍击呼醒了的大水车也骨碌骨碌地动起身子，虽然看来多少带些睡不醒的倦态，但一会儿之后，已翻腾着泡沫，浸浴着冷流，开始回转起来。

水车背后的轮轴也转动了，里面的小轮子轧轧地响，磨床吱叽吱叽地叫，白的粉埃从房子的每个缝隙像云雾一样地弥漫奔腾。

我又继续前进——我最爱看睡意惺忪的大自然叫唤云雀，赶起床上的小胆兔子。当我穿过野外的森林和草原的时候，孔雀草上，牧场的野草花上，一滴滴滴下露珠。林木带着懒懒的呻吟向我招呼，囚犯们的苍白憔悴的脸还没在狱室的窗口出现，一个看守和夜班的一个交替，把肩上的枪弄得哗哗作响，在狱墙的四周逡巡。

我巡历完一条长路，回到镇上，在每家打开的门口，还到处看见半醒不醒的人影。太阳可已经升上了小山，喧闹的铃声从池对岸吹来，呼唤上学的儿童，便把空肚子的我赶回到家中的朝餐桌上。

大家都叫我流浪汉、小无赖。我的许多不良的性情也老受人非难，结果连自己都承认自己正如他们所说的了。父亲也这样承认，有时便亲自动手来教育我，可是结果总是失败。我一看见他那铭刻着难慰的悲痛的、严肃忧悒的脸面，便吓得钻进自己的屋里。每到他的面前，我便局促不安，站在地上，不住地移动着脚，悄悄地向四周偷望，拉拉自己的小短裤。有时我忽然感到喉头咽哽，我想跟他亲吻，想抱住他的膝头。如果一接吻一拥抱，我会想到塞在他胸口的我们共同的损失，而且我们——这严肃的人和小孩子——会相对哭泣的。可是他忽然像在我的头上注视着什么的，目光眩然望着我，我被这注视吓退了身子，这是我所难解的谜。

“你还记得你的妈妈吗?”

我还记得母亲吗？是的，我记得。我在半夜中时常张开眼来，在黑暗中，看见妈妈的柔白的手臂紧紧地环抱着我，我记得我不住地在这臂上亲吻。我记得在她活着的最后一年，她常常坐在开着的窗边，凄然眺望着开展在眼前的撩人的春景，这是我对母亲的永远的记忆。

啊啊，是的，我记着她。她是美丽的，年轻的，花一般的。但当死神的印子印上了她苍白的脸，她漠然横倒的时候，我是一只野物似的蹲在角落里，带着在面前展开了生死之谜的眼，注视着她。当一群陌生的人把她搬走的时候，当失去慈母的最初的夜，以低低的声音充满在房子中的，不是我的泣声吗？

啊啊，是的，我记着她。在夜静更深中，我还时常带着漾溢的爱抱着含苞初放的儿童的心，在柔和的睡眠里，做着小孩子的玫瑰色的梦，在唇上含着微笑醒过来。觉得妈妈又跟我在一起，热烈地爱抚我，给我以慈和的亲吻，可是我的两腕只是伸在空虚的黑暗中，于是悲哀的孤独感又重新侵袭到我的心灵。我的两手酸痛，郁抑心头的热泪流满了我的两腮。

啊啊，我没有忘记妈妈，但是这位要感觉亲子的心而不得的高身干的严肃的人，这样向我询问的时候，我总是比什么都怕，偷偷地从这人的手中挣脱自己的小手。

这样，他便带着愤怒和痛苦，向我背转身子。感到自己在我的身上全没些微的影响，在我们之间屹立着一层不能超越的障壁。在母亲活着的时候，因为他太热烈地爱她，他在幸福中没有发现我的存在。而现在呢，深沉的悲哀又使我和他隔离了。

隔离我们的沟渠一点点越广越深，认我是倔强自私的顽皮孩子的念头越在他的心中巩固起来，这样，他觉得应该教育我，可是没有可能；应该爱我，可是我的心中没有容纳这爱的角隅，他便对我更增加了厌恶。

我常常在树丛背后望他，看他呻吟着伤心的难堪的痛苦，在园庭的小径上来回踱步，脚步渐渐地快起来。我看见了这种情形，心头充满了同情和怜悯而感觉疼痛了。

有一次，他两手抱着头，一边唏嘘，一边倒在座椅上。我再也耐不住了，发生了冥然的冲动，想跑到他身边去，从树荫里向小径上跑去了。

可是他从阴沉绝望的冥想中醒过来，严厉地望着我，冷冷地问了：

“你要什么？”

我并不要什么。我连忙回过身子，对自己爆发的感情感到惭愧。担心父亲会在我的发红的脸上看出来，我跑进庭园的树行中，把脸子挨在草里，感到眩惑与痛苦，号啕地痛哭起来。

我只有六岁，已经尝透了一切孤独的恐怖。

妹妹苏尼亚只有四岁，我热烈地爱她，她也同样报答我的爱。但是我已经无法可施了，自从得到了小无赖这一种普遍的定论，在我们之间，早就筑上了高高的壁垒。

每次照着我那种粗鲁的习惯和她一同游玩的时候，我的老保姆——那个老是睡着老是闭着眼睛在枕头中捡羽毛的老婆子，一定立刻张开眼来，很快地把我的苏尼亚捉住，向我投一个白眼，拉着她走开。这种时候，总叫人觉得她是一只妨害我的老母鸡，我是一只凶恶的鹰，苏尼亚则是一只小鸡，我便伤心而迷茫了。

不久之后，我自然不再想把自己徒讨没趣的游戏娱乐苏尼亚了，于是我们的家，我们的园庭，都使我感到无聊。因为在这儿，我既不受欢迎，又找不到亲爱，我便走上岔路，预感到自己这不可思议的存在，还没有尝到的人生的滋味，就害怕人生了。

我发生一切幻想，认为在这四周环着高墙的古园之外，在那个未知的世界中，一定可以发现一些什么。我觉得我必须干一些事，所以我一定要去干一下，只是我还没有知道这是什么事。我遇到这种吹起在心坎深处的神秘，诱惑我，想看个明白，而且使我窘住了。我等待这谜的解决，而且本能地躲开我们的保姆和她的羽毛，躲开小园庭苹果树的听熟了的呼声，躲开在厨房里斩兽肉时的滞重的刀音。

这时候起，我得到了“小无赖”啦，“小流氓”啦，以及别的许多难堪的称号。可是我完全不管，我对于种种的责难已成了习惯，像忍耐骤雨烈阳一般，我忍耐了一切。我会皱着脸静听一切的骂詈，然后仍旧走我自己的道路。

我终日在街头徜徉，用我的稚气的、认真而好奇的眼眺望着街头的生活。我侧着耳朵倾听大道上轧轧的货车声，在货车的轮迹中，路旁哥萨克的墓碑间低鸣着的风声中，留心远处市廛的回声。这种景色展开在我的面前，种种的画面，色色的印象，陆续不息地呈现，在我的心头留下新鲜的痕迹。同时，我又常常恐怖地睁大着眼睛，停止心的跳跃，看见而且认识许多普通绝难见到的，年纪比我大好多的大孩子。在我稚气的灵魂的深处，涌起的一种不能说明的东西，永古如常地不歇地神秘地摇曳着向我招手。

自从因为古堡里那班老头儿的缘故，失却对这古建筑物的尊敬与感叹以后，以及连各到各处最肮脏的小路都认识了以后，我的眼便开始朝向远方那个教堂的小山。起先我还像一只胆小的野兽，从四方绕远路走近去，不很敢走上这素蒙恶名的小山，后来对这地方渐渐熟悉了，我眼中所见的，便不过和平的墓地和倾塌的十字架，全看不出有一些生人气。

这些墓地与十字架被弃在死静中，寂寞地躺着。只有教堂好像耽溺在悒郁的冥想中，张着它那空洞的窗子向我狞脸。我细细地从四周详视这所房屋，又向里边望望，觉得这里边好似除了尘埃再没有别的了。但是单独做这样的远征，又怕人，又不便，所以我总是约同两三个流浪儿编成一队小小的军队。我约定给他们一些糖果，和我们园子里的苹果，便跟我一同出发做这场探险。

4. 新朋友

有一天午饭后，我们出发这场远征，走到这座小山边，爬上了黏土的山岗。这些山岗，有些是被好久以前就死尽了的掘墓人掘坏了，有些是春天发洪水时冲塌了。被山洪冲塌的山岗上，到处露出破碎的白骨。有些地方，看去只露出些棺材板，实际骷髅头的空洞洞的眼正紧紧地瞪着我们。

到底，我们互相搀扶着，攀登了最后一重巉岩，到了小山顶上了。太阳已经渐渐从地平线没去，斜晖在古墓的草地上映着柔和的色彩，游戏在古式锯齿形的十字架上，流进教堂的每扇窗中。空气凝滞着，荒凉的墓场中的沉沉的静寂占领了我们的周围。这儿已不再看见骷髅和棺木。浅绿的柔草铺成斜面的绒毡，在它充满着慈爱的拥抱之中，包藏了死的空寂和丑恶。

在这儿，只有我们几个人，只有几只雀儿在我们的身边嬉戏。有三两成群的燕子在满蔽蔓草的土堆上，在卑躬屈膝的十字架上，在破片中闪烁着凤仙花、萤草、克洛华花的倒颓的墓石间，在无聊地站着的教会的窗子内外，默默地飞翔。

“一个人也没有啦!”我的一个同伴说了。

“太阳快落山喽!”另外一个望着太阳说。

太阳还没有落，仅只低悬在小山之上。教堂的门和下边的窗子都用木板钉塞着。但我却想借同伴的手把这木板挖去，向里边望一望。

“得啦得啦!”同伴的一个忽然失了勇气，拉着我的臂膊大叫。

“滚开，小胆鬼!”我们军队中一个最年长的装定了架势怒喊。

我勇敢地跳上他的背脊，他把身子站起，于是我发现自己已站在他的肩上，才得攀住了上面的窗槛。我先试了试窗槛是否结实，然后爬上去坐住。

“好了吗?看见什么没有?”孩子们跃动着好奇心，仰着头问。

我没回答，随手挖开了一片窗板。我能够从窟窿里俯瞰教堂的内部了，从这儿，蓦地涌起了一阵荒凉的礼堂的静气向我迎来，又高又狭的堂内，全没一点儿色彩。从上面开着的窗口流进落日的光芒把斑驳污秽的墙壁染成耀眼的金色。

我看见了紧闭着的大门的里边，破颓了的贵宾席，旧式的粗柱子。从窗子到地板的距离，比从窗子到外面草地看去要高得多。我好像觉得自己是在深渊边上，尤其是躺在地板上的幻影朦胧的东西，又不知到底是什么。

外边的同伴方面，站在底下等我的报告，已等得厌烦起来，于是其中的一个也用了我所用的方法爬了上来，一手抓着窗沿，坐落我的身边。

“那个是祷告台啊。”他指着地板上一件奇形的东西说了。

“嗯，那么，那个是蜡烛台了。”

“那个是放《圣经》的桌子。”

“对啦，可是那个是什么呢?”我指着祷告台边一件黑东西问。

“那是神父的帽子?”

“不，那是铅铁桶。”

“铅铁桶做什么用呢?”

“是点香的时候装煤的啊。”

“不，那一定是帽子，等一等，我们有方法看懂的。”

我叫了:“你把带子在这儿缚住，这样一来，就可以下去了。”

“我不高兴，你要下去，自己下去好了！”

“你当我不敢吗？”

“那么，你下去！”

我激昂地把两条带子结住，穿过窗槛底下，把一头交给同伴，自己拉住了另一头吊了下去。我的脚一触到地板，不觉抖索了一下身子，可是抬头望见担心似的从上面望着的同伴的脸，立刻气壮起来。我的脚声响在空洞的教堂的天花板下，黑漆的角落里发出回声。两三只雀儿从二层楼的窝里飞起，从开在屋顶上的大窟窿里啪啪地飞去了。

忽然，我看见一张长胡子的严肃的脸，戴着荆棘之冠，从我们坐的那扇窗子上俯瞰着。这是高屋椽下伏倒着的一副巨大的十字架。

我害怕了，同伴的眼闪闪地闪着光，他带着好奇和同情屏住呼吸。

“你还要走过去吗？”他低声问了。

“去的。”我也以同样的声音回答，鼓励起自己全身的勇气。可是在这一刹那间，发生了一件完全意想不到的事。

起先，我们听见楼上墙屑跌落的声音，以后不知一只什么东西扇起了尘埃，在我们头上动起来。灰色的一个团块，啪啪地打着翼子，升向屋顶的窟窗里去了。教堂内立刻遮黑。

原来一只老枭被我们的声音惊起，从角落里飞了出来。它撑开了翼子在洞口边停了一停，后来就飞出去了。

恐怖的战栗频频地袭击着我。

“让我回来吧！”我对同伴喊着，拉紧了带子。

“不要怕啊！”他像安慰似的回答着，准备让我在天没昏黑之前退出。

但是，突然，我看见他的脸吓歪了，尖厉地叫了一声从窗槛上跳下去，突然不见了。我本能地回身看时，立刻发现了怪异的景象，可是充满我心中的，却不是恐怖而是惊奇。

刚才我们所争论的，起先以为是帽子，后来当作铅铁桶的那个东西，忽然在我们眼前动起来，躲到祷告台的背后去了。

似乎看见一只小小的、轮廓模糊的小孩子的手把这东西端到后面去了。所看得清的便仅是这一点儿。

要说明我当时的心境真有些困难，这不能叫作痛苦，它袭击我的感情，甚至也不能叫作恐怖。

两三秒钟之后，不知在什么地方，好似刚才我去过的那地方，听见三对带着惊慌的孩子的脚音，很快地响了一会儿便听不见了。在这墓中一样的地方，在不能说开的奇异的物象之前，已经只丢下我一个人了。

时间对我已经不存在，所以当我注意到台下压抑一样的话声时，是否这以后的瞬间，还是什么，我可说不出来。

“为什么那人不爬上去?”

“你看，他吓得多厉害。”

第一个很小的孩子样的声音，其次是和我差不多年纪的小孩的声音。我好似还在祷告台的缝隙里看见一对黑眼睛。

“那人要干什么呢?”话声又起了。

“嗯，等着看他吧。”大一个的声音回答了。

祷告台下剧烈地动，台子震摇着，底下钻出一个小小的人影来。

这是年约九岁、身子比我高的、清瘦的孩子，他穿着龌龊的衬衣，两手插进又短又紧的犊鼻裤袋里。黑头发阴森森地覆在眼睛上，像小鬼的头毛。

这不识的孩子突然走出来，还睁着一副孩子们在街头上碰着准备打架时那样挑战的眼色向我走过来，可是我却比以前添了许多勇气。当祷告台下，不，用祷告台遮着的地板上的秘密门里，又钻出一个黄金发的阴气的小脸孔，黑晶晶的小眼睛里充满着稚气的好奇心，凝视着我时，我的气更壮了许多。

我稍稍移步依住墙边，照我们在街上的习惯，把两手插进袋里，这意思是不害怕对手，而且表示不屑的神气。

我们互相对立着用眼睛推量着对手，这小孩把我从头到脚看了一会儿之后，便动问了：

“你到这儿干吗？”

“不干什么。”我回答了，“你要怎样？”

我的敌手从裤袋里拔出两手，好似想打我似的，耸了耸肩。我可是眼都没眨一眨。

“请你尝尝辣手！”他威吓了。

我把胸膛挺出：“打我？你敢！”

这是一个重大的刹那间，其间悬着一重我们未来的关系。我等着他打，而对方仍用着洞穿似的眼盯住了我，一动也不动。

“我也——打你。”我说，可是声音却已柔和得多。

这时候，小女孩子两手伏到地板上，不住地爬着，想爬出门洞来。她落下去又爬起来，终于张着蹒跚的小步跑到孩子那边了。一走到他身边，她便把他拉住，拉到一旁，同时，眼中含着惊异和恐怖，木然地注视着我。

事情便这样决定了。很明白的，在这种情势之下，要打架是不可能了。当然，对于形势不佳的他，我也过于宽大了。

“你叫什么名字？”小孩一边摸摸小女孩美丽的鬈发，向我问了，“我叫作伐莱克，我认识你，你家住在池子边的花园里，你们园里有很大的苹果。”

“嗯，我们园里的苹果很好，你想要吗？”

我像丢给手下败将那样的态度从袋里拿出两个苹果，一个给伐莱克，一个递给小女孩。但她把脸孔躲进伐莱克的身后去了。

“她怕呢。”他说着，把苹果转递给她了。

“你到这儿来干什么呢？”他又问了，“我们也不曾到过你们园子里啊。”

“你要去就去好了，我却是要来啊。”我高兴地回答。

伐莱克把身子一扯，“我不能同你做伴啊。”他感伤地回答。

“为什么不能做伴？”我问了。

当他这样说时，感伤的声音使我也觉得感伤起来了。

“你爸爸是法官啊。”

“是的，法官便怎样？”我带着天真的惊奇问了，“你同我做伴，又不是同我爸爸做伴！”

伐莱克摇摇头：

“季白东不许我们去的。”这名字好似使他想起了什么，他忽然挺了挺身子，继续着说：

“喂，你听我的话，你这人很好，不过还是走吧，在这儿给季白东撞见，那才可怕呢。”

我也想这是应该走的时候了。落日的最后之光一点点地在每扇窗子后边淡去了。镇市看来是很远。

“怎样出去好呢？”

“我教你，一道出去吧。”

“可是她呢？”我指着小女孩说。

“啊，玛霞吗？玛霞也一起来啊。”

“怎么样，从窗子里去吗？”

伐莱克想了一想：

“好吧，这样办好啦，我帮你从窗口出去，我们会从别处走的。”

得了这新朋友的帮助，我爬上了窗子，解下带子，穿进窗档里，我便拉住两头，向空吊了下去。一落到地面，便抽落带子。

伐莱克和玛霞早已走出外面在墙壁边等着我了。

太阳正向小山背后沉去。镇市沉浸在紫霭的雾气中，只有岛上的大白杨树染着落日最后的光辉，看去是闪烁着纯粹的金黄。我觉得自己好似在这古墓地中已过了一日一夜，好像是昨天来的。

“好地方啊！”在鲜丽的暮色中，胸头饱吸着清凉的大气，我说了。

“这地方太冷清了。”伐莱克感伤地说。

“你就住在这儿吗?”当我们三人开始下山的时候，我问了。

“是的。”

“你的家在哪儿?”

我绝想象不到，像我一样的孩子，会没有家住的。

伐莱克仍做出悲苦的样子，微笑了一笑，没有回答我。

我们避开走山崩处的歧道，伐莱克知道平坦的路，拨开了干涸了沼池的芦苇，穿过了一条跨在两股小流上的狭板桥，我们便到上山麓的平原地上了。

在这儿，我们得分手了。我握了握我新朋友的手，以后又对小姑娘伸出我的手。她娇爱地伸出她的小手，抬着黑瞳瞳的眼向我问了：

“你还来吗?”

“啊啊，来的。”我回答，“一定来。”

“嗯。”伐莱克深思着说，“来是好的，只拣我们这些伙伴上街去的时候来吧。”

“你们的伙伴是哪些人?”

“我们的伙伴便是季白东、拉芙罗芙斯基、泰凯维赤、教授那些人——可是只有教授不打紧。”

“好，知道了，我会留心，那些人上街时我会来。再见!”

“喂，你听我说。”我走了两三步后，伐莱克又叫住说，“不许对别人说碰见我们啊，你要对别人说吗?”

“不说，对谁都不说!”我切实地回答。

“那便好。你那些傻伙伴要是问你见了什么，你只说见了魔鬼就是了。”

“好，我就这样说。”

“那么，再见。”

“再见!”

当我走近我们院子的墙垣时，院子的浓阴正向阶前落下。一钩新月悬在古堡之上，星星在空中辉闪。我正想爬墙，忽然有人拉我的臂膀。

“华西理！”弃了我逃跑的同伴中的一个，带着兴奋的喘息说，“是你吗？”

“你不认识了吗？自然是我啊，你们都逃光啦！”

他低下头，但是好奇心打胜了他的狼狈，他问了：

“你在那儿碰见了什么？”

“你想我碰见了什么？”我爽直地回答，“当然是魔鬼嘛，你们都是些饭桶！”

推开了惶愧的伙伴，我爬上了墙头。

十五分钟之后，我已落进深浓的睡眠，梦见自己遇到真正的小魔鬼从教堂地板洞里飞出来。伐莱克拿出白杨树做的鞭子，把它们乱赶，而玛霞张着快活的脸，拍手欢笑。

5. 继续交际

从此以后，我完全爱上了我的新朋友。晚上上床的时候，早间起身的时候，除了想那次到小山去的事情之外，再也不想别的。

我终日在街头遛着，专门留心那班耶奴雪所谓“恶党”的伙伴是不是已全部上了街。如果拉芙罗芙斯基正躺在牧场上，泰凯维赤和季白东正对着他们的听众演说，以及其他漂流的人都在街头上闲走，我便立刻把教堂当作目标，穿过沼地，跑上小山去。这以前，先在衣袋里装满了我们园里允许采摘的苹果，和为我的新朋友特地积蓄起来的糖果。

伐莱克人很认真，他的大人气又引起我的敬意。每次他静静地接受我的礼物，总是藏起来给妹妹的。玛霞拍拍小手，眼中闪着天真的欢乐的光，她的苍白的脸罩上了玫瑰色的笑。而且这小友的笑声，每次都立刻沁进我们的心魄，使我对于为她而牺牲的糖果得到无上的报酬。

这苍白孱弱的小女孩，使人想起不见生命赋予者的阳光而开放的草花。她已经四岁，但只有小而微屈的脚会蹒跚地走，每动一动，便像草瓣似的颤一颤。她的手掌瘦得几乎透明。头像梗上的风信子，巍颤颤地系在颈上。她的眸子，时时失却稚气地现出哀伤的样子。她的微笑，更使我想起等待着最后之日、在微风中飘拂着发丝、坐在开着的窗边时的母亲。因此，每次当我看着她那婴儿般的脸颜，便会觉得悲伤，眼中涨满了热泪。

我不自禁地把她和同年岁的我的妹妹比较，妹妹圆得像一个矮胖和尚，跟皮球般活动得片刻不休。苏尼亚每次玩要起来，总是咯咯地笑。她穿着花花绿绿的衣服，保姆每天在她深褐色的头发上结上大红的绫带。

但我这位小友，几乎跑都不大会跑，笑也笑得很少。她的笑声是隔开十步几乎听不见那样，是最小的银铃般的声响。她的衣衫又脏又旧，比苏尼亚更长更浓的头发上，也没有一条什么绫带。更使我惊奇的，伐莱克能够很珍重地梳结她的头发，他每晨替她梳理。

我是一个蛮孩子，大家说我："那孩子的手脚是装满了水银的。"连我自己也相信这句话，虽然我不明白是谁为什么把水银装进我的手脚。

我们交际的最初几天间，我竭力想把自己的气魄感动我的新友。当我想用以自己的玩意儿引起伐莱克和玛霞快乐的时候，老教堂边的树木就呼啸得特别厉害。可是，我仍旧不能成功。

伐莱克扮着严冷的颜色，两眼不歇地较量我和玛霞两人，当有一次我要她一同和我赛跑时，他这样说了：

"不行，她要哭啦！"

当我喊着跑啊跑啊，要玛霞跑。她在背后听见我的脚声，忽然回转身子，像想保护身子似的把两腕高举头上，张着投在网箩里的小鸟一样的绝望的眼果然就哭了起来，叫我感到刺心的难受。

"你看！"伐莱克说了，"她不喜欢这样玩要。"

他叫妹妹坐在草地上，摘了花投给她，她便止了哭声，慢慢地拾起花来，对着黄金色的金凤花不知喃喃了些什么，把风信子等送到嘴唇边亲亲。我也安静起来，在伐莱克和他妹妹的身边躺下。

"她为什么那样呢？"眼望着玛霞，我向伐莱克问了。

"你说她干吗那样爱静吗？"伐莱克反问了，接着他用绝对深信的口吻继续着说，"那是灰色石作的祟。"

“正是这个。”孩子像轻微的回声似的，重复着说，“那是灰色石作的祟啊。”

“灰色石?”我不懂是怎么回事，又问了。

“灰色石吸尽了她的生命。”伐莱克像刚才一般，两眼望着青空说明了，“季白东是这么说，季白东知道的。”

“正是这样的。”孩子又柔声地重复了一次，“季白东什么都知道。”

我一点儿不懂伐莱克所重复的季白东的话是什么意思，可是季白东什么都知道的这个结论，却也影响到了我。

我撑起手肘，转过身子，望玛霞看。她还是照伐莱克叫她坐时的原样，不动地坐着，仍在拾她身边的花。她的瘦怯的手动得很慢，她的眼睛像苍白的脸上的两个黑伤瘢，上边垂着长长的睫毛。看到了这小小的创痛的身影，不知什么原因，使我悟得了含蓄在季白东言语中的辛辣的真理，好似正有一件东西在吸取小女孩的生命，当别个孩子笑时，她会哭。灰色石到底为什么能这样的呢?

在这儿，对我有一种比古堡里幽灵更可怕的谜。呻吟在地底的土耳其人绝没有这样可怕，老伯爵大概也没有这样的残酷。因为那些不过是故意嚼舌的，古代传说的荒唐的恐怖。可是在这儿，在我们的眼前，却正进行着几乎难信的恐怖。一种无形的、无情而残酷的、石头一样的重东西，正压在这小小的生命之上，狂吸着她颊上的血色，眼中的光芒和手脚中的生命。

“这一定是在晚上吸的。”我想着，心头被一种什么东西绞榨着，隐隐作痛。

在这种感情底下，我终于也抑住了好闹的脾气，使我们的行动不去妨碍这小贵妇人的静寂的严肃。伐莱克和我，把她放在草地上，搜集些花草和美丽的小石子，捉几只蝴蝶，或是用瓦砾替她做弹子。有时也躺在她身边的草地上，仰望着天空和教堂的破屋顶上悠悠飞过的云块，给玛霞讲故事，互相闲谈。

这种闲谈，使我和伐莱克中间的友谊一天天浓厚起来。而且我们的性格虽然完全相反，这些闲谈却还是日日增长，我是兴奋而活泼的，他却有着感伤阴郁的气氛，说到大人时他那明白事理和独立不屈的态度，更获得了我的敬意。他又给我讲了许多我所不知道、想也不曾想到过的事。我留心到他说起季白东时，总是像说起朋友似的口吻，我便问了：

“季白东就是你爸爸吗?”

“当然是的喽。”他好似从没起个怀疑似的，一边想着一边回答。

“他对你亲切吗?”

“好。”这一回比刚才更说得明白了，“他给我们做许多事，常常同我亲吻，对我流眼泪。”

“对我也很好，亲爱得流泪!”玛霞脸上露着稚气的骄傲说。

“我的爸爸可对我不好。”我伤心地说，“爸爸从不和我亲吻，爸爸是很怕人的。”

“不，没有这样的事。”伐莱克反对我的话，“这是你不懂得，季白东可不是这样说啊。季白东说：‘法官先生是镇上最好的人。’他还说，如果没有你爸爸和最近到修道院去的神父，还有一个犹太老人，那镇市早就不成样子啦，这三个人……”

“这三个人怎样?”

“季白东说过，这镇市没坏事，全靠这三个人在救济穷人。你爸爸不是有一次罚过伯爵吗?”

“嗯，有一次，伯爵很发怒呢。”

“嗨，对啦，伯爵受罚，可是件大事啊!”

“为什么?”

“为什么!”伐莱克不满我的话，“伯爵可不是平常人，伯爵欢喜干吗就干吗，赶着马车可以到处跑，况且伯爵有钱。别的法官便会得他的贿，一定把他放过，叫穷人去受罪的。”

“对啦。那一回我听见伯爵在我们家里怒叫：‘我有自由把你们买卖的！’”

“那么，法官先生怎样说？”

“我爸爸说：‘滚出去！’”

“是了，嘿，懂得了吧！所以季白东说，你爸爸会把有钱人轰走，什么都不管。可是患痛风的伊伐诺芙娜婆婆一来，他却亲自搬椅子给她坐。你爸爸便是这样的人，可不是吗？连泰凯维赤都不敢在你家门口吵闹。”

这是真的，泰凯维赤在他的弹劾旅行中，到我家门口总是默默走开的，有时还脱脱帽子。

这话使我沉入深思。伐莱克使我在从未见过的光焰中看见了我的父亲，他说的话，恰恰触动了我心中的血统的骄傲。连“什么都知道”的季白东也那样称赞我的父亲，我是多么高兴。但是，在我的心头，同时也战栗着不歇的创痛着的爱的苦恼，觉得我这父亲绝没如季白东爱孩子似的爱过我啊。

6. 灰色石旁

四五天过去了，那些“恶党”都没有上街来。我带着悲哀和寂寞的心境，胡乱地在街头彷徨，打算一发现他们的影子，立刻就溜到小山那边去。

只有一次，看见教授拖着懒步走来，可是季白东和泰凯维赤都没有影踪。这时候，不能会见伐莱克和玛霞，对我已是很大的损失，我陷入在深深的不幸中了。可是有一天，我正低着头在街头走，伐莱克突然拍了我的肩膀。

“干吗你不到我们那儿去？”他问了。

“我怕……你们那儿的人没上街来啊。”

“啊……原来如此……我说不要紧！他们都不在家，你来好了。我还当有别的缘故。”

“别的缘故？”

“我还当你厌倦了。”

“哪里，没有这回事，现在就去，我还带着苹果呢！”

听到说苹果，他忽然朝着我好似想说什么，可是什么都没说，只做着怪眼向我看。

“不，没有什么！”他见我好似在等他的话，便连忙说了，“你先去山上等着，我还有点儿事，立刻就来。”

我以为伐莱克一定会马上追来，一边回着身子望，一边走着，可是直到走上小山，走到教堂，还是没见他来。我站下来，不知怎样才好。

在我的面前，静静地躺着荒凉沉默的墓地，全无些微的人气，只有瓦雀儿在阳光中啼叫。紧接在教堂南壁下的山樱、忍冬和小丛林飘拂着浓密的芦苇，好像在悄悄互语。

我出神地向四围张望，到底怎样办呢？当然，除了等伐莱克来，再没别的办法。这样，我只好无聊地念念遍满苍苔的碑铭，在墓地上走来走去。

正在坟墓间闲躺的时候，忽然发现了一个大而半坏的墓椁。屋顶大概已被人拿动或被风雨打坏了，歪在一旁，门口张着木板。好奇心使我把十字架靠住墙壁，爬上去向里面望，里面完全是空洞的，可是有一扇玻璃窗嵌在木板地的中心，窗子下便是一间黑幢幢的地底房。

我向这墓中望着，觉得这窗子张得怪。正在惊奇之间，伐莱克已累得气急呼呼地跑上小山来了。他两手抱着一大块犹太面包，上衣袋里高高地突起一件什么东西，脸上流着热汗。

“啊哟！”见了我他便大叫，“在这里吗？给季白东看见，他会发火啊。可是现在来不及了，这是我们住的地方，你千万不要对别人说！来，一起走！”

“到哪里去，远吗？”

“马上就知道了，跟我来。”

他拨开了忍冬枝和芦苇梗，向教堂墙下的林丛中走进去了。我跟在他背后，发现自己已到了刚才遮在浓荫中全没见到的、一块已被人脚踏得很实的小小的地面上。

山樱树的树干中，有一个很大的窟窿，从这窟窿可以走下一条泥做的阶梯。伐莱克在前面站着，叫我跟上去。

两三分钟之后，我们已在地底的黑暗中。伐莱克拉住我的手，走过一条潮湿狭窄的路，好似向右拐了一个弯，我们便走到广大的教堂底下的窨里了。

被一种想象不到的形状惊愕着，我在进口处站住了。两条强烈的光线从头上落下，画出横穿地底的黑暗的两条光线。这光是从两扇窗子里射进来的，一扇便是我刚才所发现的，另外的一扇一定也是同样造成的。

太阳光并不直接照进窗子，是从上边墓椁的壁上反射下来的。这光线散进地底灰色的空气中，落在地面的石板上，再从石板上做一度反映，散出灰暗的微光，照满地底室的全部。墙壁也是石砌成的，几根粗壮的大柱从地上屹立起来，撑开四边的石的穹窿，最后又托住了上面的圆屋顶。

两个人影坐在地上的微光中，老教授低垂着头，嘴里喃喃自语，正拿着针线缝补破衣。我们走进去时，他连眼都没抬一抬。当他两手的微微的动作停止的时候，他的灰色的影子会叫人看错是一座怪形的石像。

另外的一扇窗子下，玛霞正坐在草花堆边，照例在拣着花草，一丝光线落上她美丽的卷发，使她全身闪出明亮的光辉。可是她的紧靠在灰石背景上的渺小的朦胧的神情还依然如故。每当云影横过大地，遮淡了太阳的光，这背景便吞进黑暗之中，消去了影踪。但太阳重新辉耀时，这冷酷的石块便又现影，紧紧地神秘地拥抱着这女孩的身子。

忽然我想起伐莱克所说的吮吸玛霞的快活的“灰色石”来了。我的心坎闪出迷信的恐怖，觉得有一种目不能见的、可怕的灰色石的眼光正贪心地注视着她，地底室正两目炯炯地望着它的饵食。

“伐莱克!”玛霞一见哥哥的影子，便快活地叫。看见我在她哥哥的身边，她的眼中闪了闪微弱的光辉。

我把带来的苹果给玛霞，伐莱克把面包拗成两段，一段留给她，一段给了教授。这不幸的学者，随手接了这礼物，也不停一停手上的工作，动着嘴就咬。我的身子战栗起来了，灰石的追人的注视，堵住了我的呼吸，我再也不能忍受了。

“走吧！到外面去……”我拉了伐莱克的臂说，“那孩子也带着一起走。”

“好吧！玛霞，一起到上面去吧！”伐莱克唤他的妹子。

三个人走出地底室，到了太阳光下，我还不能安静，感到一种异常紧张的气氛。伐莱克也比平时更悲愁更沉默。

“面包你在街道买来的吗？”我问了。

“嘿？”伐莱克笑了，“我哪里来钱？”

“那么怎样？讨来的吗？”

“嗨，差不多。可是谁肯给我面包呢？不，不，兄弟，那是在市集上犹太婆子的铺子里抓了来的，婆子她没有见到。”

他坦然地仰躺在草地上，成一个大字，满不在乎地说。我撑起了身子注视着他：

“那么，是偷来的了？”

“对啦！”

仰眼向着天，两个人好一会儿没有言语。

“偷是不好的！”我的胸头充满着悲哀的迷茫，忍不住说了。

“我们这儿的人都不在家，玛霞肚子饿得哭了。”

“是啦，我要吃！”小女孩天真地说。

到这时候为止，我还不知道饿肚子是怎么回事。可是听到这小女孩的话，不禁胸头跳动，注视了我的友伴，好似第一次见面似的。

伐莱克仍然躺在草上，沉思地望着回翔天空的苍鹰，他已没有什么感动的样子了。再看看两手捧着半块面包的玛霞，我的心头立刻停止了鼓动，感到一种从来没有过的心情。

“干吗你！”我终于问了，“干吗你不早对我说？”

“我本想说，但后来想想，还是不说了。你自己并不是有钱！”

“那么，那样不好吗？我可以从家里拿面包来。”

“什么？偷偷儿拿来？”

“嗯……”

“那么，你也是偷啦？”

“不过这是爸爸那儿的啊。”

“这可更坏！”伐莱克坚决地说，“我决不偷爸爸的东西。”

“那么，向他要也可以啦，爸爸一定肯的！”

“那也不过一次两次，况且你爸爸绝不肯老把面包给街上叫花的啊。”

“你……是叫花吗？”我低声问。

“对啦，我们都是叫花。”伐莱克老实地回答。

我默不作声，过了两三分钟，便站起来走了。

“你要走了吗？”伐莱克问。

“嗯。”

这一天再不能跟以前那样和伐莱克、玛霞一起玩，我只好回去。

我对他的那种纯粹天真的爱早已着了污点，我对伐莱克、玛霞的爱虽没有减，可是终于混进了创痛的怜悯，变成燃烧一般的心的疼痛了。

一到家里，我很早就上了床，我已不知道要把这燃灼全心的新的痛苦放在何处才好，我埋头在枕下痛哭起来。

这时候，慈爱的睡神来了，用她那柔和的呼吸吹去了我的痛苦。

7. 季白东来了

“早啊！我只当你不会再来啦！”这是第二天我上小山时伐莱克对我的招呼。

他为什么这样说，我是明白的。

“哪里？我永远要来的。”我明白地回答，觉得这样一说，总不会令他再怀疑。

伐莱克听了我的回答，立刻显得长了许多精神，于是大家安了心。

“你们那些人到底在什么地方？”我问，“还没回来吗？”

“还没回来啊，我也不知到底怎么回事，只有上帝知道。”

我们快乐地劳作起来，用我带来的线造了捉麻雀的阱。我们叫玛霞把线头捏住了，假使撞到大雀儿飞进阱里来，玛霞便拉一拉线头，盖子立刻会覆在鸟儿上面。

这时候已是晌午，天空忽然阴暗起来，黑云密阵阵地布上天空，哗啦啦的雷声中，还听见狂风的怒吼。本来我不愿意爬进地底室去，但想想，伐莱克跟玛霞不是整天整晚住在那儿吗？于是便硬生生抑制了厌恶，和他们一起进去了。

在地底室中，四周都是黑暗而阴沉，可是头上却有一种雷鸣似的声音，像大车拖过板桥上一般。一会儿我就习惯了这地底室，而且我们一同快活地看那落到大地上的粗大的雨点。雷声引起了我们的兴致，大家想找些玩意儿。

“好，我们来捉瞎眼鬼!”我说了。

他们包了我的眼睛。当玛霞孱弱的小脚在石地上横跑的时候，她便轻轻地笑着，来赶我了。这期间我突然发觉了，自己是撞在一个又湿又大的东西上，几乎把身子跌倒。同时，我感到有人捉住我的脚。一只强大的手臂把我从地上提起，倒竖在空中。我的包眼布落下了。

捉住我的是季白东。我眼珠骨碌碌转着，发怒了，身子抖得像落汤鸡，从底下倒望上去，比什么时候都怕人。

“这到底怎么回事?”他盯着伐莱克，凶凶地问，“你倒这样开心，找到好伙伴啦!”

“放了我!”我喊着，很奇怪的，自己在这样的姿势下，还能张口说话。可是季白东还硬生生捉住我的脚。

“你说!”(他用法文说。)他凶恶地命令伐莱克。伐莱克在这困境中，两只手指插进嘴里，好像表示无话可说。

可是我看见在他的两眼中充满着怜悯与同情，守望着像钟摆子般倒挂着的不幸的我。

季白东把我提起，细细瞧着我的脸孔。

“啊哟，我的眼睛没有骗我，这可不是小法官少爷吗?干吗我们这僻居陋室会得到少爷的光临哪!”

“让我走吧!”我倔强地喊。

“立刻让你走!”

于是我本能地两脚向上乱颠，而结果却不过身子翻筋斗。

季白东高声大笑了。

“哈哈哈!法官少爷好没气力!好好听我说，你还不很知道我们。‘季白东便是这样一个人。’(这句话又是用法文说的。)我就这样把你烤在火里，跟烤小猪一样把你烤着吃了。”

我想这是我的难逃的命运了，尤其是伐莱克这张绝望的脸更预言了这悲惨的结果。幸而是玛霞跑过来救了我。

“不要怕，华霞[①]！不要怕！”她两手环抱着季白东的腿，这样安慰我了，“他不会把小孩子烤在火里的，他骗……骗你的啊。”

季白东很快把我转了正常的姿势，放落地上。我的头目晕眩，快要倒地。他却一手扶定了我，然后坐在一段大木头上，把我放在自己的两膝间。

“到底，你怎么会到这儿来的？”他问了，“来过好久了吗？你说你说！”

他见我不肯回答，便回身向伐莱克。

“好久了。”那孩子回答了。

“大概几天了？”

“今天第六天。”

这回答好似使季白东高兴了。

“啊，六天了！”他说着，把我转一转，和他打过照面，“六天可是很久了……那么，你对人说过这地方吗？”

“不，没有对人说过。”

“真的吗？真没对人说过？”

“‘好。’（他又说一句法文。）以后也不许对人说。我每次在街上碰见你，总觉得你是好孩子。你虽是个法官先生，可还是一个道地的小流氓，你到这儿来探我们来的吗？”

他的口气很和善，可是把我的感情伤得太厉害了。我不高兴地说：

“我不是法官，我是华霞。”

“华霞而又法官，这可没关系……现在虽然不是，以后便会是，都是一样的。喂，比方说：我是季白东，那个是伐莱克，我是叫花子，他也是叫花子。老实说，我会偷盗，他也会偷盗。你爸爸现在

---

① 华西理的爱称。

要裁判我，喂，你也会裁判伐莱克的啦，怎么，懂得吧？”

“我不裁判伐莱克。”我阴气地回答，“你胡说。”

“他不会裁判伐莱克。”玛霞仰望着季白东，哀声地打破了这可怕的空想。

她换了他的另一只腿，他便伸着蒲扇大手抚摸她的鬈发。

“说这句话还太早呢。”这怪人深思地说，又对着我，像跟大人说话似的，杂着许多拉丁话说了，“不要这样说，孩子，这是自古以来便决定了的，大家都有不同的命运。无论什么人，都不能不走决定了的路的。你走的路和我们不同，也许正是好的，这对你一定是相配的，因为在你胸中的不是冷冰冰的石头，是像人样的心，这是好的……你懂得吗？”

我什么也不懂，只是两眼盯住这怪人的脸。他的眼睛也注射着我的眼中，而且在这眼中，朦胧地闪烁着一种力量，洞穿到我灵魂的深处。

“当然你不懂，你还是孩子，所以我简单说一句。到你大了起来，你可以想想哲学家季白东的话。万一有一天你要审判这孩子，你该想想，连你们两个都是什么都不懂的小孩一起玩耍的时代，你还是走着穿好衣吃好食的人的路，而伐莱克呢，却老是饿瘪肚子，穿着破烂过活的，只要想想这便好了。而且在那天以前，还有一件事你不能不记着，”突然变了口调，他这样说了，“你在这里见到的一切，如果在你爸爸前动一动嘴，不，漏一声气，我的名字便是季白东·特拉勃，一定把你烤在炉子上当烤肉吃了，你懂吗？”

“我对什么人都不说……所以……可以再来吧？”

“再来也可以，我答应你……可是你还是傻子，不懂拉丁话。我已说过了，把你当烤肉吃……好好记着啊！”

他放开了我，便倒在墙角的长椅上，伸脚躺手地睡着。

“把那个拿过来。”他指指进来时放在门口的大皮包，对伐莱克说，“生些火准备中餐吧。”

在我的眼中，他现在已不是刚才吓我的人，也不是为了几个零钱讨好街上人的小丑了。他已恢复了他一家之主的地位，好像做了整天工回家的人，对家人发号施令了。

他样子很疲劳，衣服全被雨水淋湿，湿头发贴在脸上是一副精疲力尽的神情。在那个酒馆子里说书人的脸上发现这种神情，这还是第一次。这个在人生的舞台上演完了最吃力的戏、这么休息着的演员的脸上，看得出人生惨淡的光霭，使我的心中充满了痛苦和惧怕的感情。这是老教堂对我许多启示中的一种。

伐莱克和我两人早就动起手来。伐莱克燃起了一个小小的火堆，我们一起到地底室旁边的暗廊下去，在那儿堆着腐烂的木料、十字架的断片、旧板等等，我们搬取了一些来，装进火炉里，把火烧起来。以后我便只好退过一边，看伐莱克手快脚快地烧菜。

约过了半个钟头，汤在火上的锅子中汩汩地滚出来。在还没烧好之前，伐莱克又在一张粗劣的三脚台子上放了一只铁皮锅子，锅中浮着几片肉，腾腾地冒着热气。季白东站起身来了。

“好了吗?”他问，“好，不错。给我们一起坐下吧。孩子，你大概吃了中饭吧。喂，特米内!”他又向教授叫：

“快把你那破皮放了，一起来。”

“马上来啦。”教授低声答应。从他嘴里听见这样清晰的声音，着实教我吃了一惊。

可是季白东的声音在他身中所叫醒的意识，只是一个闪烁，没有现出第二次。老人把针头刺进破衣里，在一团当椅子用的木块上，懒慵慵地胡乱坐下了。

季白东把玛霞放上自己的膝头，她跟伐莱克两人饕餮地大吃着，表示现在放在他们面前的菜对他们几乎是少有的盛席了。玛霞还舔舔自己小指头上的汤汁。季白东一边吃一边一次次地停下来，好似忍不住不言语似的，朝着教授开言了。

可怜的教授，每次总是专心一意地、好似完全懂得季白东的话，很聪明的神气，侧耳静听。有时他还点点头，发出微声的吟哦，表示同意的意思。

“喂，特米内，人这东西，只差一些什么，万事就好办啦——不是吗？这么把肚子一装饱，以后，便只有向上帝……和罗马天主教神父谢恩了。”

“嗯嗯！”教授同意了。

“你也同意吧，特米内？可是你不知道神父同我们有什么关系吧？没有那神父，我们就不能像现在这样油润地吃了。”

“这是神父给你的吗？”我问了。

“这孩子好奇心真强，特米内！”季白东接着说，“当然，是神父给我们的，可是我们没问他要过，而且这位神父不但左手不知右手干的事，连两只手都是不知道的呢。吃吧，特米内。”

特别啰唆的话中，好容易我才懂一些的，便是——我们这顿午餐，并不是用普通方法得来的。于是我不禁又发了一个质问：

“这是你……自己拿了来的吗？”

“这孩子，干吗这么糊涂！”季白东接着说，“可惜你没看见那个神父。这神父肚子大得跟装四十加仑①的酒桶一样，多吃点儿东西一定有生命的危险。可是我们这些人，不但不胖，还瘦得太厉害啦，稍微吃他一点儿，也不会罪过。我这话对不对？”

“嗯，嗯！”教授又深思地唯唯。

“嘿，好啦！这会儿我可懂得你的想头啦。我当这孩子的头脑比学者先生还聪明些呢，可是说起这神父来，当然只会教了他的乖，叫他下次当心点儿。我们东西是拿来了，以后他会把杂物间的门闩装得结实些。可是……”他忽然转身向我大叫，“你还不懂事，不明白的事多着咧。可是她却懂得的，玛霞，你说，我给你拿肉来，是不是好事？”

---

① 英美容量，每加仑约合三四升。

“是的是的!”小女孩回答了，她的碧玉眼睛闪着柔和的光，“玛霞要吃吃。”

黄昏的时候，我走上回家的路。

我的头脑有些迷茫。季白东的怪论，把曾经一时间占领我胸头的“偷盗不是好事”的信念动摇起来了，比我以前所感到的痛苦反而更为强烈。那些人，是叫花，是贼，是没家的！好久以来，就从四周的人那儿听惯侮辱他们的话。我感到侮辱的一切毒汁在我的心坎深处涌腾上来，可是我却本能地从这痛苦中保护我的爱感，不许让它们混合。这种在我心中的暗潮，结果使我对于玛霞和伐莱克更加强怜悯的心情，我的爱并不减少。“偷盗不是好事”这信条在我心中完整地留藏着，而想象中，见到了我的小友舔她小手指上的汤汁，我又高兴起来，体会到她的欢喜和伐莱克的喜欢了。

第二天傍晚，我在园中暗沉沉的小路上不意地碰见了我父亲。他还是老样子，张着一对奇怪的空洞的大眼，凝望着面前，在来回地踱步。见我在他身边，便把手放在我肩上。

“你在什么地方?”

“我……我散步回来。”

他深深盯了我一眼，好似想说什么，但眼睛立刻又移开去，打了一个奇怪的手势，向前面走去了。这时候，我是懂得这举止的意思的，这便是：

“嗯，还有什么办法，她已不在这世界上了。”

我几乎生来便是说惯谎的。

我从来就怕父亲，可是现在更加怕了。我的胸中装满了一个迷茫的疑惑的世界，父亲能够了解我吗?我能够对得起朋友，对父亲告诉什么事吗?想到我跟“恶党”的交际，迟早会被父亲知道，我战栗起来了。可是违背伐莱克和玛霞……不，我决不能，我的决心是有理由的，因为如果我违反了条约，欺骗了他们，我一定会害羞，不敢第二次在他们面前抬起眼睛了。

8. 秋　天

秋天渐渐地到来了，田野中的谷物都已经结实了，森林中的树叶慢慢地变成黄色。和秋天的到来同时，玛霞的身体也坏起来了。

她并没说什么病痛，只是一天比一天地瘦弱了，她的脸色更苍白，眼眶更暗大，甚至她要抬起垂倒的脸也很困难了。

我已经不管“恶党”们在不在家都可以上小山去了。我完全同他们习熟了，他们的栖流所已经跟自己的家一样。

“你是一个好孩子，会成大人物的。”季白东对我这样预言。

“流浪者”中年轻人用榆树做弓箭送给我，红鼻大汉骑枪兵教我练体操，倒提着我的身子，像树叶般地旋舞。只有教授和拉芙罗芙斯基好似对于我的存在全没关心，教授照例在他那沉梦中，拉芙罗芙斯基不喝酒时，总欢喜躲开一切与人的交际，孤零零蹲在角落里。

他们跟季白东不住在一起，季白东和他的“家人”一同住在我已经说过的地底室里，别的伙伴住在和他隔开两间小房的同一样子而比较大许多的地底室，那边比我们这屋子更暗、更湿、更阴沉。墙边到处有凳子和当凳子的木段头，凳子上铺着厚厚的破布，便算是床。

屋子里阳光照到的地方，有一只木匠用的凳子，季白东和其他的人坐在这凳子上，有时做些工。“恶党”中有一个鞋匠和一个桶匠。但是除季白东之外，其他都是饿得要死，什么也不会做，照我所见，他们都没有一行拿手的本领。这屋子的地上总是很杂乱，散满着木头锯屑和垃圾之类。季白东虽时时呵斥这些居人，叫他们打扫整理，可是我受不了那边污浊的空气，尤其因没醉酒的、阴沉沉的拉芙罗芙斯基住在那边，总不大走进去。拉芙罗芙斯基不是披散长发捧着头坐在凳子上，便是从这边到那边忙忙碌碌来回踱步，两者之间必有其一。他从头顶到脚尖喷出一种怕人的阴森气，使我的神经无法忍受，但他那些同伙却已习熟他那副神气了。

"泰凯维赤将军"老拿着自己为街上人作的要求书、可笑的辩护书和讽刺文等等，叫他誊清，或是托他写准备到街上张贴的匿名榜。这时候，拉芙罗芙斯基便轻轻走到季白东房中的桌子边，长时间地危坐着，发挥他的名笔，写出美丽的稿子来。有两三次，我看见他醉倒了，让人家把他从地上拖进地底室来。不幸的脑袋东倒西歪地晃着，直躺躺地被拖着的两条腿啪啦啪啦地从石级里落下。脸色惨淡，眼泪流满两腮。我跟玛丽[①]俩靠紧了身子，远远望着这副光景，伐莱克恬然混进大人堆里，捉捉这醉汉的手，按按他的腿，又撑撑他的脚。

在街头这位专做滑稽剧的、使我觉得有趣的人，在这儿，却当我的面演尽了他的丑态，使我稚气的心中罩上了沉重的阴云。

在这儿，季白东所作所为是没有一个人能反对的，是他发现了教堂下的地底室，是他把这儿占领下来给同伴居住，所以同伴间对他唯唯诺诺，唯命是听。这些失尽了人气的人们，从没有一个对我起过一点儿恶意的怀疑，大概也为了这个原因。

从现实的人生经验中得到了种种见识的今天，我觉得在他们之间也确有腐败堕落的恶德。可是包在过去云雾中的那班人物和地底室下的景象一浮上了我的记忆时，我所见到的已只有悲剧、贫穷，以及深沉而又深沉的悲惨。

---

① 玛霞的本名。

啊，少年时代啊！啊，青春哟！你真是多么厉害的理想主义之源泉！

秋天终于到来了，天空阴暗的时候愈来愈多了，四周的田野沉在雾气的薄暗中。雨水哗哗地流满地面，雨声单纯得像哀伤的音乐，反响在地底室中。

遇到这种天气，我要溜出家里是很困难的，因为我不能不躲过家人的眼睛才溜得出来。淋湿了回到家里，我在火炉前挂起湿衣，悄悄地爬进床里。这时候，下人们和老乳母一定说出许多碎言杂语，我只好冥然忍受着。

每次我去找我的朋友，总看见玛霞的健康一点点地恶劣起来，她已不能再走到新鲜空气中去了。那个灰色石——眼不能见的沉默的怪物，却无休无息地捣它的可怕的鬼，吮吸她的小身体中的生命。近来这小女孩的时间大部分都在床上度过。

伐莱克和我两人想尽了力所能及的一切方法，慰乐着她，引起她的清脆柔和的笑声。

已经成为“恶党”之一的我，现在这小女孩的悲寂的微笑已变得跟自己妹妹一样的亲热。但在玛霞的身边，不能使我想起自己的不良行为，反而感到我每去一次，玛霞的脸上便泛上血色。伐莱克像弟弟一般地拥抱我，甚至季白东也时时脸上浮起奇怪的表情凝望着我们三个。这时候，在他的眼中，辉闪着眼泪似的东西。

有一天，天气很好。

空中万里无云，太阳像在冬天到来前最后偷一下懒似的映照着大地。我们把玛霞带到太阳光中，看见她好像重新显出精神来。她张大眼睛向四周望，血色又泛上她的双颊，挟着清新冷气的在她头上吹拂的风，好似她的被灰色石盗去的血，重又返还了她几分。可是不幸的是，这却并不长久。

这期间，云又在我们的头上笼罩起来。

有一天早晨，我照例在园中的小径上走过，忽然发现父亲和古堡里的耶奴雪老头儿两个。耶奴雪缠住我的父亲，正不住点头拨脑地说着什么。父亲扮着阴沉严肃的脸色面对着他，眉宇间露着愤怒的皱纹。最后，父亲拂了拂手，好像把耶奴雪推开似的说了：

“去吧，去吧，你这老头儿老是啰唆不清。”

老头儿眨眨眼睛，手中拿着帽子跑近一步，挡住了我父亲的面前。父亲眼中发出怒来。耶奴雪语声很低，听不出他在说什么，可是父亲的断断续续的回答，却很清楚地跟鞭子声一般地落进我的耳朵。

“这种话我一句也不能相信……你干什么一定要把那些人迫得山穷水尽呢……我不能听你一面之词。你要提出书面，就得要证据……快闭住嘴……你要提出便提出……总而言之，是没用的。”

他终于把耶奴雪推开，使老头儿再不敢胡缠。父亲从另一条路拐了弯，我乘机溜出大门。

我最讨厌这古堡的老猫头鹰，心头感到一种凶兆而战栗了。我知道自己窃听到的谈话一定是关于我那班友人，或许是我自己。

我把这事告诉了季白东，他又做了个怪怕的脸。

“嗯，孩子，这是个恶消息！那只老狐狸！”

“我爸爸把他赶走了。”我想安慰他。

“孩子，像你爸爸那样好的法官，正是从所罗门①时代以来没有的，可是你知道‘黑名单’这东西吗？当然，你不知道，但你总该知道‘履历书’这东西的吧，嗯？知道吗？‘黑名单’便是不能在乡下法庭服务的人的履历书，万一这回事被那老贼嗅出来，把我的履历告诉你爸爸，那时候，那里，我可以对天上的圣母发誓，我可不能不抓在法官老爷的手里了。”

“我爸爸可不是这样凶恶的人啊！”我记起伐莱克对我说的话来。

“不，不，你爸爸绝不是凶恶人，你爸爸是好心的人。大概耶奴

---

① 古代以色列的王。

雪所说的，他已经都知道，只是不出口罢了。他一定觉得不必再追究这没牙齿的老狮子。可是，我怎样对你说明呢？你爸爸是服务于名叫法律这位先生的人，只有当法律好好睡在床上时，他才有着眼光和心肠。如果这先生从床上爬起来，跑到你爸爸那儿说：‘法官老爷，我们把那叫季白东·特拉勃的人调查一下吧！’这时候，法官老爷的心里便锁起大锁来，于是法官的手爪尖锐起来，只要地面不反转，季白东便难逃得掉了。懂不懂？不但是我，我们大家都为此尊敬你爸爸的呢，他是忠实于法律这位主人的，这种人确实很少。如果服务法律的人都跟他一样，法律便可在床上高枕静卧，不必张开眼睛了。我所苦的，便是好久以前，我曾同法律吵过架……就为了这，这一回可吵得厉害！”

季白东这样地说着，站起身子，拉了玛霞的手，带她一直走到后面的屋角里，跟她亲吻，把自己乱发蓬蓬的脑袋倒在她小小的胸膛上。

我被这怪人的怪话所造成的印象迷住了，一动不动地凝立着。虽然他的话风是空想而难解，无可捉摸，我却完全懂得季白东所说的真意。于是父亲的影子便在我的想象中更动人地，几乎可以说庄严地出现了。

这时候，蕴藏在我胸头的另外一种更痛苦的感情也增加了他的动力，“爸爸是这样的人！”我想，“所以他不爱我。”

9. 玩　　偶

晴和的几天，又像穿梭一样过去了，玛霞的身体重新又坏起来。好久以来，我们想尽一切方法来安慰她，她的又大又亮的眼睛还是一动不动地瞪着，没有一点儿笑声。我开始搬我的玩具到地底室里来，可是这一切也仅仅在短时间内使她快乐罢了，于是我便决心要求妹妹苏尼亚的帮助。

苏尼亚有一个大玩偶，披着美丽的长发，脸上抹得红红的，这是母亲在世时给她的，我深信这个玩偶一定有很大的力量。因此有一天，把妹妹叫到园角落里，问她借了。我很热烈地要求把那个没有自己玩具的病女孩活活地描写给她听。苏尼亚本来一天到晚舍不得这个玩偶，终于借给我了。她和我约定，在几天中玩别的玩具，决定把这个玩偶忘记。

这个服装华美的、瓷器脸的青年贵族女子对于玛霞的影响，引起了我最高的希望：一直像秋花一般日渐枯萎的这个女孩，好像忽然增长了精神，她得到了这玩偶之后，怎样紧紧地拥抱我！多么愉快地笑着，对这位新朋友低语。玩偶几乎对她做了一个奇迹，久未离床的玛霞开始抱起这位美丽的小姐在地上走来走去，弱小的脚已能像以前一样跑动几步了。

同时，这玩偶却使我担了不小的心事。第一，我把她藏在上衣下，走到小山上去，路上碰见了耶奴雪，这老头儿回头望了我好久。

以后过了两天，我们那老保姆发觉到玩偶失踪了，尖着鼻子在四处乱找。苏尼亚故意说她不要那玩偶，那玩偶一定到外面散步去了，马上会回来的，免得保姆多心。这种孩子气的笨拙的话更引起保姆她们的疑心，使她觉得这还不单纯是玩偶失踪的问题。

父亲本来什么都不知道，有一天耶奴雪来了一次，比上次更凶地被赶了出去。可是一天早晨，父亲在园门口把我叫住，不许我出去。第二天又同样，直到第四天，趁父亲还没有起来，我爬出了墙头。

小山方面，情形也特别恶劣。玛霞又睡倒床里，病势不好，脸上泛出奇怪的红光，美丽的鬈发蓬乱在枕头边，她已不认识人。在她旁边，玩偶做着桃红色的脸，张着茫然的大眼躺着。

我对伐莱克说了我所遭到的危险，两人的意见，觉得非把玩偶带回家去不行，同时玛霞似乎也不关心玩偶了。可是我们错了，当我从这女孩似乎无知觉的腕中拿出玩偶时，她忽然张开眼来，也没看我，似乎连她自身也不知发生了什么事似的向四周望望，接着忽然低低地，但是其实是很悲抑地哭了起来，同时在乱被窝下的她的脸上涨起了深深的悲痛。我吃惊地忙把玩偶放回原处，女孩便微笑着把玩偶拉到胸口，又安静起来了。我觉得要把玩偶从她那儿拿走，实在是夺了她短短的一生中最初，同时又是最后的欢喜。

伐莱克羞涩地对我望望。

“怎么办呢?”他悲苦地说。

季白东低着像打碎一般的脑袋坐在凳子上，也疑问似的向我看着。我尽力装着不在乎的样子说：

“不要紧，保姆大概会忘记的。”

可是老婆婆没有忘记。这天我归家去，又在园门口遇见了耶奴雪。苏尼亚的眼红着，保姆向我白了一眼，没牙齿的嘴巴不知咕噜些什么。

父亲问我到哪儿去了，很注意地听我那照例的回答，只说了以后不得他的允许，不准乱跑一步。这个绝对的命令全无反对的余地，我既不能违抗，同时又不敢开口请求让我去看我的朋友。

闷闷地过了四天，我只是沉郁地在园中走来走去，遥遥向小山那边张望，头脑中只等待预想中的暴风雨的到来。

没有一个人责备我，父亲连指尖也没在我身上碰一碰，从他的嘴里我没听到一句重声的言语，但是快要到来的一种压迫样的预感却深深地痛苦着我。

终于父亲把我叫进他书房里。我打开房门，不安地在门口站下，忧郁的秋阳照进窗来。父亲坐在母亲照相前的沙发上，到我进去以前，没转一转身子。我听见自己心头跳跃的声音。

父亲转身过来，抬起眼睛，立刻又低下。父亲的脸令我害怕。

过了三十秒钟，我觉得他那严厉的眼像刺一般地盯住了我。

“你拿了妹妹的玩偶吗？”

这声音几乎使我战栗起来，很锐利地落进我的耳管。

“是的。”我低声回答。

“那么，你知不知道这是你妈妈的遗物，你们必须重视它！你是偷的吗？”

“不。”我抬起头来回答。

“你怎能说不？”父亲忽然厉声地说，“你一定把它偷了！拿到哪儿去了？快说！”

他快步走到我的身边，把重重的手放上我的肩头。我好容易才抬起头仰望。

父亲的脸色很苍白，自母亲去世以来，他眉宇间蕴积着的痛苦的皱纹还是没有消去，但是今天，他的眼中却闪着愤怒的光。我偷偷后退一步，我在眼睛中看见一种疯狂——或憎恶的光。

“好，你拿到哪儿去了，快说。”压在我肩头的手力比前更重了。

“我……我不说。”我低声回答。

“不……我要你说！”父亲大声地说，语声中已含着恫吓。

“不说。”我的声音更低了。

“说，快说！”

他重复含混的声音，像忍住了痛苦才说出口来一般。我已觉得他那手的战栗，听到沸腾在他胸头的愤怒。我的头只是低下去，眼泪一滴滴地滴在地上，但我还是重复着几乎听不见的声音：

“不，我决不能说，决……决不能说。”

这真是我父亲的儿子，在我的身中回答，就使受了敲问，也决不能从我的口里漏出一句真相来的。在我的胸中，涌起了受虐待的孩子的几乎无意识的被伤害的感觉，和对于父亲要我背叛的那些人们的热爱。

父亲重声地叹着气，我又后退了一步，痛苦的眼泪流满我的脸上。我等待着。

我很难写出那时候我的感觉。我明明知道沸腾在他胸中的愤怒，以及我的身子也许立刻会突然受他暴乱的击袭。他会对我怎样呢？他会把我掷开吗？他会把我打烂吗？可是我完全不害怕，在这恐怖的一刹那间，我甚至爱起他来了。同时又本能地觉得我会因他这疯狂的举止打碎这个爱，把刚才在他眼中所见到的憎恨的小火焰永远铭印在我的心中。

我已完全失去了恐怖的心，突然有一种大胆的挑战的心情开始在我心中鼓动，终于我只盼待那快要到来的大破裂的刹那。

“就这样好了……对啦……就这样好了……”

父亲又重重地叹了口气，我已不再抬头望他，我只听见他的叹声，沉长的、深深的痉挛般的叹声。

这时候，我还全不知道他已抑住了他的愤怒呢，还是正要突发意外的事。正在这紧要的千钧一发之间，我看见季白东忽然在窗口出现，嘴里这样地喊着：

“啊，在这里吗？我的可怜的小朋友！”

“季白东来了！”这想头在我的胸中一闪，但是他的到来却没给我以别的什么印象。在这一生的紧要关头上，我又完全迷茫住了，既不留意肩膀上的父亲的战栗的手，也全没想到季白东的出现，或其他的外部的东西会进来做父亲与我之间的仲裁。我只觉得这是不能逃避的命运，只有横着愤怒的心等候，绝想不到有防止的可能。

季白东急急地推开门房，他立在门口，他的刺一般的大山猫样的眼睛把我们愣住了。

直到现在，我还清清楚楚记得那时的一切情景。一刹那之间，冷冷的恶意的嘲笑浮起在季白东的碧眼中，闪过他的怪相的脸，可是仅仅一刹那，接着，他昂一昂头说了：

“啊哟，不要让我们这小朋友为难啦!”

这声音之中，比他那些老调的嘲弄更带着深沉的悲感。

父亲像威吓似的抬起阴沉的眼望他，可是季白东却满不在乎的，他的脸色立刻变成严肃，失去了嘲弄的影子。在他的眼中，泛溢着惊人的悲色。

“法官老爷!”他慢吞吞地说，“你是个正人君子，让这孩子走吧！这孩子虽然入了‘恶党’，可是什么坏事都没有干过，这是上帝知道的。这孩子的小心牵引我们那些伙伴。我可以对圣母马利亚发誓，你如要绞我的头也没有关系，可是因他做了我的伙伴，要使这孩子吃苦，我是不能答应的。你的玩偶在这儿。”

他打开一个小小的纸包，把玩偶拿出来。

抓住我肩头的两手松了开来，父亲显出很吃惊的样子。

“这是怎么回事?”终于他开口问了。

“让这孩子走吧!”季白东把大手掌摸摸我低着的头，重复着说了，“你要恫吓，我可什么也不会说的。你要知道的事，让我好好儿给你讲吧，老爷请一同到别室去。”

父亲吃惊地凝视着季白东的脸，微微点头，他们便出去了。

充满心中的无限的感动压抑着我，像生了根一般地站着。这时候，我简直不知道在自己的周围发生了什么事。在这场面中，感觉动心的情景只有雀儿在窗外低啭，和水车拍水的韵律般的声音还留在我的记忆里，四周的一切均已不为我而存在。在这儿，只有一个胸头激腾着爱与怒两种情流的小小的孩子，再没有别的了。这实在是一种剧烈的激动，好似满杯的水中注进了两种不同的液体一样，混糊地激动着。存在着的就是这样一个小小的孩子，这孩子便是我，我甚至为自己伤心起来。此外，是两种声音，因综杂交混，再也听不清楚，总之，这是隔室间的剧烈的、兴奋的谈话。

书房门打开，两人重新走进来时，我还是站在原处，忽然又觉得一只手放在我的头上。我战栗了。

这是父亲的手，他轻轻地抚着我的头发。

季白东拉住我的两手，把我放在膝上，面对着父亲：

“到我们那儿去吧，你爸爸许你跟我小女儿去告别了。那女孩……那女孩死了。”

季白东的声音战栗了，他的眼睛奇怪地眨着，可是他立刻站起身来，把我放落地上，定定神，走出房间去了。

我疑惑地抬眼望望父亲，以前的父亲又站在我的面前了，在他的神情中，有一种从来我所求而不得的可爱的东西。他射着照例的沉思的眼，注望着我，可是惊愕的阴影和质问的神情在他的眼中含蓄着，刚才经过我们头上的一阵暴风雨压抑着父亲的灵魂，他脸上那温和亲切的表情好似已驱散了冰冻重重的云雾。他好像已在我的身中发现了自己儿子的亲爱的面影。

我满心信赖地伸手握了他的手，而且说了：

“我没有偷盗，是苏尼亚自己借给我的。”

“是的。”他深思地说，“我知道，我太对不起你了，你一定肯把我这忘记吧？”

我拉住他的手，在手上接了吻。我知道他绝不会再像两三分钟前那样，用可怕的眼色看我了。压抑了许久许久的爱，一时迸发出来，我再也不怕父亲了。

"让我到小山去吗？"记起季白东的邀请，我忽然问了。

"嗯——去一次吧，孩子，去向你的小友告别！"他亲切地，但声音中仍带着踌躇之色回答了，"不，你等一等，孩子，等一等吧。"

他跑到卧室里去，立刻拿了几张钞票出来，放在我的手里。

"把这个给季白东，你对他说，是我说的——你懂吗？叫他当这钱是你给的，懂了吧？还有……"父亲补充着说，你对他说，如果他认识一个叫法特罗维赤①的人，便叫他离开这地方，就这么好了，快去，孩子！"

我气呼呼地跑上小山，追上了季白东，传达了父亲的话。

"爸爸给你……"我说着，把父亲的钱放进他的手里。

我没看他的脸。他把钱收了，只皱着脸，听我说到关于法特罗维赤的传言。

在地底室中，暗角落的长椅子上，我看见横躺着的玛霞。"死"这一个字，对于孩子是没有意义的，可是一见了她那没有生命的肉体，痛苦的泪已窒息了我。我这小友，张着很严冷的悲苦的脸躺着，小脸儿略略长了一点儿，闭着的眼略略陷进，四周的黑圈比前更浓了。小嘴稍稍张开，做着孩子气的痛苦的表情略略颦蹙的脸，便是玛霞对我们眼泪的回答。

"教授"站在她的床边，冥然地摇了摇头。骑枪兵正挥着锤头用教堂屋顶上挖下来的旧板做她的棺材。拉芙罗芙斯基没喝过酒，可是却很懂事的样子，把自己摘来的秋花散撒在玛霞的身上。伐莱克睡在室隅上，不住地在梦寐中战栗身子，时时不安地叫喊。

---

① 法特罗维赤分明是季白东的真名字，过去犯过罪，从他会法文、拉丁文看，可能是政治犯。华西理的父亲知道了，不忍加以逮捕，所以暗示教他走。

10. 结　　局

后来不久，“恶党”的人们都散到地球的四方去了，最后只剩了“教授”和泰凯维赤。教授终日在街头彷徨，一直到死为止。泰凯维赤时时由我父亲给他些抄写的工作。我自己呢，为了跟那些常常喊刀喊枪窘苦教授的犹太小孩吵架，流了不少的血。

骑枪兵和别的怪汉们都跑到别的什么地方去找他们的幸福去了。季白东和伐莱克忽然失踪，好像大家不知道他们从哪儿来一样，也不知他们到哪儿去了。

老教堂受着岁月的侵凌，日频凋残，最先是屋顶跌落，打碎了地底室的顶板，接着周围起了山崩，这一带更显得荒凉和惨淡了。猫头鹰在废墟中叫得比以前更响。鬼火依然在暗沉沉的秋夜中闪烁着青青的光。

周围绕着小墙的一个坟墓，每年一度地换着绿草，蔓蔽着绚烂的草花。

苏尼亚和我常常来访问这小墓，有时父亲也一起来。在微语的枫荫里，在旭日的和光中，我们最爱并坐着眺望眼下的镇市。在这地方，妹妹和我一同看书，一同冥想，毫无隔阂地互相谈讲青春的最初的思想和预觉。

最后，我们不能不离开这和平的生身的故乡了，我们在这小小的墓地上，约会了在人生和希望的黄金时期，最后的家庭生活的最后的盟约。

后　　记

这是自己青年时代最初的一大译本。承师陀兄特地向我提到，又从唐弢兄的藏书中找出来，从上海远远地寄给我，让我有机会重新加了一番校订。不过我今天的能力还只限于译文上的修正，在有更好的译本出来以前，这样的修正和重印，或者也不是不值得的工作。

书名照原文应该是《坏伴侣》，是书中市民们称呼那群不幸的流浪汉的名字，作者引用的意义自然是加上引号的，我把它译作《恶党》，曾经因此引起国民党反动派的疑惧，把它列入皇皇的禁书。另一家书店不得我的同意把它翻印时，封面上还特地画上美国式的穿燕尾服带手枪套眼罩的好汉，误会得太可笑。这样可笑的时代已经一去不复回了，现在我把它意译为《童年的伴侣》。

译者

1987 年北京

图书在版编目(CIP)数据

高加索的俘虏 /（俄罗斯）列夫·托尔斯泰著；楼适夷译. — 北京 :中国文史出版社，2021.1

（楼适夷译文集）

ISBN 978 - 7 - 5205 - 1574 - 0

Ⅰ. ①高… Ⅱ. ①列… ②楼… Ⅲ. ①中篇小说 - 小说集 - 俄罗斯 - 近代②短篇小说 - 小说集 - 俄罗斯 - 近代 Ⅳ. ①I512.44

中国版本图书馆 CIP 数据核字(2019)第 251732 号

责任编辑：薛媛媛

出版发行：中国文史出版社
社　　址：北京市海淀区西八里庄路 69 号院　邮编：100142
电　　话：010 - 81136606　81136602　81136603（发行部）
传　　真：010 - 81136655
印　　装：北京新华印刷有限公司
经　　销：全国新华书店
开　　本：720 × 1020　1/16
印　　张：20　　字数：243 千字
版　　次：2021 年 1 月第 1 版
印　　次：2021 年 1 月第 1 次印刷
定　　价：67.00 元